许辉长篇小说典藏

濉水县的龙族
SUISHUI XIAN DE LONGZU

时代出版传媒股份有限公司
安徽文艺出版社

许辉，安徽省作家协会主席，中国作家协会全国委员会委员，中国作家协会全国散文委员会委员，安徽大学兼职教授，曾任茅盾文学奖评委。著有中短篇小说集《夏天的公事》《人种》等，长篇小说《尘世》《王》等，散文随笔集《和地球上的小麦单独在一起》《和自己的淮河单独在一起》《又见炊烟》《涡河边的老子》等。短篇小说《碑》曾作为全国高考、高校考研大试题，中短篇小说《碑》《夏天的公事》等被翻译成英、日等多国文字，收入大学教材。作品多次获国内文学大奖。

许辉长篇小说典藏

濉水县的龙族

SUISHUI XIAN DE LONGZU

许 辉 ◎ 著

时代出版传媒股份有限公司
安徽文艺出版社

图书在版编目（ＣＩＰ）数据

濉水县的龙族/许辉著. —合肥：安徽文艺出版社，2018.10
（许辉长篇小说典藏）
ISBN 978-7-5396-6287-9

Ⅰ. ①濉… Ⅱ. ①许… Ⅲ. ①长篇小说－中国－当代
Ⅳ. ①I247.5

中国版本图书馆 CIP 数据核字(2017)第 312462 号

出 版 人：朱寒冬	出版策划：朱寒冬
责任编辑：韩 露	装帧设计：徐 睿　张诚鑫

出版发行：时代出版传媒股份有限公司　www.press-mart.com
　　　　　安徽文艺出版社　www.awpub.com
地　　址：合肥市翡翠路 1118 号　邮政编码：230071
营 销 部：(0551)63533889
印　　制：安徽新华印刷股份有限公司　(0551)65859551

开本：880×1230　1/32　印张：7　字数：150 千字
版次：2018 年 10 月第 1 版　2018 年 10 月第 1 次印刷
定价：30.00 元(精装)

（如发现印装质量问题，影响阅读，请与出版社联系调换）

版权所有，侵权必究

献　　辞

谨以此书献给我爱的人和爱我的人、
我爱的世界和爱我的世界、
我爱的生活和我曾经为之歌哭笑闹的生活。

冗　言

　　这是一部滩地英雄、文化巨匠朱响的最新传记小说,该传记小说史料丰厚、内容翔实、文笔绚丽。读友亦可将此书与作者另一长篇《王》穿插阅读。

　　　　　　　　　　　　　　　　　　　　许　辉
　　　　　　　　　　　　　　　　　　　　2002.4.18

1

潍历3333年春,朱响出生于潍水县潍、蟹河边的古城九湾,九湾沿潍河左岸而筑,小巧玲珑,蟹河横过天潍平原北部,左绕右拐、极尽曲折,最后由九湾城北入潍河,九湾因此而称九湾。

天潍平原广野千里、土地肥沃,但也不是没有山,只是山都在平原边缘处,尖尖岭、清凉山、星月山、瓜叶山,不一而足;九湾地处天潍平原的东部,这里四季分明、气候宜人,物产也很丰富,在这里生活的人们,看上去都无忧无虑的,日子也很富足。

父亲在朱响的记忆里并不丰满,六七岁时,父亲带他去清凉山紫露峰的红芋教圣地紫露寺,拜望大师慧觉,时年,慧觉大师高龄已九十有七,三人在院内青石台上坐住,庭中巨桂洒来阵阵的香气,朱响依偎在父亲的身边,恍如梦境,只听得大殿里飘来断断续续的木鱼声声,且记得慧觉大师说了这样一些听不懂的话:……九九八十一罪……人生历来如此……历来如此……

夜半风雨,晨起日升。朱响记得,好像在紫露寺住了一夜,第二天上午下山,却没有走来时的路,父亲捉住朱响的小手,两人上了紫露峰的绝顶。那一天风和日丽、鸟语花香,满眼的山色都已经翠了一多半了,山阶也被夜来的喜雨冲洗得愈加洁净。父亲领着朱响,两人越走越高,到了峰顶,那里似乎已经不是人间境界,眼里众峰皆小,日暖风熏。父亲立在峰尖上,往远方看了久远,转回身蹲到朱响跟前,伸臂抱住他,抱了一会,说:"响儿,你往峰下八十一步那里的青石台上玩耍,到晌午了,妈妈就会来接你回家。"

朱响真欢蹦乱跳着去了,采花戏蝶、掷石逐香,父亲端立峰尖的身形,稍纵即逝,但朱响年少,不以为意;那一刻鸟语风轻、山香天远;日中,母亲来青石台上抱起熟眠的朱响,搂在怀里,涕泪满面地下山回了家;自那一天起,朱响失去了父亲。

朱响的爷爷朱恺,原有功于社稷,后停官回家,一直赋闲于九湾,养花莳草、书轩雅居。这一年春和景明,朱家在九湾城东北蟹、滩交合处,耗巨资,建起了听涛园。听涛园占地数十亩,园内计有西园、东园、南园、思古斋、揽涛楼、清暑阁、梦菊亭等建筑群,余地植林种竹、养花铺草,名梅园、友竹园、菊园;其南园、西园及东园为家人、用人居住处,三园均有廊道相连,思古斋为书房、藏书楼,梅园、菊园及友竹园为花园并暖房,梅园以梅为要,友竹园以竹为盛,菊园菊香匝地,揽涛楼建于蟹、滩河畔,楼高四层,是品茗听涛胜地,清暑阁三层,面积倒不比揽涛楼小,亦建于河畔,夏日清暑,冬日品雪,奇妙无比。

年少时的朱响似乎没做什么别的,就是读书学本事。四周启蒙,先三年在九湾城里的九湾书堂读书,并习本地盛行的一种饿鹰拳。饿鹰拳亦文亦武,文能强体、驱疾、醒脑,武能防身、制敌,《武林大全》总结饿鹰拳为"怪招连连,出规离矩,外俗里雅,内蕴悠绵",对饿鹰拳推崇备至。

后三年,朱响边在九湾本城学习一般学科及饿鹰拳术,边往来于尖尖岭净碧寺,研习琴、棋、书、画、诗、文、博、杂,平常是旬之末来来往往,而寒暑天则在寺里住读。

再三年,朱响离家到浅水湾城的十八鹤草堂求学。十八鹤草堂初办时,因广揽十八位学识渊博的教师教学而得名,后又因教律严整、人才辈出而名播四海、学子盈门。朱响于十八鹤草堂苦读三年,师从左石板、闵马行等名流,他天资聪颖、性格健康,人踏实肯学,学期中又随老师去沼溪及瓜叶山等地考察研究,向自然学习,因此学业精进,一日千里。这期间经老师及教方推荐,他破格参加了"知识智慧等级考试","知识智慧等级考试"为每年春秋两季,由滩地最高知识智慧院组织的考试,既考知识、实践,又考智慧、品性,内容博杂,奇苛无比,朱响虎犊初生、思横千里,一试而顺利通过,当年拿到了初级证书,成为那个滩历百年里最年轻的初级资质获得者。

后一年,朱响入天月城壹学院学习,壹学院坐落于天月海滨,依山面水、风景绝佳,壹学院古典高雅,院历辉煌,人才辈出。朱响师从花牧羊,专攻诗文音韵,基础深厚,学识日长;又两年,朱响离家至三叶半岛上的三叶城之三叶书院学习,三叶书院资金充裕,历史悠久,师资力量雄厚,思路和视界也无比开阔,朱响由九湾城的九湾码头上船,快舟风帆,顺滩河南下,入八极大海,八极海浩荡无边,浪阔水碧,船行了两天两夜,于黎明时分到达三叶码头;朱响在三叶学院追随名师曲木界、璩十一等,主修诗文、地理、品行、物种、民俗、方略,兼以书画琴笛、博杂万物。

滩历3348年,依《朱响传》所载:朱响再次参加"知识智慧等级考试",一举而获"知识智慧中级资质",成为那个滩历百年里最年轻的中级资质获得者,按滩地最高知识智慧院之规定,获中级证书者,已经可以领取薪资、服务社稷、治理一方了;朱响于灘历3349年夏,结束在三叶学院的学业,并即刻进入灘地最高知识智慧院组织的暑期考察队,前往"藻海及藻海以西地区"考察。

考察船队从三叶码头出发,过散花群岛、灯台群岛、八极海峡,入芭蕉洋,由芭蕉洋而北,过犁头湾海、芝麻岬、藻海海峡,进入藻海,从气候上说,藻海的盛夏,是当地最宜人且迷人的季节,风和日暖,水波不兴,鱼跃兽啼,植物葳蕤,但藻海海峡因为陆地逼仄,再加上芭蕉洋暖潮流过,因此风高浪猛,水流湍急,船行而过,有很大的风险。

船队进入藻海,即风和浪静,水波潋滟了。考察队分组考察了藻海羊裘群岛和藻海沿岸的干河、季风半岛沼泽、小浪河、丰水河及藻海海湾,半月后会齐,由藻海海湾进入千亩河河口,夜宿千亩城,翌日再进。千亩河河口宏伟壮丽,极宽处达十数里,两岸古木参天、河中游鱼腾跃,考察队溯流而上,进入千亩湖,千亩湖其实是千亩河的一个大水结,但也有数条小河汇入,湖深水阔、无边无际,考察队所到之处,依照地物、河流、湖泊、沼泽、山脉等分类,一一标图绘志,务求详尽。

考察队队长姓欧名非川,学识渊博、平易近人,对朱响也是呵护有加,朱响从他那里学得日记、笔记记法,每天晚间睡眠前,都要就着篝火的光亮记述日见昼闻。

"二十四日,出羽毛小城,溯羽毛河而上,至一小涧登岸,顺山沟北行至白沙山南麓,警卫队携当地人来报,白沙山山深崖陡,兼有乱敌设险,不得冒进;考察小组沿石沟曲行,东十五里,至怪石阵,沿途乱石崎岖,路极险峻,有水颇深广,南向流,再行二十里,林木茂盛,水石纵横,人马行恶岩峭壁下,架偏桥以济,极险隘,过沟里许,谷深处有人家三五,名林曲铺,当晚在此打尖,燃火煮饭;白沙山岩画壁离此地七十余里,外敌当道,此行憾不得至。"

两月后考察队顺利返航。朱响回九湾听涛园度暑,入秋即入若影湾天韵河三角洲的天韵城之天韵学院高级研习班,师从窦惊涛、卞小弦诸师,研习方略、关系、博物,一年后转入颖河口天琴城天琴学院,师从尤二炮、米舞诸师,研习天理、地理、法理、人理,朱响除学中随老师赴天琴湖及三叠山脉研究考察外,只埋首学屋、静心治学,毫不为外界百事所动,天未明即起,习拳诵文、鼓弦弄瑟、书墨奕杂,无所不用全力。

滩历3351年秋,朱响学成返乡,暮由天琴港引楫入若影湾,再飘八极海,进滩河口,溯流而上,直泊于九湾码头。

舟近九湾码头时,天已经黑了,九湾城灯火初起,朱响立于船舷,远远地看着船缓缓驶向九湾灯火,心里有些激动,母亲、二姨、大妹、大弟、小弟、小妹、宽叔,都已经在码头接他了。一家人欢天喜地抱在一起,喧闹一时,阖家启辇,穿城而过,去听涛园。朱响说:"大弟、小弟怎么都回来了?"母亲说:"他们这两天正好休息,没有课,回来接你的船,也于第一时间,和你见见。"朱响拉住大弟和小弟的手,三人像往年一样,击了一次掌,朱响说:"大弟转去浅水湾十八鹤草堂读书,都还适应呗?那里教律严谨,名师辈出,只要自己愿意,一定能学出东西来的。"大弟朱光说:"哥,那里适合我的,我喜欢严格的地方,严格的地方能学到东西,不然人就白费了。我还要赶超哥哥呢。"朱响说:"大弟,我也不过是早你两年入学罢了。"二姨说:"你们这些孩子们,哪一个不是讨人欢喜的。"朱响说:"小弟还在天香城安序堂学习呗,不是说也要转'十八鹤'的吗?怎么没转?"小弟朱明说:"安序堂的生物学科好,哪里都没有的。"母亲说:"明儿他现在偏好这个了,不想转了。"小弟朱明说:"大哥,你说呢?"朱响说:"偏好是最紧要的了,这个是一点点都没有错的。"

一车人说着话,车进了主街,朱响看见车外街巷的两边,灯火璀璨,与年前回来时相比,又起了一些新宅,朱响目不转睛地往外看,嘴里说:"妈,这是哪一家的,三层四角楼,看起来有些不一般。"小妹朱茵抢着话说:"那是蔚大爷家的,在外头好好的官不做,退回家来植树种草了,在拾金湖那里买了一片地,又在城里这边盖了宅子。"母亲说:"你蔚大爷这些年也过得不顺心,中年丧妻,俩儿在外地工作,只有一个女儿跟着,他在西地瓦迟也干得倦了,辞了官回乡来养几亩闲田,修身养性了。响儿,隔天你过去拜见一下,他和你父亲,都是好得不能再好的铁哥们。"朱响点着头答应着,大妹朱雯说:"哥,蔚大爷家的妹妹,叫蔚小灼的,跟大弟一般大的,十六了,人长得好看,聪明、贤淑、能干,又灵巧,是我同窗好友,隔天去了,你也留心看看。"朱响转眼问她:"为什么倒要我留心看看?"大妹朱雯说:"那天在友竹园听见妈妈和二姨讲,讲到你们两个,谁知道是什么意思。"

母亲和二姨笑起来,二姨笑说:"那有什么意思,男十八,女十六,都到要进红芋寺行成人礼的年岁了,做长辈的自然得想起来说说。"母亲说:"那是的,人到了一定的年岁,就得知道一定的礼俗,不然你怎样在社会上过活?"小妹朱茵说:"妈,二姨,成人礼是个什么样的礼?"母亲笑对她说:"你还小,还不到你知道的时候。"二姨说:"那也没有什么,早一天、晚一天的,早晚她也得知道。"母亲说:"那也是的。"二姨说:"茵茵,成人礼就是成人时必得施行的礼仪,也是为社会做贡献的开始,成人礼一年有两次施行的机会,一次是春物萌动的清明前后,一次是菊香盈面的重九左右,施行成人礼的地点均在宗庙寺院。"小妹朱茵说:"那怎样施呢?"二姨说:"怎样施? 再上两年学,你就知道了,课堂上都教的:成人的男子,须向寺院交纳一笔成人礼金,多少并不限定,然后带上你在寺院碰到的第一位女孩,在外面过一夜。女子须跟你在寺院碰上的第一个男孩,到外面过一夜,这样就表示男孩、女孩成年了,男孩和女孩须经过这样的仪式,才能开始正常的节守贞操的成年生活,女孩子这一夜如果有喜,那一定要生下来,但男孩子无须一定对这个孩子负责,如果男孩子不愿意对这个孩子负责,那么寺院就有义务承担那个小孩子的一生。这就是红芋教的宗教行为,也称为红芋教爱神仪式;寺院得到的礼金将要累积起来,用以建造寺庙、救助社会、发展文化。"小妹朱茵说:"二姨,天天听你们说红芋教红芋教的,这个红芋教,到底是做什么的?"母亲、二姨和朱响都笑起来,朱响说:"茵妹,过两年你大些了,你就知道了,学堂里都讲的。"小妹朱茵说:"我现在就要知道嘛。"母亲说:"茵茵,红芋教就是咱们滩地的一种宗教,这种教是一种平民教,又叫爱心教,它不叫人做什么坏事,也不叫人去信什么邪道,就是叫人有爱心的,叫人在做事拿不准的时候、孤单的时候、伤心的时候、需要静心冥思的时候,能有个依托。"小妹朱茵说:"妈,我懂了。"

说着讲着,车已经到了听涛园,天早已黑得浓了,宽叔开了门迎大家进去。朱响仍住东园,洗漱一番,先去西园见爷爷,爷爷见到朱响,也是高兴得不得了,才坐下说了一会话,荣妈妈来喊朱响去吃饭了,爷爷说:"响孙,一个夏天,我都是一个人在西园吃饭,自己吃饭吃惯了,倒不想去凑人多的热闹了,你过去吧,明天早饭后再来说话。"朱响说:"是,爷爷。"

朱响随荣妈妈去南园吃了饭,晚饭后与两个弟弟去东园自己的卧房休息,一夜好觉。第二天早上天尚未亮,东园里静静的,两个老弟似乎还在睡,朱响已经起来了。先在屋廊下活动活动腰肢,再慢步跑着往友竹园的深里去,友竹园翠竹夹道,卵石成甬,一路上鸟语花香的,到了滩河边,那时天还在黎明时分,河面上薄雾乍起,鸟鸣啾啾,河畔安静得可以。朱响心绪绝佳,倚竹面水,来来回回地打了几路饿鹰拳,打得兴起,把上身的长衫也脱了,噌噌噌噌地,来回又趟了两圈,还正在兴头上,竹丛后窸窸窣窣的,有人叫出了声来:"好!好!"

朱响已经听出是谁了,转脸向着竹丛,说:"出来,出来,再不出来我就打了。"竹丛后的人咯咯地笑个不停,接着就推推搡搡地出来了两个人。朱响说:"雯妹,茵妹,你们在搞什么鬼?"小妹朱茵嘴快,上来揽着朱响的胳膊,说:"哥,没有,没有。"朱响说:"秋风懒眠日梢头,你们起这样早做什么?"大妹朱雯说:"我们想赶紧来告诉哥哥,你的那些同学,管沼平、计夏原、苟卿、蒲折柳,还有晁若轻,知道你学成回来了,都嚷嚷着要今天上午来看你呢。"朱响说:"请他们来,请他们来,雯妹,这事就拜托你了。"大妹朱雯说："那还在清暑阁?"朱响说："还在清暑阁。只是时间上要略晚些,早饭后我还要上爷爷那里,跟爷爷汇报呢。"大妹朱雯说："行,他们来了,叫他们先在清暑阁里喝茶看水就是了,急不着他们。"朱响说："那就最好,我也是急呼呼地要见他们呢,请他们一定来,一定来。"大妹朱雯说："哥,这事你就放心吧,包在我身上了。另外,哥,我们也还想来看哥哥习拳弄武,再说了,除了汪汪叫的大黑,喵喵叫的菊色妹,或者还有大弟小弟那两个懒虫,谁还不都早早地就起了。"朱响说："哪个是大黑?哪个是菊色妹?"大妹朱雯说："哥你不知道,大黑是咱妈春上新养的看家狗,菊色妹是二姨俩月前宠来的猫咪咪,昨晚上天黑人乏,哥没留意它们。"朱响说："昨晚上我真没留意它们,人多嘈嘈的。"小妹朱茵说："说了半天,姐姐说不定已经冤枉了人了呢。"朱雯说："冤枉谁了?"朱茵说："说不定是冤枉二哥和三哥了。"朱响说："怎么冤枉他们了呢?"朱茵说："二哥、三哥也不一定就是没起,只怕都已经在自己的房里啃书了呢。"朱响说："真的?我怎么一点动静都没听到?整座东园都是静静的,我还以为就我起了个早呢。"朱茵说："大哥,咱家没有懒虫的,咱爷爷一年三百六十天,天天是晨起即读的,咱妈和咱二姨都是勤快人,哪有晚起的道理?二哥和三哥两个,二哥是个军事迷、政治迷、外交迷,整天天不亮就起来背那些人物传记,三哥却是个欢喜生物、昆虫的,春夏秋冬,不论天寒地冻,还是晴日酷暑,都往野地里跑,捉那些长腿短肚子的,爷爷说了,要给三哥在思古斋里专辟个'千虫轩',鼓励他发展呢。"朱雯说："倒是我和小妹懒一些,妈不喊几通不起来的。"朱茵笑说："天天困,就是睡不够。"朱响笑着说："那我还真得抓点紧呢，别让他们追上来，丢了这个做哥哥的尊严。"

朱雯说："哥，哪能呢，你在咱家哪一天不是咱们弟、妹的榜样，爷爷妈妈二姨说到你，哪回不是笑逐颜开、眉飞色舞的?"朱茵说："大哥，你手上在做什么呢?"朱响说："我手上有一本书写好了，下个月就出来了，另有一本在改，还有一本开了头，正在写。"朱茵叫起来道："呀，哥，你才十八岁，就写书、出书啦?!"朱响说："那有什么不能，人只要下决心做什么事，就没有做不成的，年岁挡不住人的。"朱雯说："哥哥说得是。"朱茵说："那，哥，你告诉我们你写的什么书好不好?"朱响说："好妹妹们，我现在不想说了，留个伏子，上午清暑阁大伙儿一块说吧，早上的景色好得很，不能坐失良机，我想请两个妹妹陪哥哥转溜一圈，见见河边的风光。"朱茵小人大话地说："大哥，那有什么问题!"朱雯说："说不定在揽涛楼，还能碰见妈和三姨呢，她俩早上总去那里的。"朱响说："只是今天不能下水畅游了，在天琴、天韵、天月，我是一日不差，天天下水的。"朱茵说："大哥，在家里不比在学院，明儿再说呗。"朱响说："那也行。"

三个人边说话，边顺竹丛里的甬道，往滩河河畔跑去。晨雾仍未消散，不但不消散，反而愈加浓厚、汹涌起来，河里的水雾，一阵阵往岸边直扑而来，晨雾里咕咕咕、啾啾啾的鸟啼声愈加湿漉漉、水淋淋的了。三个人跑到滩河堤坡附近，要是在平时，站在这里，早看见河床里的河水和河对岸的景观了，但现在却只看见一片深、一片淡的水雾气，身边的竹叶上雾珠滚动，滚落在卵石铺就的小道上，小道也因此湿淋淋的了，像是夜里下过了一场雨一样。朱茵说:"大哥,姐,咱们往北再跑吧。"朱响说:"好呀,许多时没在听涛园里跑了,到了家里,像是一下子亲不够的样子。"朱雯说:"那就往揽涛楼跑吧。"朱茵拉拉朱响的衣角,叫道:"跑呀!跑呀!看谁先跑到吧!"朱雯说:"哥,茵妹,不要出动静,听听妈和二姨都说些什么。"

朱响和朱茵都说好,其实三个人也不敢跑快,怕在大雾里撞上东西。跑到友竹园和菊园交界的地方,前方路上呼呼一阵风响,狗叫声汪汪大作,原来是大黑扑咬着过来了,见人就过分亲热地硬贴过来,朱茵使劲推它过去,气得噘着嘴说:"去,去,你看你弄得多大动静,咱们想偷偷来听妈和二姨说话,也听不成了。"果然,揽涛楼那里传来了母亲的招呼声:"那谁在外头,都进来,都进来。"三个人连带大黑都进去了,原来小书童风祥抱着菊色妹也在,大家说了一会话,看看雾还不散,几个人便下了楼,回南园去吃早饭。

2

吃过早饭,朱响随母亲去爷爷那里听问话;大弟朱光、小弟朱明收拾了东西,各自赶回学校,准备隔日上课;大妹朱雯和小妹朱茵,则早早去了清暑阁那里,帮着翠花和小芳,收拾茶瓯笔墨去了。

朱响和母亲到了西园,由爷爷问话,朱响答话,爷爷把朱响半年来的学问志向,一一弄清并加以评点指拨。说话说到九十点钟,天还是没有放晴的意思,雾气倒是越来越浓了。朱茵在正堂门外伸了几次头,被爷爷看见,装着抬手要打她,却被她拱进怀里,自己先放声笑了,朱茵说:"爷爷,放大哥走呗,他一帮学友、同窗在清暑阁,都闹翻了天了,就等他到呢。"爷爷说:"他这以后住在家里,有的是时间了,不过还是赶紧走了好,不然他们都要骂我老古板了,我这里他几时不能来?"朱响说:"爷爷,我明天再过来就是了。"

说完话,几个人出来,母亲回南园了,朱响和朱茵飞跑了去清暑阁,两人气喘吁吁的,一上清暑阁三楼,一厅的人都嗷嗷地叫唤起来,大家搂的搂、抱的抱,热闹了半天才散开。

大家各找座位坐好,朱响说:"慢了,慢了,光顾着搂搂抱抱的了,有几位我还不认得呢,还有几位,苑司兄、济景兄、荀卿兄、慕鱼兄,我想问他们,怎么这么巧这时候就到了,我想请他们还得专花几天的工夫去请呢。各位相互间也都熟了呗?"边慕鱼说:"都熟了,都熟了,有两位才结识的,昨日都已经叙了一天了。"朱响说:"那就不烦我一一介绍了。小孩子见了娘,有事无事哭一场。咱们这学友见学友,有事无事的,一肚子的话,也还不知从哪里说起,我也真想哭一场呢。"蒲折柳说:"大响兄,别哭,别哭,你这一哭了,咱们怎么办? 咱们也哭? 那还不乱了套了? 那咱们还怎么畅怀、叙旧呢?"朱茵说:"哥,妈说了,今个这个清暑阁,就是你们的了,晌午都在这里吃饭,你们玩到晚上、明天,都行。"朱响说:"那我就不急了,咱们叙话、诵诗、书墨,都得一样一样的来呢。"管沼平说:"大响兄,既然有大妈的这句话,咱们都不急了,有话一句一句地说,有事呢,一件一件地做呗。"朱茵抢上来说:"大哥,我说我说。"朱响说:"茵妹,这里都是大哥大姐,你要说些什么?"朱茵说:"我说呀,我要跟你们一块儿玩,大哥,你可不准赶我和姐姐走的。"荀卿说:"茵妹,你怕什么? 你大哥要赶你们走,咱们不同意,他还是不能赶呢。再说了,你大哥要赶你们走,若轻兄他还不答应呢。"

听荀卿这么一说,一屋的人都笑了。朱响抬脸去看晁若轻和大妹朱雯,原来朱雯和晁若轻坐得不远,仅隔着两个貌美如花的女孩子,朱雯被荀卿说得脸上通红,她拉着隔壁那个女孩子的手,把头低着,一声也不吭,晁若轻也是干坐着,嘿嘿嘿地只顾笑。朱响笑说:"好好,你们诸般事情都瞒着我,看我不去告诉妈妈知道。"朱雯说:"好哥哥。"朱茵说:"大哥,你不会的。"朱雯说:"大哥,你不是那种人。"朱响笑说:"雯妹,你怎么知道我不是那种人? 是哪种人?"朱雯说:"好哥哥。"计夏原说:"你听这

'哥哥,哥哥'地喊的。"朱响说:"罢了,罢了,不提也罢,言归正传吧。"朱茵说:"大哥,怎样叫言归正传?"蒲折柳说:"大响兄,你今个做东,咱们都听你的吧。"朱响说:"做东我是做东,做主持那就得选一个了。"贾苑司说:"大响兄,你也不用推辞,你就辛苦辛苦,做个主持得了,从学识、威望、见识上讲,你都得做这个主持。"一屋的人都说:"就是,就是。"朱响说:"苑司兄,听你这一说,那我就真不敢了。"管沼平说:"大响兄,怎么不敢了呢?"朱响说:"我有这么高大吗?"大家都笑晁若轻。三楼的布局,是个四角形的,有七八十个平米大,楼外飞檐走瓦,楼里各面开窗,窗牖雕草镂凤,光线明亮,目无所碍。楼里摆着紫几红椅,几上除了杯盏外,还摆着早开品种的大盆的秋菊花,花色有红的,有黄的,有紫的,有白的,有杂色的,有绛色的,有墨色的,有鲜橘色的,有鸡血色的,有琥珀色的,地面上角角落落里,也摆的都是花,纷然杂陈,很是有生气。

这边翠花和小芳轻手轻脚、来来回回地给大家续着水,那边朱响说:"各位,正月一别,转眼又是半载,其实说是正月一别,有几位学友,我还是三年、两年这才一见呢,先一一地问个好吧,也跟大家说说各自的近况、远景,这一项做完了,咱们依惯例,就是吟诗作画、游园踏秋。茵妹,你离我最近,就从你开始了。"朱茵是参加过朱响他们的这种活动的,并不犯怯,说:"开始就开始,我现在还是在上学呢,志向寥寥,也就是没有什么远大志向的,不比你们诸位,干脆我就不说了,听你们的,我也好参考参考。"屋里一阵善意的笑,朱响说:"茵妹,你这就完了?"朱茵一摊手说:"完了。就这么多。"朱响说:"罢了,罢了,算你过去。

沼平兄,该你了呢。"管沼平说:"那好,那我就说说,菊黄蟹肥,这一年又将要过完了,我这一年做的事,就是成就了一本书,启动了一本书,盘点一番,也还是满意的。"蒲折柳说:"叫人眼红。"大家一番笑,管沼平也跟着笑,朱响说:"沼平兄,是什么样的两本书呢?"管沼平说:"小书,小书,一本书是《柿园晨昏记》,写柿园春秋的,小品诗文集,刚才都送给各位了,望多多指教,多多指教。"秋济景说:"沼平兄,听说你家的大宅子就叫'柿园',这书名可是从那里来的?"管沼平说:"一点不错,就是从那里来的。我家宅园在尖尖岭下十五里,园内有古柿五百株,柿有方顶、牛心、红柿、卑柿、懒柿、石柿、水柿、牛奶、火珠、面柿等等,这本集子就是咏我家古柿园的。"朱响说:"沼平兄,不如你咏几句来我们听听?"管沼平说:"那也行,我短咏几句,以免耽误大家时间。"

管沼平说罢,厚声咏道:"郁郁柿园晴且暖,临水渔家半掩扉。一片春云筛雨过,桃花稀处见莺飞。"大家都鼓掌叫好,荀卿说:"沼平兄,还有一本呢?"管沼平说:"还有一本刚刚启动的,没有个二三十年,那也不谈完成,书名就叫《古瓷铭文大全》。"朱茵轻声惊叹说:"哇,二十年哎!"管沼平说:"我是打算往里砸二十年了。"大家都唏嘘一片,朱响说:"沼平兄,那你也该收集许多古瓷旧陶了?"管沼平说:"收集了一些,不够,不够,远远不够。"蔚小灼轻言轻语说:"沼平兄,可有什么惊世之藏,给我们透露一二?"管沼平说:"不能说一点没有。"晁若轻说:"举个例子来。"管沼平说:"《名瓷录》上记载有一对天壶,名公母壶,又称雌雄壶,天造地设,举世绝配。传说这对公母壶,壶嘴上有凹凸标记,以凹凸能够无缝契合为准。两壶出水绝然不同,公壶出水为烈,为苦,为涩,母壶出水为淡,为香,为甘软。壶上记有瓦迟河流域的古瓦迟文字,那是一首带有宗教意思的古诗,古诗言:上天的使者告诉我们,少量的饮食使身体达到休息,少说话使舌头达到休息,超脱忧虑之事,使心达到休息,无罪使灵魂达到休息。传言说,一个人要是既饮了公壶里的水,又饮了母壶里的水,再加上勤奋的思考,他就可以获得上天的真谛了,古滩地历史上,有九位皇帝都在寻找这两架壶,但都没能找全,因此他们无一不是抱憾而终的。"朱茵说:"沼平兄,你找全了没有?"管沼平说:"我也只得了架公壶,把我家几世积攒的财物花去了一多半,不过,找一架壶,成一本书,这是我半生的目标,不可有半点动摇了。"

屋里的女孩子,都发出了惊叹,朱响说:"沼平兄,佩服,我们是等着读你的巨作了,有古瓷的线索,我们也会及时通知你的。"管沼平说:"那我先谢谢各位了。"大家七嘴八舌:"应该的,这是应该的。"朱响说:"沼平兄,你还有没有了呢?"管沼平说:"没有了,没有了。"朱响说:"那济景兄,该你了呢,咱们自天韵一别,相隔也有年余了,但我先想知道,你身右那个美丽的女孩子,她是谁?你们又是怎样从红花城到九湾来的?"秋济景说:"说来有些话长了。"计夏原说:"济景兄,且慢慢地说给我们听吧。"大家轻笑,秋济景说:"大响兄、夏原兄,诸位,那我就慢慢说了。我先来和你们一一介绍,这位曼妙的女孩子,她是我的一位同窗,又是知己,她姓包,芳名涧涧。我们俩亦是红花城红花学堂里的同窗,相隔数年,音讯并无,年前,我打天韵城天韵学院学成归乡,上天有眼,让我一回家,就遇上了包小姐包涧涧。"包涧涧在一旁伴嗔说:"还不是你设计赚来的。"众人大笑,秋济景说:"涧涧,我有这么坏吗?"包涧涧笑说:"坏不坏,你自己还不知道?"众人似乎会意地笑。贾苑司说:"男子不坏,女孩子一点都不爱的。"荀卿说:"苑司兄,看样子你有体验的,你身边那个女孩子是谁,你这一关也是要过的。"大家哗笑不停,贾苑司说:"妈呀,惹火烧身,赶紧闭嘴,赶紧闭嘴。"大家又是笑,笑过了,蒲折柳说:"济景兄,接着讲,接着讲,讲些黄段子出来。"众人爆笑,秋济景想了想,正经地说:"黄段子我这里一时没有,不过倒有个线索,可以提供给你。"朱响说:"我听懂了。"蒲折柳转了转眼珠,扑哧一声笑起来,笑说:"济景聪明,转移给苑司了,是不是?那我们只好耐着心,等下一回分解了。"大家吵笑不止,贾苑司说:"我惹你们了吗?"大家更是笑。

笑了一时,秋济景说:"时候不早了,我还是接着说吧。"朱响说:"接着说,接着说。"秋济景说:"长话短说了,我由天韵返乡,偶遇包涧涧小姐,两人一见生情,早晚在一起,谈诗论画,踏园觅柳,一时三刻不再能分开。莺飞草长时节,两人一起去了云天山云天寺,求见了圣辉法师,由圣辉法师安排,恰由她由我,我们两个施行了爱神仪式,仪毕返红花城,两家操持一番,我和包涧涧结为百年之好。秋风送爽、天高云淡,我俩突发奇想,要出门游走一番。两人从红花城出发,先至福海,探走沙兄未果,他随父外出,学做牛羊生意去了,后至天韵,拜望我母校师生,激情小聚,再乘船至天琴,先去会了苑司兄,苑司兄说你正在天琴学院用功,赶紧去学院会你,才知道你已随老师去三叠山脉考察去了,深以为憾。"朱响在那里也叫了起来:"哎哟,真误我好事!"秋济景接着说:"在天琴学院没找到你,我们四人观水闻浪,也相谈甚欢,没想到苑司兄亦有此意,和靳楚楚——楚妹一商议,干脆随我们出来了。四个人,先游了月眉山、月眉寺,再游了天琴湖,由天琴湖赴云天山、云天寺,逗留数日,又渡海至天香,天香声色犬马、豪奢万种,竟使人乐不思返。数十日后,我四人启程去翠云岭,再由翠云岭至景城,于景城会到慕鱼兄,慕鱼兄也兴冲冲一头拱出来。五人游了一遍大猫儿山,由大猫儿山东渡潼河,由潼河至沼溪野苋菜城,会得荀卿兄,游玩两日,再由野苋菜城东横九湾,会得若轻兄,正巧那一日夏原兄、折柳兄俱在,若轻兄又差人去尖尖岭柿园,请了沼平兄来,诸友相谈颇欢,我们都知道你还在天琴上学,若轻兄说叫人去问一问吧,看什么时候回来,便请人去问了雯妹,才知道你入夜即到,大家欢呼雀跃,今天一上午,大家不就一伙都赶来了?"

朱茵说:"我的妈呀,听得我心都不跳了。"朱响叫道:"幸会!幸会!你我诸友难得有这般渊源,这真是天作之合呀!"说着说着激动了,和近处的管沼平、秋济景、贾苑司紧拥在一起,相互捶打,不禁热泪纵横、泣不成声。屋里的人都抱在一起,大家唏嘘不已,折腾了一气,心绪渐渐平息了一些,各自又在座位上坐定,啜著饮茶,边慕鱼说:"再讲,再讲,济景兄,你还没完呢。"秋济景说:"我这也就算讲完了。"荀卿说:"济景兄,你的远景、近观,也说给各位听听,不然我们怎么赶你、超你呀?"边慕鱼说:"济景兄的远景、近观,还少得了书墨笔缘?他还不在这方面成精!"晁若轻说:"那倒也是。"秋济景说:"我的远景、近观呀,不是我说你们,各位挚友学兄,只能赶,却是不能超的。"秋济景说完,笑嘻嘻地看着大家,大家一时哑言,朱响说:"我倒是听懂了。"晁若轻说:"大响兄,你说给我们听听。"朱响说:"济景兄他是极言他和涧妹婚姻的美妙,人世间,他还有何求呢?这种事,各有各的绝妙,那可不是只能赶,不能超嘛。"大家听得有理,不由得都鼓起掌来。

鼓过了掌,贾苑司说:"大响兄,明摆着的,下面该轮到我了,按照寻常的规矩,我也是只来两段,莫误了诸友的时间。"荀卿说:"你这里可有黄段子?"一屋人爆笑,贾苑司说:"荀卿兄,就是有黄段子,这一屋的人,还有许多女孩子,我也不能说呀。"荀卿说:"那好,那你就定个时间,背着人,单独说给我一个人听。"贾苑司说:"这样也好。"荀卿说:"哎,题外的话,顺便问一声,咱们这屋里的,除去女孩子,可还有没经过爱神仪式的。"朱响说:"不就只有我还没经过吗?还有谁?"计夏原说:"除了大响兄,还真没有了。"朱茵说:"妈和二姨,早间在南园厨子里,已是议论了,说是秋高气爽、菊香鳜肥的,这几天,就给大哥去清凉山紫露寺做仪式,迟做不如早做,早做了大哥也就早做成人的事了。我也听不太懂。"贾苑司说:"这几天里,也就是十八的日子最正。"荀卿说:"要真是这几天里去做,那还不就是大大后天,明天十六,大大后天就是十八的日子,良辰吉日的,那就是大大后天了。"朱响红着脸说:"这种事,妈和二姨总得征求征求我的意见吧?"蒲折柳说:"这种事,又不是什么坏事,哪还用征求你的意思?通知你一声,你去就是了。"边慕鱼说:"这方面的教育和铺垫总要有的。"秋济景说:"跟大响兄还用得着吗?他什么样的书没读过？什么样的体会没心领过？"边慕鱼说："这么说……那倒是的。"

议了一番，朱响说："总该打住了吧，苑司兄那里的两段还没说呢。"荀卿说："对了，还没听苑司兄的那两段呢，苑司兄，你继续说吧。"贾苑司说："那我就接着讲，讲我的这两段子，一段子，就是我跟靳楚楚这回事，楚妹，你先给各位打个招呼呗！"靳楚楚看上去年轻靓丽，也绝对是个楚楚大方的女子，她听贾苑司这样说了，就站起身来，原来身段也是绝好的，高挑的个子，站起来，嫣然一笑，跟大家略略点了点个头，屋里的人顿时给了她热情的掌声，掌声落时，她款款地在贾苑司身边坐下了，贾苑司说："我和楚妹，是在一只钓船上认识的，在我们天琴那里，每年秋肥风瘦的时节，都有许多游船载了人，到若影湾里泛游秋钓去，游船进了若影湾，若影湾里还有许多小钓船，都固定在水里的，钓船上都能住人，有住一家子的，有住夫妻两个的，还有只住一个钓徒的。总之，你怎么住都成，没有人管你的。"蒲折柳说："苑司兄，你住几人？"贾苑司说："我住一人，那时心里郁闷，并不为什么，只是心情郁闷，因此去钓船上住了一些日子。"大家都轻声一笑，计夏原说："你隔壁的钓船上，住了几人？"晁若轻说："那还不也是一个人。"一屋的人都笑了，靳楚楚也捂着嘴笑。贾苑司说："大响兄，这故事讲不下去了，真讲不下去了，他们都比我还知道呢。"荀卿说："既然这样，那还不如由我们来替你讲，免得你刀砍斧削的。"计夏原接上说："隔壁钓船上也是一个人，却是个芳龄二八的窈窕淑女。"管沼平说："也是心绪郁闷的呗？"秋济景说："那是一定的，不然水天一色的，好好地钓着秋,两个人倒怎么聊上了?"荀卿说:"倒怎么上到一条船上了?"蒲折柳说:"这真叫不是一家人,不上一条船的。"

贾苑司这时倒像不是听自己的事,端起茶杯慢慢啜着茶水,听大家三言五声地笑、七嘴八舌地说,听大家说够了,也笑够了,这才扑哧一声,跟着笑出声来,笑过了,说:"大响兄,各位,大家都替我说了,倒省了我的心。"荀卿说:"苑司兄,你省心了,楚妹可不能省呀。"朱响说:"想必还有什么节目?"边慕鱼说:"楚妹的妖姬舞呀,这也是天下一绝呢!大响兄,你一定得看看。"朱响说:"那可得苑司兄同意才好。"贾苑司得意地说:"我巴不得她在众人面前露脸呢。"管沼平说:"乐器呢?"朱雯说:"紫竹笛小灼带着呢,丝儿弦是小茹的,我呢,三角琴,哥,这还不够吗?"那只白底黄花的"菊色妹",不知什么时候到朱雯脚边的,这时"喵呜"叫了一声,又赖在朱雯的脚边了,晁若轻说:"雯妹,你一会小灼,一会小茹的,大响兄哪里分得清?你也不介绍介绍。"大家都笑,朱雯听晁若轻这么说,一时又再把身边两个如花似玉的女孩子指点一遍,说:"哥,这位小灼,姓蔚名小灼,蔚大爷家的千金,我同窗好友。这位小茹,姓蔺名小茹,亦是我的同窗好友。"朱响抬头看去,看那两个不认得的女孩子,因为惊慌失措,惊鸿一瞥,看倒未能看清,只看得眼前一亮、一闪、一花,赶忙移过视线,嘴里掩饰说:"乐器呢,够是够了。不过,我再给你们添一个,你们看行不行?"贾苑司说:"大响兄,再添个什么乐器?"朱响说:"再添个风铃。"

大家一愣,不禁都转脸向窗外看去,看见各角飞檐上挂着的风铃,都已经拿细绳拉住了,原来是有时候怕吵,把它们拴住,这时河面上水雾渐轻,但湿气尚重,不过已经有些小风过来了,拴铃的细绳在微风里轻轻地晃动着,灉河的河面上,也隐隐看见船帆无声地滑过,大家都一片叫好,翠花和小芳已经各把铃绳解开,诸角的铜铃,在风中时有时无、不紧不慢地摇响着了。众人听着丝竹笛音、风铃声声,看着靳楚楚柔若无骨的曼舞,船帆又有滑过的,楼外雾色有无,一会儿浓一些,一会儿淡一些,一会儿天像是要放晴了,一会儿却又像要落下雾毛毛小雨了,渺渺的河面上,间或有几声船工的号子传过来,一会儿声音大一点,一会儿声音又小一点。朱响借这个时候,看对面的那两个女孩子,尤其是看那个叫小灼的,因为昨晚在车上时家里人都说起过她,因此印象似乎更深一些。只见她正偏着头,吹那管紫竹笛,姿相活泛,腰背挺直,葱嫩的鹅蛋脸,柳眉浓睫,红嘴高鼻,朱响心间一惊,眼界顿阔,觉得她太美丽了。怕自己出岔,朱响赶紧错过眼神,再看蔚小灼旁边的蔺小茹,那个蔺小茹也是个美不胜收的女子,身材苗条健美,清淡的脸庞,有姿有形,两只扑扑闪动的大眼睛,韵调万种,十分耐看。蔺小茹的美,朱响一时觉得,纵然有千百种推敲,蔺小茹也都是经得起的。

半晌一刻,正这么胡思乱想着,清暑阁里的掌声,骤然响起,朱响也忙跟着鼓掌。靳楚楚向大家鞠了个躬,回座位坐下,朱雯、蔚小灼和蔺小茹三人也都站起身,向大家致了个意。荀卿说:"大饱眼福,大饱耳福,大响兄,你说是不是?"朱响说:"谁能说不是呢?"大家再议了几句,管沼平说:"咱们还往下吧,苑司兄尚未讲完,他才只讲了个第一段呢。"计夏原说:"可不是,苑司兄才只讲了第一段。"朱响说:"苑司兄,烦你再往下讲第二段,好不好?"贾苑司说:"我和济景兄一样,哪还有什么第二段?那只是骗你们的。"秋济景说:"苑司兄,你跟我还有些不一样,我已经抱得美人归了,你还只是牵得美人手呢。"贾苑司说:"那我就更没有第二段了,不抓紧地抱得美人归,我这心里哪能放得下呢!"蒲折柳说:"这话恐怕也有些道理。"荀卿说:"苑司兄这是一时顾不过来了,待抱得美人归之后,他这一只画苑的画怪,还不得一鸣惊鸿,再鸣惊人,三鸣惊天!"朱响说:"这话我大信,苑司兄此刻不讲也罢,待会儿舞文弄墨时,罚他一幅仕女图,好不好呢?"大家都嗷嗷地叫好,叫过了,朱响说:"夏原兄,到你了呢。"计夏原说:"这就到我了? 我这里简单。"晁若轻说:"怎么个简单?"计夏原说:"我还不就是个玩虫的? 大家都知道。"朱茵说:"我就不知道。"包涧涧说:"我和楚楚怕也是不知道的。"屋里人都笑,朱响说:"这一日三秋的,谁能说就知道你了,再给咱们细说一说。"

计夏原说:"那我就细说一说,先说题外话。"荀卿说:"咱们都听好了。"计夏原说:"鸣蛉斗虫,玩物丧志,看上去像个不入流的,但里面竟有无数的讲究、无尽的学问,说起来话也就多了,上天把人造出来,不是按模子灌的,是信手捏的,随手搓的,因此搓、捏出了各种各样的人,也叫人做各种各样的事,正所谓人各有志,这五彩的世界,才更加缤纷了,你们说是不是?"朱响说:"是这样的。"大家都七嘴八舌地说:"人生下来,就是要这样的,不然多一个、两个的,有什么用处?"计夏原说:"因此,上天就派我下来养虫了。说起来你们倒不信,人有好这个的,好那个的,我就是好虫,天生就是好虫,见到虫,听到虫,我心里就痒痒,就走不动路了。"朱雯说:"怪不得夏天见你在鲜糕巷子头,黑灯瞎火的,撅着腚在做什么呢!还以为你捡钱呢,吓得我同小茹尖叫着跑了,原来你是在捉虫呢。"蒲折柳说:"夏原兄,这就是你的不对了,还不赶紧跟两位赔个不是,也免了若轻以后记恨你。"计夏原连忙拱拱手说:"夏原只顾亲虫,得罪了两位小姐,我这里就算赔礼了。"大家都笑了,蔺小茹和朱雯都说:"心领了,心领了。"

大家笑过了,荀卿说:"夏原兄,都说鸣蛉斗虫、鸣蛉斗虫的,到底哪些是鸣蛉斗虫,你先给咱们说说。"计夏原说:"鸣蛉斗虫多了,凡昆虫家族的,都能捉来听鸣斗咬,但人经常玩的,也不过就那么一些,分为鸣虫、咬虫、甲虫、蝗虫、水虫、螳螂、蜻蜓、蛾蝶等等几类。鸣虫类的有长颚蟋、双斑蟋、酱色蟋、灶马蟋、棺头蟋、油葫芦、墨蟋、长翅蟋、小针蟋、金钟儿、树蟋、石蛉、绿螽、纺织娘、叫哥哥、花叫儿、小姐儿、蚱蝉、寒蝉等等;咬虫类的有蟋蟀、蚂蚁、蜘蛛等等;甲虫类的有七星瓢虫、二十八星瓢虫、黄萤、青萤、跳板虫、桑天牛、金龟子等等;蝗虫类的有滩稻蝗、短额负蝗等等;水虫有水上飘、水马、姬水黾、水鳖虫、负子虫、水蝎子、水斧虫、短尾螳蜻、仰泳虫、划船虫、黄缘龙虱、三斑龙虱、锦龙虱、墨龙虱、豆豉虫、大牙虫、拟牙虫等等;螳螂类的有滩螳螂、刀螂等等;蜻蜓类的有黄蜻蜓、红蜻蜓、黑丽翅蜻蜓、黑翅蜻蜓等等;蛾蝶类的有蚕蛾、红斑凤蝶、春凤蝶、翠凤蝶、蓝带青凤蝶、菜粉蝶、豆粉蝶等等。"

计夏原一口气说完,引来一片叫好声,朱茵说:"夏原兄,你说慢些,等我拿笔来记一记。"朱雯说:"茵妹,下回找时间吧。"

朱茵把小嘴噘着,转脸又好了。秋济景说:"夏原兄,我是服了你了,我这里倒有个问题,想问一问你。"计夏原说:"济景兄,你请问。"秋济景说:"夏原兄,我是想问你,你做这个做到一定的时候,你再做什么?你总不能喂一辈子鸣蛉斗虫吧?"朱响叫道:"好,好,济景兄问得好。"计夏原说:"济景兄问得真是好,好极了。济景兄,我自然不能一辈子这般地喂蛐蛐,我也是要写书的呢。"朱茵说:"夏原兄,你要写什么书?"计夏原说:"我要写一本《鸣虫千秋》,拿我一辈子养虫的经验写成这本巨作。既写鸣虫和人类同日同月,这是千秋的一个意思,又写养虫人的悲欢离合,这是千秋的另一层意思。"晁若轻竖了拇指说:"夏原兄,大境界呀!"计夏原说:"若轻兄,过奖过奖,聊尽人生绵薄而已。"贾苑司笑说:"夏原兄,不好意思,问个外行问题。"计夏原也笑说:"苑司兄,请问请问。"贾苑司说:"夏原兄,你刚才说蚂蚁也能咬斗,我想问,这蚂蚁怎么咬斗?"计夏原说:"你要想撺掇蚂蚁咬斗,你就去山坳松间取大蚁,然后剪去大蚁头上的双须,大蚁必定咬斗,至死不休。"荀卿笑说:"这不也就是人对人的办法?"大家都笑,笑过了,蒲折柳说:"夏原兄,我也有个小问题,斗蜘蛛是怎么斗的?它怎么会听你的?它怎么会斗?"计夏原说:"捕蛛时不能捕得过急,过急了它就怯了,怯了它就再也不斗了。另外,雌斗雄不斗,鳌黑善斗,灰黑稍差,杂色最差,想叫它斗时,先取他蛛的卵给它,它以为是自己的,守护极重,他蛛过来,两相争斗,直至胜负,胜者用丝捆败敌,至死方休。"

大家都听呆了,都还想问,计夏原摆手说:"这里面的门道多得很,时间有限,下回再谈,该折柳兄了,该折柳兄了。"屋里人呵呵一笑,逐渐回过神来。朱响说:"也是的,那就下回再问吧,先听折柳兄的,折柳兄也必有高招示人。"蒲折柳说:"我哪有什么高招?你听我这名,就知道我爱什么了。"秋济景说:"那一定是爱折柳了?"荀卿说:"听说折柳兄家住红钱柳庄园,不知道可是真的?"蒲折柳说:"这倒假不了,我家红钱柳庄园,就在九湾城北三里的蟹河湾,庄园里不种别的树,净是柳树,一线杨柳堤,荫处有人家。"朱响说:"红钱柳庄园,我和若轻兄、沼平兄、夏原兄都去过的,柳丝如云,美不胜收。"蒲折柳说:"不如在大响兄这里玩过了,各位兄弟再到红钱柳庄园一聚,怎么样?"管沼平说:"玩过了红钱柳庄园,再玩玩柿园,如何?"晁若轻叫道:"各处都玩过了,你我兄弟再玩玩九湾城的演讲厅如何,中级资格的秋季考试,再月余又要开始了。"大家都连声叫好,荀卿说:"大响兄倒不必了,他再考,就得考高级的了。"蒲折柳说:"那倒是的。大响兄,今年可准备考高级资格了?"朱响说:"今年显然不行了,考也是白考的,我还有许多事情没做呢,要考也是明年的事了。"蒲折柳说:"那就这样定了,除大响兄并几位小妹外,兄弟们可有不考的?"大家七嘴八舌地说:"哪有不考的?都考,都考,也算在九湾这里兄弟们欢聚的一个大纪念了,都考,都考!"

朱茵站起来,挥着手,抢问道:"若轻哥,考这些中级的、高级的,都有些什么用处呀?"屋里人都笑。晁若轻说:"茵妹,我这样跟你说呗,你考上初级的了,这就说明你的学业有些深度了,你已经有了比较厉害的基础了。你再考,你又考上中级的了,你的学业就比较厉害了,你也就有资格服务社稷了,就算你不服务社稷,你每年也都可以到各地的知识智慧院领取一定的津贴了,这是社稷对知识和人才的尊重,就像大响兄现在这样。如果你再考上了高级的资格,那你就更厉害了,整个社会也是不多的,是社稷的精英,津贴自然也更多,随时可以在社稷申请高级职位的。如果你再考上了特级资格,那你就厉害得不得了,社稷里没有几个的,津贴自然是更多了,职位也可以申请得更高更高,还将被聘为滩地最高知识智慧院院士,你看厉害不厉害!"朱茵说:"真是太厉害了,我也要努力去学了。"朱雯说:"各位兄长,你们都考中级的,我们小灼、小茹几个,还都得去考初级哪。"计夏原说:"真的?真的?那咱们都齐头并进吧!齐头并进吧!"边慕鱼说:"那就这样定了,定了!明儿个就差人去报名呗!"众人都说:"就这样定了!就这样定了!明儿个就报名吧!"

一时清暑阁里人声鼎沸、喧闹一时,荀卿说:"打住打住,各位打住,刚才折柳兄才说了一半,还接上刚才的说呗。"大家都说好。朱响说:"折柳兄,既然这样,你就再好好跟我们介绍介绍,大家去红钱柳庄园,也好知其一,亦知其二呀。"蒲折柳说:"那我就简单再说一说。"贾苑司说:"再说一说,说一说。"朱茵说:"好可爱噢,丝条软软的。"蒲折柳说:"虽然杨柳诸物,都是最常见的,但平时又是最不留心的。我就说这个柳,它是杨柳科柳属的植物,是一种落叶的乔木或者灌木,枝条柔韧,雌雄异株,咱们常见的,有垂柳、旱柳、杞柳、河柳、柽柳、大叶柳、三春柳、东山柳、棉棉柳、红钱柳等等,这些柳,我家都有,一行行,一片片。蟹河边有旱柳园、垂柳园、杞柳园,二坡子上有柽柳园、棉柳园,屋前房后的,有三春柳、大叶柳、东山柳、河柳、滩柳和青钱柳,但是红钱柳庄园最多的,还是红钱柳,不然怎么要叫'红钱柳庄园'呢?"秋济景说:"这倒是的。"边慕鱼说:"这红钱柳,到底是怎样的?"蒲折柳说:"这种红钱柳呀,先说它的用处,它一用是编织,篮子呀、细筐呀、密篾呀,都能用它编成,它品相高贵,结实耐用,享誉四海;它二用为药,红钱柳叶、枝、根,均有防病健身的功效,它的叶片晒干后烹茶,口感清新,棕香淡淡,常年饮用,饮者都身轻体健,逾百岁的老者见多,没有不高寿的。再说它的观感,红钱柳干红枝软,叶纤如丝,花色美而花期特长,它一年要开三次花,第一次在四月开,第二次在六月开,第三次在八月开,每到盛开时节,纤弱的花序由新枝顶端抽出,花色淡红色或者粉红色,特别是小雨之后,垂叶如丝,三四寸长的花序上,密布水红色的小花,艳灼灼的,整个的红钱柳庄园里,景观奇佳,一睹难忘。在红钱柳庄园生活惯了,爱柳及物,连跟柳相关的物件,都会喜欢它,比如柳莺,比如柳条鱼,比如柳叶白前草……你们说这柳好不好?"

一屋的人,都沉浸在蒲折柳叙说的境界里,没有不说好的,都大声地说:"大好,奇好,上佳的好!"蒲折柳说:"大家高兴,我也就好了。"蔚小灼说:"那你也是要写一本《红钱柳大全》的了?"蒲折柳说:"那倒不一定,他们养虫的、养菊的都要写大全,我这只是家缘,并不是我的最爱,所以我不写《红钱柳大全》。"蔺小茹说:"那你的最爱是什么?"蒲折柳说:"我的最爱是山水,散怀山水,才是我最痴心的事情。不过,我这个散怀山水,和大响兄的考察山水不同,大响兄见山见水,他要带一双眼睛看,带一双耳朵听,带一副头脑想,带一双手记,我呢,我只需带一种感觉就行了,我就是去陶醉于山水,并不为别的。"朱响感叹说:"折柳兄这是真境界呀!"蒲折柳说:"各人活法有别罢了,大响兄,我也真艳羡你呢。"

大家都感叹起来,议了一会,蒲折柳说:"若轻兄,该到你了,你这个花痴、菊痴,大家都想知道你的花经呢。"晁若轻说:"我这哪里是什么花经?只是一些爱好罢了。"朱响说:"要说痴于花、痴于菊,还真是非若轻兄莫属呢。"秋济景说:"若轻兄,赶快给咱们详尽说说。"晁若轻说:"我倒真是要写一本养菊的书呢。"荀卿说:"若轻兄,是什么书?"晁若轻说:"我是想写一本叫《菊谱》的书,专记各种菊类的品性、莳养、扎形、改良。"贾苑司说:"若轻兄,听说养菊烦神费功,还有许多的讲究,是不是这样的?"晁若轻说:"喜者不烦,烦者不喜,菊也是这样。说到养菊,其实人养菊,菊也养人,这也有数千年的因缘了。菊为秋之娇女,它性喜凉爽,又喜阳光,如依花色分类,可分为黄、白、杂三色;如依植株高矮分类,可分为高、中、矮三类;如依花期分类,可分为春菊、夏菊、秋菊、冬菊等等;如依花形分类,又可分为平瓣、匙瓣、管瓣、桂瓣、畸瓣五类;如依种型分类,则可分为小菊系、中菊系、大菊系三种;再依菊花品种对短日照的不同反应,还可分为极敏感品种、较敏感品种、敏感品种、不敏感品种和极不敏感品种五类;菊花的花艺也是多种多类的,有独头菊、多头菊、大立菊、悬崖菊、塔菊、案头菊、菊艺盆景、菊艺插花等等,你们看烦不烦神。"

贾苑司说:"真够烦神的,我虽也喜欢品菊,但要是叫我养,我就不敢了。"晁若轻说:"苑司兄,诸位兄妹,养菊、艺菊虽然烦神,但美妙也是巨大的,爱菊、艺菊、赏菊、颂菊、咏菊、以菊为食,历来都是潍地文化的一个精彩的组成部分,更是潍地文人生活的一个亮点,'篱东菊径深,折得自孤吟''几度携佳客,登高欲折难',这是爱菊;'携锄秋圃自移来,篱畔庭前处处栽''当时灌溉汲清流,几度扶持斩丛竹',这是植菊、艺菊;'菊花如我心,九月九日开,客人知我意,重阳一日来''东篱把酒黄昏后,竞与春卉斗芳菲',这是赏菊;'宁可枝头抱香死,何曾吹落北风中''众芳无不改,篱菊晚犹开''耐寒唯有东篱菊,金蕊繁开晚更香',这是颂菊;'绿英初灌露,家家菊尽黄''素色不同篱下发,繁花疑是月中生',这是咏菊;'更待菊黄家酿熟,与君一醉一陶然''户小难禁竹叶酒,睡多须借菊花茶',这是餐菊。菊香诗繁,无可一一枚举,但是,谁又能说在这个觅菊、植菊、艺菊、赏菊、品菊乃至餐菊、书菊的经过里,不蕴藏着巨大的快乐和美丽?为菊而浪去一生,谁又能说不可、不值?"

大家为晁若轻的一番肺腑之言所动,皆频频点头称是,贾苑司不住地说:"若轻兄所言极是,我信了,我信了。"朱茵这时插话说:"若轻兄,养这些花,写这本书,也得花你二十年吧?要不就一辈子?"大家都笑了,笑朱茵还记着管沼平和计夏原的事。晁若轻说:"那是一定的了。"蒲折柳说:"这本书也还得有个题献呗?"荀卿说:"那还不是献给雯妹的?!若轻兄,你愿意不愿意呢?"晁若轻说:"在我是求之不得的,我哪能不愿意呢?"边慕鱼说:"若轻兄,那你怎样题献?"晁若轻说:"就这样题罢了:'谨以此书献给雯妹:我爱的人和爱我的人、我爱的菊和爱我的菊、我爱的生活和爱我的生活。'"众人都喊好,荀卿说:"那再问问雯妹,人家还不一定接受不接受呢! 雯妹,你发一句话给他。"大家都笑着看朱雯,看她说什么,朱响也只是抿着嘴笑,朱雯一味地玩手指,嘴里却说:"他既献了,人家哪里再好拂他面子?"

众人爆笑,笑过了,边慕鱼说:"还是想听若轻兄论菊、评菊、侃菊,只是这次时间紧了些。"朱响说:"是的,是的。"晁若轻说:"不瞒各位兄妹,我此生仅有三个小愿:一愿是买地,在近郊荒坡买一块足够大的地,成色不论,方圆计较,自然是越大越好,买地做什么呢? 自然就是莳菊、养花,一坡以黄,一坡以白,再一坡以墨、紫、红,瀑生丽菊,原被五彩,那该是怎样的境界! 二愿是以终生经验,与诸兄一般,写一本心血专著来,贡献社会,以了夙愿。三是得一红颜知己,评菊论花,相携相眷,白头偕老,得此三愿,我就大满足了!"秋济景说:"若轻兄这三愿,第一愿有待来日,第二愿有待此生,都是眼前尚不得见的事情,唯有第三愿,可以问一个人的,不如以下就轮到雯妹,大家来听听她怎样讲。"一屋的人都大叫其好,朱响自然只是呵呵跟着笑。

大家吵闹过了,都静下声来,听朱雯的。朱雯低头想了一想,再抬起头,轻言轻语地说:"击弦赏菊,评诗论花,相夫教子,即是我此生最大的心愿了。"朱雯话声才落,屋里就炸开了锅,大家都起哄嚷嚷,不想朱雯脸色突变,忽然伏在蔚小灼怀里,抱着蔚小灼、蔺小茹大哭起来,蔚小灼和蔺小茹也紧紧地搂抱着她,屋里的人都呆住了,清暑阁里顿然鸦雀无声。朱茵叫道:"姐,姐,你怎么了?"朱响也说:"雯妹,玩得好好的,这是怎么了?"包涧涧轻声说:"你们男孩子,哪里懂这些? 女孩子的心思,哭哭心里才好受一些。"靳楚楚也说:"就是,还不是给你们这些男孩子害的。"说着,伏到贾苑司身上,也像是要哭的样子,男士皆哑然。朱雯哭了一阵,从蔚小灼、蔺小茹怀里爬出来,边抹眼泪,边破涕为笑道:"耽误大家时间,不好意思,我这是为若轻兄所言而动,把持不住自己,才哭了出来的。"荀卿说:"哭得好,哭得好。"管沼平说:"不如咱们请灼妹和茹妹,一并把自个的远景和近观都说了。大家看好不好?"众人都说好,蔚小灼说:"这样好是好,可我觉得我倒没有什么好说的,女孩子做成了再多的事,做成了天大的事,但她心目里首要的事情,还不是痴心妄想,一定要觅得她心中的白马王子? 小茹,你说是不是呢?"蔺小茹说:"那倒是。男孩子和女孩子再怎么说,也是有这一点点的不一样的。"

蔚小灼说:"小茹,咱们不说了,还是听慕鱼兄说他的远景和近观呗,你看呢?"蔺小茹说:"我也是这样想的,就听慕鱼兄,说他的最爱吧。"朱响说:"慕鱼兄,既然这样,咱们倒心急火燎的,想听你说说你的最爱是什么。"边慕鱼说:"大响兄,九世书香,你说我还能爱什么?"朱茵惊叹说:"哇,九世书香哎!"蒲折柳说:"就是的,九世书香,在书里熏,也该被熏化了。"边慕鱼说:"一是书熏簿陶;二呢,也是我生就是个近书的命,生下来就与书相近,闻的是书,见的是书,玩的是书,吃的是书——拿了书往嘴里撕呀,连小时候枕的枕头都是书呢,这倒不是家里硬要以书熏陶,是我不枕书就睡不着,就大哭大闹,你们看人的这个命!"朱响说:"前些时日听人说,慕鱼兄现在得了个雅号,叫五笥先生,或边五笥先生,又说慕鱼兄在外面放出风来说:今年五笥,十年后就是六笥了,再十年后就是七笥了,再十年后就是八笥了,再十年后就是九笥了,以九为满,慕鱼兄。九笥也就是你的终归目标了?"边慕鱼说:"有这样一说,能博个九笥的雅号,并且实至名归,坐拥书城,满腹经纶,我还有何求?"荀卿说:"慕鱼兄真真叫人叹服。"秋济景说:"这又是一种真境界呀!"计夏原说:"慕鱼兄,咱们哥几个,也都是近书闻墨之人,但对书待籍的态度,和你就差得太远了,你跟咱们详细说说,这东轩的书趣,真的就那样迷人?"管沼平说:"我也想这么问呢。"

边慕鱼说:"夏原兄、沼平兄,诸位,东轩书趣,何止是迷人呢?简直就是醉人、醉人、再醉人,文人的一般爱书、迷书、痴书、癖书,仅止于购书、读书,进而藏书、著书,我之爱书、迷书、痴于书、癖于书、劳于书、思于书、苦于书、乐于书、哭于书、笑于书、喜于书、恨于书、怒于书、狂于书、得于书、失于书,或终至恋于书、成于书,则近乎病态,学富五车,架插八万,对我来说,是一个大梦,而书界前辈广览群籍、淹贯古今之'书簏晋生''书库李善''书淫窦仪''书痴马标''书橱傅远''人物志许达''经笥冷天文''五经笥盖元''五经库裴恒之''九经库都本宴''经史笥梁用',则是我的又一些巅峰,这倒与我故土所居的古镇景城城名相合。"贾苑司说:"确实不错,大响、若轻、夏原、沼平、折柳诸兄,慕鱼兄故里景城,与九湾相仿,都不甚大而古美万千,慕鱼兄祖居醒园,书楼相接,慕鱼兄又新有独醉园书苑,与醒园遥相呼应,我与济景兄及涧妹、楚妹同去了的。"秋济景说:"是的,是的,好精到的一片,好精妙的一片。"贾苑司说:"是的,是的,那还是听慕鱼兄讲。"边慕鱼说:"醒园立于古景城城北,是我家祖辈老宅,因为九世恋书,所以一辈一辈的藏书楼,都盖得高燥、结实、宽大,数百年来,书楼相接,缘山而上,蔚然成景,又各取性情,各呈风采,在景城那里,算得上是一处名胜了。到了我辈这里,家里除我而外,兄姐弟妹,没有好书的,因此家人对我也就格外重视了,专辟了醒园北苑、大猫儿山南麓的一块林地,供我建独醉园书苑,独醉园书苑由滩历3348年9月动土,于滩历3350年5月建成,园中有响水轩、听鱼庵、闻竹斋、采药圃、观花亭、了山台等亭台,最紧要的,是一座'醉斋'藏书楼,只是囿于经济,醉斋还远不够大、不够阔,藏书亦远不够多。"

大家都唏嘘不已,荀卿说:"听说慕鱼兄为追购一册绝本,出惊人之资,由景城追至天香,再由天香追至三叶,又由三叶至福海,终由福海追至心如,购得绝本回家,捧赏三日,未思一眠,可有此事?"边慕鱼笑说:"有这回事,差不多弄得家资匮乏,自那以后,就不敢购书了。"

大家都笑,朱响说:"那有了精妙之独醉园,慕鱼兄每天该是怎样的一种生活呀?!"边慕鱼说:"每天除园中砍竹取薪、登山览月外,就是以书为伴,以书为友,似乎到了癖不可医的地步了。晨起即削竹为签,做成不同的书鉴,政治为黄鉴子,历史为白鉴子,文学为粉鉴子,农林为绿鉴子,军事谋略为紫鉴子,人物传记为红鉴子,医药休闲为米色鉴子。余时读书研判,每日宁肯少睡些,也要多读书、记书、校书、理书。睡的时候,也是以书为枕的,在枕旁还埋伏一块大圆木,头颈一滚,头磕在圆木上,人就醒了,就可以起来继续工作了,正所谓'万卷古今消永日,一窗昏晓送流年,唤得南圃清童子,煎茶拂地亦结缘';校书、理书、读书至极境时,人整个都坐不住了,三步两脚迈到山间,对月啸嗷,那真正是意气万千!"大家都感奋不已,计夏原说:"慕鱼兄坐拥书香,心领八方,也真是一番激动人心的景象啊!"蔚小灼说:"那慕鱼兄的远景是什么?"边慕鱼说:"那还不是流连经笥、赏玩书台、坐拥书城、插架八万?再有一个更大更大的藏书园,我还不就满足了!"朱茵叫起来说:"那多迷人啊!"秋济景说:"慕鱼兄,你的这个愿望,还有大家的各个愿望,都一定能实现的。"朱响说:"一定能,一定能的!"大家亦嚷嚷说:"能,一定能,一定能的。"

说了一时,朱雯看着外头说:"外面的雾,下成小雨了呢。"大家都转头往外看去,只见楼外暗淡不定、云走云停、雾雨蒙蒙、时松时紧。潍河上船帆依然,船工随口哼出来的号子声,也是忽近忽远的,虽看不见他们人,但能体会到那一种生机和喜悦。楼角风铃叮当,跟着风铃声声而来的,是层层淡雅的菊香,楼外的一些树梢,都在蒙蒙的雾雨中微微晃动,怡然自得,楼里看楼外,一片悠然、悠闲的水彩画般的景色。晁若轻说:"大响兄,你家菊园里,必定有墨色的皇菊、赤色的霸王菊、瓜色的满天菊和女伶般的腰腰菊。"朱响笑说:"若轻兄,这都瞒不过你的,不过我也要知道,你怎样说出我家菊园里旺开的菊品的。"秋济景说:"若轻兄,莫非你来看过?"晁若轻说:"那倒不是。"蒲折柳说:"那就是雯妹告诉你的。"朱雯红着脸说:"我自己还认不全呢。"晁若轻说:"这也就不是了。"管沼平说:"若轻兄,那你凭什么知道的?你快快告诉我们,免我们等得上火。"晁若轻说:"我是靠鼻子闻出来的。"边慕鱼说:"靠鼻子闻出来的?"晁若轻说:"皇菊品性高贵,墨色正点,香气浓郁;霸王菊菊朵硕大,香气馥郁达远,尽霸王之慨;满天菊繁花无数,香至天涯;而腰腰菊则婀娜多姿,幽香怜人。各种菊的香气,都是不一样的。"

大家都啧啧感叹,这时,荀卿呷了一口茶,笑涔涔的,启齿吟上一首菊花诗:"江涵秋影雁初飞,与客携壶上翠微。尘世难逢开口笑,菊花须插满头归。"吟罢,笑眯眯的,又低头品茶去了,大家齐声喊好,晁若轻说:"好诗,好诗!"荀卿笑说:"若轻兄吟得菊花诗,我就吟不得?"一屋的人都大笑。朱响说:"荀卿兄,吟得好,也正好该你了呢。"荀卿说:"大响兄,你知道的,不比诸位兄、妹,我荀卿只是闲人一个。"贾苑司说:"荀卿兄,你这话说得就不对了,人生在世,无论做什么,追求的不就是一个境界?荀卿兄,你敲棋博弈,旁眼观世,他人学都学不来的,这样的境界还差吗?"边慕鱼说:"荀卿兄,你就跟我们说说敲棋博弈之事罢。"荀卿笑说:"那还不都是闲情逸致?"晁若轻说:"敲棋博弈,听说也是有许多讲究的。"荀卿说:"那倒是,那倒是。"管沼平说:"那怎么说呢?"荀卿说:"敲棋博弈事,怎么说也是闲逸之举,但敲棋博弈之间,亦有许多大品行、大讲究。先说敲棋博弈的情趣,手谈的人,正如莳卉弄竹,或拊琴捉簧,或书情墨缘,或博物杂技诸趣一般,也都有发愤忘食、乐而忘忧时,夜凉吹笛千山月,路暗迷人百种花,棋罢不知人世换,酒阑无奈客思家;春雨宜读书,夏雨宜弈棋;尤记前年与大响兄天琴湖晚唱、两友相聚的情景,晚酒一二杯,夜棋三数局,胜固欣然,败亦可喜,此为手谈之妙境,夜去昼来,终日唯消一局棋,以闲其情,境界实非同一般。"朱响深有同感,连说:"是的,是的。"荀卿说:"手谈博弈,委实有如明丽清亮的涧水,既源远流长,又悠游久远,看去无争朝夕、不尚奢华,何处春深好?奕庵手谈时;令人难忘,令人难忘。"

大家一时纷纷议论,朱茵接上说:"荀卿兄,你说敲棋手谈的,看去无争、看去无尚,那还有有争、有尚的吗?"一屋的人都笑起来了,荀卿说:"茵妹聪慧。敲棋博弈,围棋这个东西,看去无争朝夕、不尚奢华,其实它也有另一面的,竹林二君子,尽日竟沉吟,相对终无语,争先各有心,恃强斯有失,守分固无侵,若算机筹处,沧沧海未深。博弈之道,玄机颇深,高者在腹,下者贴边,中者占角,击左而顾右,抢后则瞻前,宁失数子,勿失一先,两生勿断,皆活勿连,阔,不可太疏;密,不可太促,与其恋子以求生,不如弃子以取势,彼众我寡,先谋其生,我众彼寡,务张其势,惴惴小心,如临于谷,求先反后,自保胜人,四顾其地,则牢不可破,所谓散木一枰,小得不能再小了,但是能见兴亡之基,枯棋三百,卑微得不能再卑微了,但是可以知见成败之数,这些虽都是敲棋手谈的要则,但是运用在各方各面,不也都能起到取一警三的妙用吗?"朱响笑说:"高论,高论,我已经受益匪浅了。"计夏原说:"精妙至极。荀卿兄,我从今以后,也要学棋了。"屋里人都笑咯咯的。秋济景说:"夏原兄,不养你的鸣虫了吗?"计夏原说:"我这只是学艺而已,并不忘老本行的。"

说闹一时,蔚小灼说:"大响兄,该你了呢。"蔺小茹说:"就是的,大响兄,你这就是收尾了呢。"大家想起是这么回事,都叫:"快说,快说,我们都急着要听呢。"朱响说:"该是急着要吃饭了,再不奉饭,我妈妈和二姨该骂我同窗不敬了,这个罪名,我可担待不起。"秋济景说："那不要紧,与君一席话,胜读十年书,你总是我辈中的佼佼者,我们还都得向你求经呢。"荀卿说："是的,是的,人生一世,前定因缘,诸兄、妹同窗、密友,这可都是不易得的呢。"管沼平说："我们还想向你挖知识智慧院考试经呢。"大家都哄笑,都说："就是,就是。"蒲折柳说："大响兄,详尽说说藻海及藻海以西如何?"计夏原说："那恐怕一时说不详尽了。"蒲折柳说："那也是的。"晁若轻说："大响兄,要不跟我们说些近时要做的事,也很不错。"边慕鱼说："这倒是好的。"贾苑司说："这个好,这个好。大响兄,你就跟我们说说近时的盘算,也让我们有个想头、学头。"朱茵拉着朱响胳膊,一连声地说："大哥,大哥,你说呀,说呀。"朱响说："各位学兄小妹,承蒙各位厚爱,其实我真觉自己是个顽学不专的,各位学兄有恋瓷的,瓷痴;有喜绘的,画王;有粘笔的,笔精;有癖虫的,虫知音;有钟菊的,菊仙;有慕柳的,柳圣;有爱书的,书癖。我却是一个无痴的,件件都爱,却件件无痴,真正是急死人的事情。"

大家都咯咯地笑,边慕鱼笑说："大响兄,你倒是都爱了些什么,一一列来,我们听听。"朱响说："那我就列来给诸位听听。我一恋诗文,读书非为一身计,舍身只为报生恩;二恋敲棋,黄梅时节家家雨,青草池塘处处蛙,有约不来过夜半,闲敲棋子落灯花;三恋山水,春听鸟声,夏听蝉声,秋听虫声,冬听雪声,白昼听棋声,月下听箫声,谷中听松声,水际听欸乃声,才不虚此生啊;四恋书画,水复山重客到稀,文房四士独相依;五恋清茗,一碗喉温润,两碗破孤闷,三碗搜枯肠,四碗发轻汗,五碗肌骨轻,六碗通灵仙,七碗八碗吃不得,唯有文字激扬万千卷;六恋花木,苍苍竹林寺,杳杳钟声晚,荷笠戴斜阳,青山独归远;七恋书趣,书卷多情似故人,晨昏忧乐每相亲,眼前直下三千字,胸次全无一点尘;八恋博物,千金买字画,百金为装池,沟深索远求,到老如狂痴;九恋氍毹,一拍一箫一寸管,菊园夜夜石苔暖。见一样爱一样,心性常移,举不胜举了,我也就只好忝列个杂家罢了。"朱茵叫道:"大哥还恋着写书呢。"大家都笑。朱响说:"那倒也是的,因为无痴,我也就要加紧做一些事情了。"计夏原说:"加紧做哪些事情?"朱响说:"都是书的事情。"贾苑司说:"哪些书的事情?"朱响说:"一本叫《滩地资源管编》的书,在就学时已经做好了的,下月或许就出来了。"管沼平叫道:"哇,这必是一本大书。"荀卿说:"这也必是我大喜的一本大书。"朱响说:"大书怎么敢?只是收集了许多的资料罢了。"边慕鱼说:"大响兄,书到之后,一定要送我,除了拜读,我那书楼里还要藏呢。"朱响说:"献丑献丑,书到之后,我一定要拱手奉送各位的。"

大家都叫好。蒲折柳说:"那第二本书呢?"朱响说:"第二本书尚在手中删改,现已改成,这一本书叫作《十二月记》的,杂家散著,倒也费了我许多的心血。"秋济景说:"大响兄,能否透露一二?"朱响说:"《十二月记》亦是记述滩地风物的,由一月到十二月,生活杂事,无所不包,月月有记。例如五月,五月有端午节,各铺雕百虫于菖蒲上,并以榴枝、艾叶、花朵簇拥左右,家家买桃、柳、葵、榴、蒲、茭、时果等,喜庆欢度,市食点心,四时皆有,有细馅大包子、生馅馒头、羊肉馒头、鱼肉馒头、金银牡丹饼、杂色煎花馒头、枣䉽荷叶饼、芙蓉饼、梅花饼、开炉饼、寿带龟仙桃、肉食果、骆驼蹄、笋肉包儿、虾鱼包儿、江鱼包儿、蟹肉包儿、鹅鸭包儿、十色小吃食、油炸夹儿、笋肉夹儿、千层儿、肉丝糕、水晶糕儿、丰糖糕、乳糕、栗糕、镜面糕、枣糕、拍花糕、山药圆子、珍珠圆子、金橘水团、澄粉水团、熬肉、炙鸭、熬鹅、熟羊、灌肺、春卷儿……"朱茵抢话说："大哥,别说了,别说了,越说我越馋了,就快要熬不住了。"大家都笑得东倒西歪的,还有笑得喷口水的,笑过了,朱响说："我这也就快说完了,小芳,翠花,你们备菜去吧。"

3

翠花和小芳应一声去了,大家笑过,蔚小灼说:"大响兄,还有没有书了?"朱响说:"还有一本,只是才开了头没几章,书名叫作《十八山读录》的,这本书都是想写山的,写山里的见闻,写山里的日月风竹,写山里的流水朝向、松坡栗林、野产药株、散庵老寺,并所感所受之一切。"蒲折柳说:"大响兄,这本书写好我可就得先读了,要是读得好了,我还得点评呢。"朱响说:"那我赶紧跑山、读山,赶紧做文就是了。"大家七嘴八舌的,都:"那我们等着了。"朱响说:"哪敢耽误大家,哪敢耽误大家。"

说着讲着,楼下荣妈妈并翠花几个,把菜饭都送上楼来了,大黑也摇头摆尾地跟到了楼上,兴致勃勃地看着大家,荣妈妈佯嗔说:"你看你们光顾讲话,都到什么时候了。"

原来天色真是不早了,一屋的人都嗷嗷叫,说肚子饿得不行了,朱响说:"总得上两瓶淡酒的。"几个人都说:"晚上再说,晚上再说,现在谁还顾得上那个。"荀卿说:"大响兄,品酒也总得有个沉寂的心情才好。"朱响说:"那就怪不得我不上了。"众人说:"不怪你,不怪你。"饭菜摆上,朱响挑头,略为客气两句,各人也顾不上那么许多了,相互招呼着,男士们争争抢抢的,猜拳行令,一时热闹,时日不久,都吃饱喝足了,各人自行安排,去独处一刻,须臾又都回到清暑阁的三楼上,大家喝着茶,说着话,各人又都作了一幅画,或写了一幅字;天色渐暮,晚酒畅酣,酒淋漓后,大家去菊园及友竹园散谈,慢慢走着时,天倒是悠悠儿地开了,夜色浅光处,只觉轻雾淡烟,薄风微铃的,众人兴致勃勃,便于菊园的梦菊亭里,尽晚吟对。

这一晚上,吟的是与竹、卉、花、草有关的诗题,大家抓了阄,按着顺序,只要不相重复就算过了,两句,四句,皆可。晁若轻先吟,晁若轻吟道:"人间四月芳菲尽,山寺桃花始盛开,长恨春归无觅处,不知转入此中来。"这是咏桃花的;蒲折柳接着吟道:"院里莺歌歇,墙头舞蝶孤,门前桃李都飞尽,又见春光到楝花。"这是咏楝花的;朱茵接着吟道:"蝶散摇轻露,莺衔入夕阳,密来惊叶少,动处觉枝长。"这是咏玫瑰的;朱响又接吟道:"绣球春晚欲生寒,满树玲珑雪未干,落遍杨花浑不觉,飞来蝴蝶戏成团。"这是咏绣球八仙花的;边慕鱼跟吟道:"青青杨柳被郎攀,一夜兰舟日往还,知道荔枝郎爱食,妾家移住荔枝湾。"这是咏荔枝的;计夏原接吟道:"杂英粉已积,含芳独暮春,还如故园树,忽忆故园人。"这是咏紫荆的;蔚小灼跟吟道:"一茎独秀当庭心,数枝分作满庭荫,春日迟迟欲将半,庭影离离正堪玩。"这是咏蔷薇的;靳楚楚也吟道:"一花千里香,更值满枝开,朗气袭一湖,谁敢斗香来。"这是咏蜡梅的;荀卿跟吟道:"冰雪为容玉作胎,柔情合傍锁窗开,香从清梦回时觉,花向美人头上开。"这是咏茉莉的;包涧涧接吟道:"一团华盖翠亭亭,万个丁香露欲零,日炙锦熏眠不得,玉人扶起酒初醒。"这是咏瑞香的;贾苑司跟吟道:"香红嫩绿正开时,冷蝶饥蜂两不知,此际最宜何处看?朝阳初上碧梧枝。"这是咏凤仙花的;蔺小茹接吟道:"银汉初移漏欲残,步虚人倚玉栏杆,仙衣染得天边碧,乞与人间向晓看。"这是咏牵牛花的;朱雯跟吟道:"沉沉华省锁红尘,忽地花枝觉岁新,为问名园最深处,不知迎得多少春。"这是咏迎春花的;秋济景接吟道:"漫说花无百日红,谁知花不与人同,何由觅得中山酒,花正开时酒正浓。"这是咏千日红的。

晚眠晓雨,翌日早点后,一行人别了听涛园,去蟹河畔蒲折柳红钱柳庄园,踏园弄水,听菊赏柳。在红钱柳庄园的时间有些短促,因为大家已有规划,午饭后,即依依辞别红钱柳庄园,转赴尖尖岭管沼平柿园处。到了柿园,一行人稍作歇息,即寻山问樵,踢秋剪花,并于山深处,听莺啼鹂鸣。

日暮时分,云开雾淡,朱响说:"真是无酒不畅的。"大家颇有同感,晚上大喝了一通水酒,酒后一行人相携互邀,至山坞汲泉亭赏月,山深亭远,月明星朗,兄妹们且歌且舞,游戏了一会,朱响慨叹说:"这里真是空山无人、水流花开之极境呀!"大家都有感慨,于是再坐下来吟诗,荀卿说:"这回再吟什么?"管沼平说:"不如吟月,两句也行,四句也可,如无月字、月意,罚歌一曲。"大家都喊好,朱雯和蔚小灼弄了些纸团子给大家抓阄,朱响抓了个先,启口吟道:"三五明月满,四五蟾兔缺。"大家都起哄叫好,就此吟了下去,蔺小茹吟道:"明月照高楼,流光正徘徊。"靳楚楚吟道:"月皎疑非夜,林疏似更秋。"管沼平吟道:"露湿寒塘草,月映清淮流。"计夏原吟道:"野火初烟细,新月半轮空。"荀卿吟道:"明月隐高树,长河没晓天。"朱雯吟道:"灭烛怜光满,披衣觉露滋。"大家齐声叫好,秋济景吟道:"暗尘随马去,明月逐人来。"边慕鱼吟道:"滟滟随波千万里,何处春江无月明?"蔚小灼吟道:"月出惊山鸟,时鸣春涧中。"朱茵吟道:"江天一色无纤尘,皎皎空中孤月轮。"包涧洞吟道:"细烟生水上,圆月在舟中。"贾苑司吟道:"白云千里万里,明月前溪后溪。"晁若轻吟道:"明月出高山,苍茫云海间。"蒲折柳吟道:"月色醉远客,山花开欲燃。"

一轮吟毕,大家欢呼雀跃而品茗,边慕鱼叫喊说:"各位兄妹,各位兄妹,不过瘾,不过瘾,再来一轮怎么样?"朱响叫道:"再来一轮,再来一轮。"大家都喊好,蔚小灼和朱雯又弄了一些纸团子,给大家抓阄,这次是蔚小灼抓了个先,她启口先吟道:"暮从碧山下,山月随人归。"朱茵跟吟道:"人攀明月不可得,月行却与人相随。"大家都叫一声好,管沼平接吟道:"寒沙蒙薄雾,落月去清波。"计夏原再吟道:"山虚风落石,楼静月侵门。"蒲折柳又吟道:"云掩初弦月,香传小树花。"晁若轻接吟道:"水烟晴吐月,山火夜烧云。"贾苑司再吟道:"春来秋去不相待,水中月色长不改。"秋济景跟吟道:"月色更添秋色好,芦风似胜竹风幽。"蔺小茹再吟道:"东船西舫悄无言,唯见江心秋月白。"朱雯又吟道:"松排山面千重翠,月点波心一颗珠。"朱响接吟道:"万影皆因月,千声各为秋。"包涧洞也吟道:"更深月色半人家,北斗阑干南斗斜。"靳楚楚亦吟道:"寒江近户漫流声,竹影临窗乱月明。"荀卿跟吟道:"夜深静卧百虫绝,清月出岭光入扉。"边慕鱼也吟道:"碧天如水夜云轻,月光如水水如天。"

第二轮吟完,大家又欢呼叫好,及至凉宵,夜深山静,诸友踏露而归,一晚喋喋不休,而后一觉天明,早饭后,东天朝阳红遍,十几人再去五百年古柿树下观柿、赏山。

秋阳高张,至半树高时,按早先商定,朱氏兄妹及蔚小灼、蔺小茹要买舟返城。朱茵、蔚小灼、蔺小茹和朱雯要去学院上学或备考;朱响则要去清凉山紫露寺寻山,余下的各位,均留柿园,突击备课,以赴中考。大家依依不舍,一行人送朱氏兄妹及蔚小灼、蔺小茹到尖尖岭码头,执手拥别,蒲折柳忽然对着高阳低水,张臂喊道:"若无花月美,不愿生此界,你我兄妹,真能永世欢聚不散,那该有多好啊!"大家皆为蒲折柳的情绪感染,朱茵"哇啦"一声,扑在包涧涧的怀里,号啕恸哭起来,朱雯、蔚小灼、蔺小茹和靳楚楚也搂在一起哭叫着。

哭闹一会,大家分手上船,船入中流,蔺小茹、蔚小灼和朱氏兄妹站在船头向岸上的人挥手、喊叫,岸上的人一直顺着河堤,跟着船走,也一直向船上的人挥手、喊叫,山岭阻路,岸上的人已不能前行,船却愈走愈远,岸上水里的人一直挥手、嘶喊,直到水山阻隔,两相茫茫。

4

朱响一行五人,归返九湾,蔚小灼及蔺小茹挥别返家,朱雯和朱茵则收拾了,去学院上学,朱响去到南园,母亲和二姨正在楼外廊下取阳品菊,朱响走到跟前,喊了一声:"二姨,妈妈。"二姨连说:"响儿,赶快过来品茶。"母亲说:"响儿,这是你二姨晨起带露摘来的菊花茶,你来品一品。"朱响说:"哎,我正渴了呢。"朱响走过去在蒲椅上坐下,坐得软软的。廊外芳草成茵,碧树漫天,大黑在廊下,歪着头,往阳光草地上看,菊色妹不知从哪里窜到草地上,跃身而起,挥爪去扑翩翩起舞的花蝴蝶,却扑了一个空,它便蹲身埋伏,以获战机。朱响边看,边捧瓯啜了一口,说:"妈妈、二姨,真是好喝,有一口醉人的孤香在里面呢。"二姨说:"篱东菊径深,雨中衣半湿,其实要是照古人的观点,得菊应该在暮晚的。"朱响说:"二姨,那怎么说呢?"母亲说:"朝饮木兰之坠露兮,夕餐秋菊之落英,想必夕餐、夕饮菊色,会有更佳的收获吧。"朱响说:"是的,妈妈。"二姨说:"响儿,你是前年去藻海及藻海以西考察的呗?"朱响说:"是的,二姨。"二姨说:"听说那里现在闹得凶呢,外敌已经闹到犁头海了,真让人忧心。"母亲说:"社稷早该未雨绸缪才对。"朱响说:"妈妈、二姨,以滩地之大,势力之强,不会有什么问题的。"母亲说:"那也不能掉以轻心哪。"朱响说:"是的,妈妈。"

三人悠然品菊,并闻菊音风动,看猫黄草青;阳光益暖,草香更甚,二姨说:"响儿,你最近打算做什么?"朱响说:"那还不是闭门读书,累日不出,或登山临水,流连忘返。"二姨说:"响儿,具体的呢?"朱响说:"二姨,具体的也就是三件事,一件是向知识智慧院提出申请,想继续去西地、北地或南地考察,或者做些去外地的事情都可,再一件是跋山涉水,尽速把那本《十八山读录》完成,第三件就是读书。"二姨说:"响儿,这都是好的。"朱响说:"是的,二姨。"母亲接上说:"响儿,这确都是好的,不过,我和你二姨都说了,这么多年,你一直忙于学业,无暇顾及其他,今日学成而归,我和你二姨总该想着你的事的。"朱响笑说:"妈,二姨,人都要这样的,你们要我做什么,尽管和我说就是了。"母亲也笑了,笑说:"那还不是要你趁天晴日暖,去清凉山紫露寺,了了爱神仪式。"朱响说:"母亲,二姨,是不是要我这几日就去?"二姨笑说:"响儿,你也都知道了,这几日,也就是后天十八的日子最好,不如你明天就收拾了过去,一切都照规矩办就是了。"朱响说:"二姨,妈,我就照你们说的去做就是了。"母亲说:"书本上的东西,你都知道得多了,不过我和你二姨,怎么的也得跟你再口说一遍,以免你办错了事情。"朱响说:"好的,妈妈。"

三人说到中午,小芳来喊吃饭,吃过饭,朱响回到东园,在柳椅上略困一困,就起身去思古斋改著读书去了。把《十二月记》改定,交小芳送走,再读书读至天色黑尽,小风祥来喊吃饭,饭毕,朱响携风祥又去思古斋读书,读到夜深,小风祥早已满脸祥云,蜷身大睡,朱响不想把他喊醒,干脆也在思古斋睡了。睡到第二天天亮,照例的早早起来,短衫单衣的,先跑到友竹园走了几趟饿鹰拳,一招一式,极尽内力,待几趟走完,人已经略为出汗了,又于友竹园里慢慢跑转一阵,然后到滩河边,啸号两三声,再下水泅渡了一番,十分酣畅。

这一天天晴日暖,早饭后,母亲和二姨,再嘱咐了一遍,朱响只是点头答应。朝霞将起时,朱响已经收拾好东西,离家去九湾码头,买舟乘船往清凉山去了。快船顺水而下,渐入滩河河口,水面顿觉宽展无限,两岸杂花生树,郁茂无边。水里有一些小舟,正在雾烟散聚的水面上,往来捕鱼作业,船上的人都拥到船舷边观看。薄雾渐去,只见一叶扁舟,一个渔人,立起身,张臂把一面偌大的渔网撒了出去,尔后,他就在小舟上蹲下身子,燃了一根烟放在嘴里衔着,两手一来一替、有节奏地拉着钢绳,船很快就过去了。薄雾又起,渐聚渐浓,待晨雾散去时,早阳已升在岸树上了,广远的水面上,三两片浮槎,飘荡在浩浩大水上,渔人端着竹竿,站在船头上吆喝着,那些彩色的渔鹰们,便纷纷栽入水中,片刻,又从水底浮出,嘴里却已经叼着尾巴乱摇的大鱼了。

船上人惊声四起,风顺船轻,过了滩河口,船便入了八极海了。但船只是沿着海岸走,走了一时,时间也并不长,船就慢慢、慢慢地泊在清凉山码头了。

船上的游人、淑女都下了船,朱响也跟着下了船。下船后先走一条石级高陡的仄道,两边石屋夹峙,走到石级的顶上,路就开阔了一些,行人渐就拉开了距离。朱响人强手轻,片刻就走到了人前头。石阶陡上、曲行,朱响沿阶而行,走到一块怪石前,路便分成了两股,一股往右,是一条大些的石板路,一般的人都从这里上去;另一股往左,也是通紫露峰紫露寺的,朱响只是听说,并没有真正走过,却未做思考,侧身就往左手路上去了。左手的路起始尚宽,但走不多时,人烟既无,路也简便万分了,只是在石缝间略有开凿,杂树乱枝也常来挡路拦道,朱响背好行囊,手脚并用,往山上爬跃。

山高崖陡、乱石狰狞、花香至绝,朱响偶或停下来去观石品花,那些山石,怪虽然怪,却都生得根基甚稳,不与他同,那些花呢,花的香气都极幽深、奇正,在他处都绝难寻觅。朱响一路观石赏花,一路奋力攀爬,又攀爬了许久,云开云散,朱响爬到一处绝崖下,抬头往崖上看去,只见崖上隙缝间一株万年古松,蓬勃郁盛,古松下一块突起的平台上,端坐着一位红衣寺人,看见朱响爬来了,老寺人呵呵一笑,笑说:"那可是朱响?"朱响说:"慧觉大师,晚辈问候了。"慧觉大师慈笑说:"朱响,你来做什么的?"朱响说:"我来紫露寺做爱神仪式的。"慧觉大师说:"那你先去吧,我在寺里等你。"朱响说:"大师,你叫我先去,那你又怎么在寺里等我?"慧觉大师呵呵一笑,再笑说:"殊途同归,异径共达,你有你的道,我有我的路,我自然可以在寺里等你的,你上来吧。"

朱响点头,手脚并用地攀到了崖上,喘了一口气,朱响说:"大师,你坐在这里做什么?"慧觉大师说:"我在这里看海。"朱响转身面南,从崖上看过去,只见秋阳闪烁,上下无涯,海天一色,果然这里居高临下,视界远阔,是个观海的好地方,看了一会,朱响说:"海还有这么多的观头吗?"慧觉大师说:"我还在想海。"朱响说:"海还有什么可想的吗?"慧觉大师笑说:"我在想人对海的命名。"朱响诧异说:"人对海的命名?"慧觉大师说:"人对海的命名,不外乎如下几种。"朱响垂手而立,慧觉大师说:"一种是地包之海,而海在地中,就叫地中海;一种是地在海中,海包之地,就叫寰海。海在地之南,就叫南海。海在地之北,就称北海。海在地之东,就叫东海。海在地之西,就为西洋。海之大热,就叫赤雨洋。海之极冷,就称大凉洋。近滩者,就称八极,文化使然。近松果,就叫松果湾,临岛而名。近天月,就命天月海,以城而名,这还不是很有些讲究吗?"朱响连连点头称是,慧觉说完了,挥挥手说:"朱响,你先去吧,我再坐一会。"

朱响点头离去,再往峰上尽力攀爬,一边往山上攀爬,一边想着慧觉大师的话,不觉到了紫露峰紫露寺,停下脚步,喘匀气息,又整理一遍身上的衣物,这才抬脚进了寺院。进了寺院,第一层是桂香殿,桂香殿殿面奇崛,殿前青石卧地,巨桂扑圆;第二层是山果殿,山果殿殿深堂远,殿前山果遍地,金食累累;第三层是紫露殿,紫露殿庄严肃穆,高峻宽阔,让人一见而起敬重之意,朱响进了紫露殿,慧觉大师果然已在殿里坐等他了,朱响再问候一声,慧觉大师说:"法匦,你先领这位法外的朱响去左房沐浴净心。"慧觉大师身后一位年轻的小师父答应一声,转过来领朱响出了殿门,往东边的卧房去了,一路走,一路法匦说:"男士都住左房,女士都住右房,夜晚宜于房内枯坐净心,不得随意走动。"朱响点头答应。

至左房住下,沐浴一番,又静心枯坐了一会,寺里却换了个叫本明的小师父来,说是法匦有别的事去了。本明领着朱响回到紫露殿,问慧觉大师,可有什么事情再要交待了,慧觉大师笑说:"没有了,只愿你能喜意盈门,再有就是望你功有大成,过个三年五载的,就来看望我慧觉一回。"朱响说:"多谢大师,那是一定的!"说完了,朱响由本明领着,往前到了桂香殿,进了桂香殿,来到一个大红案前,案前坐有一位红衣寺人,叫普远,本明说:"普远大师。"普远大师微笑说:"这可是慧觉大师交代的?"本明说:"就是的。"普远大师微笑说:"朱响,抽了签后,明天下午,你们是在寺里住,还是自己找地方呢?"朱响说:"那我还不知道,应该在哪里住才好呢?"本明说:"在哪里都行,或者明天你们商量了再定。"朱响说:"那也行。"普远大师笑说:"朱响,你先把手续办了吧。"朱响交了捐款,又签了些名字,普远大师交代了注意的事项,说:"暂给你个法名,叫作'明昙',你自己记住了。"朱响说:"记住了。"都做过了,普远大师向殿后叫了一声:"翼本。"殿后有人答应了一声,片刻,从殿后转出来一个小师父,手里捧着一个不大的红木托盘,托盘里放着一些折叠的红皮硬纸片,翼本说:"今天来做爱神仪式的,共有七十八人,男三十六,女四十二。"普远大师说:"明昙,你随意抽一个吧,这都是缘分的,没有什么讲究。"朱响点了点头,本明说:"明昙,那你就抽吧。"朱响伸手从红木托盘里拈了一个,翼本说:"回房再看。"说完,又端着托盘,转过殿后去了。

朱响谢别普远大师和本明小师父,径直回了卧房,在房里坐下,掏出红皮的硬纸片,打开来看,只见上面写着:天地氤氲,万物化醇。圆照因缘。心里想,前两句是起兴的句子,后一句才是说的正题,圆照,恐怕就是那个女孩子暂时的法名,就像自己暂时的法名叫明昙一样,因缘而不写姻缘,是说这并不是真正的婚姻,不一定有姻缘的,但也并非一定没有姻缘,因此写作"因缘"。看过了,把红皮硬纸片折好放进口袋里,又不便外出,赶紧掏出本子和书来铺在桌上,先记所见所感,再潜心读书,读至晌午,本明来喊他去吃饭,吃的都是青菜豆品之类,吃过饭,朱响回到卧间,小睡片刻,再起来读书,读到天黑,本明又来喊饭,吃过饭朱响再回屋读书,一直读到深更半夜,这才上床睡觉。

第二天朱响早早就起来了,在东苑树下走拳弄脚的,吃过早饭,本明又来领朱响去沐浴,本明说:"心可净了?"朱响说:"净了。"沐浴之后,朱响仍回房净心,到晌午时本明再来喊朱响吃饭,吃过饭,带了自己的物件,再由本明领着,去浴室小蒸,出出汗,静坐了一时,浴后出来,跟着本明又去了桂香殿,到了桂香殿,还是普远大师守在案边,看见朱响来了,普远大师慈笑说:"明昙,把你的因缘拿给我看一看。"朱响把红皮的硬纸片掏出来递给普远大师,普远大师看了,对朱响笑笑,说:"叫本明、翼本领你去山果殿吧。"朱响点头知道,翼本从殿后出来,和本明、朱响一起,起身去山果殿。先去了山果殿左手的卧房,把手里的物件放下,再去山果殿,进了山果殿大堂,也是一个大红的木案子,一位红衣的寺人守在案后,本明和翼本一齐叫道:"慧通大师。"慧通大师笑说:"可是那位明昙?"翼明和本明都说:"是的。"慧通大师笑对朱响说:"明昙,把你的因缘拿给我看一看。"朱响把红皮的硬纸片拿给慧通大师,慧通大师看过了,喊了一声:"净明,圆照的。"净明在殿后答应一声,不一刻,领着一位全身红衣、个子高高、体态窈窕的女孩子出来了,女孩子除全身红衣外,连头上都蒙着一大块鲜艳的红绸巾,因此连脸也叫人看不见。普远、翼本、本明、净明四人都灿然微笑,净明把女孩子的手交给朱响,慧通大师说:"明昙,你领去吧。"说完,和翼本、本明、净明,径自转身,头也不回地向殿后去了。

朱响看看女孩子,一时还不知道怎么办的好,半晌对她说:"蒙巾拿去吧?"女孩子使劲摇了摇头,朱响不知怎样才好,又过了一会,朱响说:"那就去卧房吧。"那个女孩子还是不说话,只是点了点头,看见女孩子点了头,朱响就牵着她的手,往山果殿殿东的卧房去了。进了卧房,原来女孩子的小物件已经放在桌上了,两人一在椅一在床坐下,坐了一会,女孩子头上仍蒙着大绸巾,低着头,也不说话,只是坐着,朱响说:"圆照,你看我们做什么的好?"那个女孩子听了朱响的话,还是不吭声,过了片刻,却侧身于桌上,拿出一支笔、一本纸来,俯身在纸上写道:明昙,你说做什么都好。

朱响看了,不知道怎么办,捧着纸呆了半天,也拿笔在纸上写道:圆照,晚上两人在哪里住的?女孩子写道:明昙,你说在哪里才好?朱响落笔在纸上写道:在这里也不错的。女孩子看了,又捉笔在纸上写:去山里找一户人家呗。朱响写道:那我们就赶早去吧。女孩子想了想,再捉笔在纸上写道:明昙,我有几个条件。朱响接着写道:圆照,我不礼貌的,你不愿意跟我说话吗?女孩子落笔写道:那是不相干的事情。朱响点点头,又写道:圆照,你都有什么条件?女孩子运笔写道:明昙,我有三个条件:第一个条件,我要看看你的因缘。朱响在纸上写道:我也看看你的。女孩子点点头,又在纸上写:两人要签名交换的。朱响写道:这个应该。女孩子再点点头,两人拿出红皮的硬纸折卡,互相签名交换了,朱响看圆照的折卡,只见那上面写道:天高而明,地厚而平。圆照因缘。两人都把纸卡收好,女孩子俯身再写道:第二个条件,天明亮时不许揭我盖头,夜晚请便,你答应不答应?朱响说:"我答应。"女孩子写道:你写下来。朱响俯身在纸上写下来了:只是你一路蒙头遮面的,能不能看得见走路?女孩子写道:我大致看得见,再说你须一直牵我手才可。朱响写道:那就好。女孩子又写道:第三条,明昙,你一直都要让着我,不许欺负我的,你答应不答应?朱响接着写道:我答应。女孩子又写道:那你去告诉寺院一声,我们抓紧去林里问路、山间寻房吧。朱响说:"好的,圆照。"

朱响去寺院辞别了慧觉、慧通、普远、法匦、本明、翼本、净明大小诸师,然后牵了女孩子的手,出紫露寺,顺山间人走出来的石径,一路往清凉山中去了。

清凉山紫露寺数峰,山险石峻,朱响并女孩子两人,手牵手出了紫露寺,一路往西行去。从峰上下来,过了一座石头岭,山间流水渐多,林木渐多,兽啼鸟鸣渐多,两人相携共力,过了一座峰,过了一道溪,来到一片陡崖下。陡崖的左近都是千年古木,一个樵者,绑腿扎额的,正在半崖上斫那些枯木,樵声阵阵,那些崖缝里生长着一些正在开花的山鹃,花如滴血,鲜丽非凡。朱响和那个女孩手牵着手,站在崖下,看那些花,看那个樵者,看那些参天古树,不由就看得有些呆了,朱响不禁脱口吟道:"朱霞焰焰山枝动,风翻火焰欲烧人,春红始谢又秋红,鲜红滴滴映霞明。"朱响吟毕,那个樵者听了,略噤一噤,在崖上放声诵道:"烟雨秋阳天,山花发杜鹃,魂愁数叶暗,血渍一丛鲜。"朱响听了,不由脱口喊道："作得好！作得好！"那个女孩子听了，这时松开朱响的手，蹲在地上，由小袋里掏出纸和笔，写了几行，交给朱响，朱响看了，替她咏道："尖岭曾闻子规鸟，紫露又见杜鹃花，一叫一回肠一断，三春三月忆山崖。"朱响咏罢，体会女孩子诗里的味道，再看看身边的女孩子，不由得喊起好来，那个樵者，在山崖上听了，也频频地用斧热烈敲树，以示其意。

朱响两人别了樵者，再往前行，过了一道山脊，又过了一眼旺泉，两人掬清泉而饮。再往前走，来在一道山谷里，山谷里暖阳秋英，一片一片的翠面菊开得正盛，山鸟欢唱，花香盈谷。谷的深里有几间开阔的大石房，石房的房顶上有几位少女，正在摊米晒谷，花衣绿裳的，看见朱响和一袭红衣的女孩子过来，那些少女就直起身，住了手，来看朱响和女孩子，一边嘴里有心无意地吟道："借叶为花色更妖，红紫相间难画描，秋光更比春光好，院草经霜未肯凋。"朱响听了，心里有感，也吟了一首道："疏疏密密缀新红，庭下看来锦一丛，不分芳花易消歇，剩将余色借秋风。"朱响牵手的女孩子打熬不住，也在纸上写了一首诗，递给朱响，朱响代她吟道："霜叶回红底是春，烟华洗尽历时新，衰花不为矜颜色，留与群芳殿后尘。"朱响吟罢，觉得这种甜蜜的气氛实在是难忘，不禁心里有些激动，看看身边体态窈窕的女孩子，却是一点都看不见她的表情，朱响不觉心里有些可惜。

与屋上少女们作别后，朱响和圆照，牵了手再往前走。他们攀上一座翠峰，走下一条碧岭，走到晚霞漫起、山风微行时，两人闻到一袭袭的桂香飘动过来，转过一道山弯，看见前面的山谷间，流水清碧，蜿蜒曲折，谷地上大片大片的秋桂开得正盛，花香醉人。山谷的谷折里,一片青石红瓦的院落,错落上下,移转有势,朱响欢呼雀跃,拉着女孩子向桂树林跑去。进了桂树林,桂香更甚,朱响和女孩子张开双臂,拥抱青山绿水、鸟鸣花香。朱响跑叫了一阵,兴奋难耐,不由得大声诵道:"叶密千层秀,花开万点黄,逾月香不绝,三秋压众芳。"吟声才落,就听见桂树林里有童音叽叽喳喳地说:"谁呀谁呀,在这里弄斧!"朱响定睛看去,原来是两个扎翘翘辫的书童,正坐在林中怪石上玩耍,朱响正要说话,其中一个书童说:"我们也来吟他一首。"另一个说:"好,你吟上联,我来下句。"第一个书童说:"好,我来上联。盈谷皆金桂,连云又蔽日。"第二个书童跟吟道:"人行空翠中,秋来香十里。"朱响听毕,连声喊好,说:"我来跟你们两句,跟你们两句。琼叶润不凋,犹疑翡翠居。"那两个孩子听朱响吟尽,都指点着圆照叫道:"她会不会?她会不会?"这时圆照已经在纸上写下两句诗了,朱响接过来,朗声诵道:"君子知我心,佳音更可期。"

朱响诵罢,不禁沉吟许久,这时,那两个书童已经由怪石上跳下,双双跑来朱响和圆照跟前,男孩子说:"我叫金桂。"女孩子说:"我叫银桂。"又同时说:"两位跟我们走吧。"说着就一边一个,牵着朱响两人的手,欢跳着往前跑去,朱响说:"金桂,银桂,这里是什么地方?"金桂说:"这里叫桂谷,这条溪叫杜鹃溪。"朱响说:"那你们住在哪里?"银桂说:"我们住在桂谷山庄。"

走了不一刻,溪头一转,就望见刚才在山弯处看见的那个山庄了。山庄真是青石红瓦、飞檐走壁,门廊上塑着几个有形有体的大字:"桂谷山庄",后缀"桂谷山叟题"几个小字。朱响偏着头看了片刻,嘴里喃喃地说:"这字我似乎熟的。"再看两边的门联,左边是"茶熟香清,有客到门可喜",右边的门联是"鸟啼花落,无人亦是悠然",朱响不禁击节暗叫:"好对,好对,住在这里的,必定是个大学问家!"两人小心进了院落,院中大桂随有,偶见一些男女,都安心静气地做着自己的事情。有一个慈眉善目的中年妇女,叫"百谷幺姨"的——听金桂和银桂都这样喊她——来接着朱响和圆照,知道他们是来做爱神仪式的,就安排他们在"桂谷山庄"东隅的一间大客房里休息,然后又带他们在山庄里走了一通。朱响和圆照一一细看了,共有桂香庵、抱香斋、明山堂、习静轩、野香亭、钓山亭、听桂亭、金桂苑、银桂苑、丹桂苑诸苑室,原来桂谷山庄里也随处植桂的,桂叶微动,桂香沁人,让人觉着心动神摇。朱响与圆照牵着手,一边看,一边惊叹不已,问百谷幺姨说:"山庄主人今天可在?"百谷幺姨说:"今天是你们成年的大喜日子,他今天不见你,明晨送这位圆照小师父走了之后,他再见你。"朱响点头说:"那也好。"

晚饭朱响和圆照是分开了吃的,晚饭后,天一黑,山庄里就安静得万分了,朱响与圆照进了客房,洗漱了一通,两人在桌边坐下,这时窗外清风时进,屋里桂香绕人,朱响拿纸、拿笔写道:我是由着你的。圆照看了,接着写道:你诵一段书给我听吧。朱响说:"好的。"又说:"圆照,你要听什么?"圆照在纸上写道:由你挑吧。朱响就翻书挑了一段文章,念道:"第八日,天香翡翠湖画舫尽开,香堤游人,来往如蚁。其日,龙舟六只,游于湖上,舟上旗伞、花篮、闹杆、鼓吹、艳女之类尽欢,舟工皆簪大花、卷脚帽子、红绿戏衫,执棹行舟,戏游波里。指挥乘小舟而入湖,披红衫,顶黄巾,戴长花,插孔雀羽,指挥横节杖,声爆,挥小旗以招龙舟,诸舟俱响锣击鼓,分两势划棹旋转,远远排列成行,指挥再以小旗招之,龙舟并进势如破竹。湖山游人,至暮不绝。"圆照听得入迷,念了一时,圆照在纸上写道:明昙,你我休息吧。朱响看了,说:"好的。"

两人上了床,圆照又在纸上写道:今晚桂香盈人。朱响接写道:也许你我能梦得一双醉蝶呢。圆照续写道:你会不会? 朱响想了想,再写道:我大致只在书上看过的。圆照看了,接写道:我们倒是学过的。朱响拿过纸笔,快写道:这个到哪里去学? 圆照写道:成人时,女长辈们都教的,女子学院对女生也有专门课时。朱响写道:那我知道了。圆照写道:你知道什么了? 朱响写道:那我就是还不知道什么。圆照写道:明昙,你想不想知道什么? 朱响写道:圆照,我想知道一些。圆照写道:其实也没有什么,不外乎平仰、扛腿、背后、侧身、对坐、倒翻等等之类,你们难道没在课里学过? 朱响写道:也有简单图示,匆匆而过,总觉这不必学的,天生都会。圆照写道:会是都会,生活质量大不同的。朱响写道:那也是的。

一阵写完,话突地断了,两人隔红绸,对看了一看,朱响也看不见她的面孔,圆照低头又写道:明昙,你我灭灯歇息吧。朱响点头说:那就休息吧。

5

这一夜朱响果然就永世难忘,两人各法皆试,快乐无比,几近一宿未眠。虽然秋宵恨短,但因为是客人,所以天始放亮,朱响与圆照,赶紧就起来了,两人都已成人,照规矩理当分手。吃过早饭,圆照由桂谷山庄百谷么姨送去金桂码头,乘船返家。朱响也不知她是哪里的,也不好问她是哪里的,在山庄门外,朱响与圆照执手再见,留恋万端。

码头帆响猎猎,两人终于作别。朱响返回山庄,由金桂领着,去山庄的抱香斋,拜见山庄主人。进了书斋大门,一眼瞥见一位坐姿笔挺、精神抖擞的老人,正坐在窗下的盆桂边读书,朱响细看片刻,不由得惊声叫道:"石板师!"径奔过去,一把搂住了老人,两人扎成一堆,亲热万分,金桂和银桂都在一旁嘿嘿作乐。原来桂谷山庄的主人,竟是朱响在浅水湾十八鹤草堂求学时的老师左石板。

朱响左搂右抱的,和老师亲近不够。片刻,朱响在老师的对面椅上坐下,说:"石板师,你怎么会住到这里来的?"左石板呵呵朗笑几声,说:"于十八鹤草堂教了许多年书,想自己清静一番,做些思考,弄些学问,因此挑了这一块地方搬来,做成个桂谷山庄,朱响,你看这里怎么样?"朱响说:"这里真是好得不得了。"左石板说:"这里已是清凉山和星月山的交汇处,虽然山不尽深,水不尽湍,林不尽茂,但面海临谷,青山秀水,宛若世外桃源,在此地读山阅水,披书长想,是一个绝佳的人境。"朱响说:"是的是的,石板师,昨晚一到,我就恋上它了。"左石板说:"朱响,你今已成人,此时打算有些什么作为?"朱响说:"不瞒老师,学生近日打算四方畅游,也是读山阅水、披书长想,要作一本名为《十八山读录》的小书。"左石板说:"这是一本什么样的书?"朱响说:"是一本写山、写水、写山中日、水中月、人有所感所思所想所悟的小书,还望老师多有海教。"左石板说:"这是一本好书啊。"朱响说:"石板师,我要怎样写才成?"左石板说:"你怎样想,就怎样做,你怎样做,就怎样说,你怎样说,就怎样写。"朱响说:"是的,老师,那我要怎样做呢?"左石板说:"怎样做自然有许多讲究,但为兰,就应做四时不谢之兰;为竹,就要成百节长青之竹;为石,即要为万古不移之石;为人,当要成千秋不变之人。"

朱响大惊、大悟,叫道:"石板师说得对,学生获益匪浅!"左石板说:"朱响,你愿不愿意在我桂谷山庄逗留几日?"朱响忙说:"学生求之不得。"左石板说:"我有一本大书,名《碎想录》,比院外的石板还厚,现已完成,只待修葺,无奈我精力有限,心余力疲,我想请你做一做我的助手,为我查一些资料、补一些口述、顺一些文字,不知你愿不愿意?"朱响说:"石板师,学生求之不得。"左石板说:"朱响,我自然也不愿你心血白费,书成后我署著者名,而你署助者名,你看可好?"朱响忙说:"石板师,万万用不着,学生能有这一次的学习机会,已经是天成之缘了。"左石板说:"朱响,那我们就说定了,你家里我自会遣人通报,你的生活起居,百谷幺姨也自然会为你做好,这里的各处,包括园外桂谷、杜鹃溪左右,你都可以随兴而去,尽兴而返,没有人会妨碍你。"朱响说:"石板师,我只要求这座抱香斋书楼,无昼无夜。"左石板呵呵笑说:"它只由你塑造了,也没有人会妨碍你的。"朱响叫道:"谢谢石板师,谢谢石板师!"

自此,朱响在桂谷山庄住下,他仍住在庄园东隅的大客房里,一住弥月,并时有厚礼还乡,母亲则由听涛园来函,说近帖已经收到,详述了家中生活情境,并说九湾知识智慧院来人有告,最近因西地、北地外乱未止,考察暂无法成行,望再等讯息,母亲并问他近况。

朱响即刻奉函,说:母亲大人敬启:儿现在石板师之桂谷山庄,一则助师著述,一则躬耕不止。儿之生活极有规律,每天鸟啼即起,习拳练武,攀山健身,甚或驾舟击海,弄浪听涛,奋激不已。早饭后,儿于桂谷山庄之抱香斋,与石板师相见,记石板师言思悟感,两个时辰后,石板师离书楼去园中或园外赏花听鸟,儿即留抱香斋,抄书摘籍,充盈师稿,至午餐方停。午餐后,儿于抱香斋盆桂边拥香而眠,稍时即醒,再起身奋读、舞墨、通稿,将暮始歇。此时日薄西山,儿或于桂谷山庄闻鸟赏香,或走出山庄,至桂谷、杜鹃溪,或至金桂码头,前后左右乱走,只为消散张目。走至天晚,儿返桂谷山庄晚餐,晚餐时与石板师面桌清谈,饭后即入抱香斋书楼,耕读盈宵,有时要至天将亮时,才返客房,和衣小睡片刻。儿一切均佳,母勿挂心,并问爷爷、二姨大安,全家都好。

不些日,二姨也来了信,问到爱神仪式及近况,朱响复函说:

二姨大人近安,秋日赴紫露寺行成人仪式,甥天缘巧合,遇一绝佳女孩,法名圆照,两人颇为投缘,似有相见恨晚之感。当晚甥与圆照,投宿于我师左石板大宅,两人鱼水相融,情切意合,只是那位圆照姑娘,自始至终,红衣飘飘,面蒙绸巾,不见真面,囿于礼俗,别时又不曾问她真名地址,现时想起,圆照姑娘来如风雨,去似微尘,天地细露,何方踏寻!甥至今仍懊丧不已。与圆照姑娘别后,甥于桂谷山庄石板师处,助石板师成就大著,甥自身亦躬耕勤读,无一日虚度。桂谷山庄里,百谷幺姨及金桂、银桂等,皆与甥混得透熟,每日也不郁闷。某日秋露红叶,山静阳暖,甥将暮时散走而去,走到杜鹃溪边,金桂及银桂紧追上来,拉住甥之衣襟,还吵闹着,要甥为桂谷山庄刚落成不久的桂香庵题联,金桂说:"板爷说了呢,叫我和银桂来求你,看能不能求得到,说你将来定是个大学问家呢。"银桂也说:"可不就是呢,响哥,要是你为我们作了呢,我们就告诉你个好的去处,叫杜鹃花园的,杜鹃小姐姐呢,就住在那里,你一定得去看她的,你看好是不好?"金桂说:"银桂,你看你早早儿地,就把秘处说了,响哥就不定作不作了呢。"甥看他们万分的可爱,甥就说:"那我还能不作?"于是甥戮力作了一副对联,上联为:楼前桂叶,散为一院清阴;下联为:枕上鸟声,唤起半窗红日;横批为:香恬庵静。联子作好了,桂谷山庄老少都叫好,连石板师都夸了甥儿几句,并即刻找人勒石垒门,以成佳处了。二姨,甥在桂谷山庄,尚要待些时日,请问爷爷、母亲及全家人好,谨颂秋祺,并祝万康!

　　同窗好友贾苑司忽来一函,言及他与靳楚楚感情火热,一时不见,如隔三秋,精习迎考,是学不下去了,暂且只得放弃,不几日,将泣别管沼平柿园及诸手足,与靳楚楚同返若影湾天琴城,喜结连理,共渡余生了,就此泪别,来日再聚。朱响读毕,赶紧复他一书,说道:苑司至友,大函奉悉,惊闻大友专禧,醉倒我也,贾兄艳福,令人生妒,古人言精:值此绣帷凉月,正好睡稳鸳鸯,而杨柳蛮腰,樱桃樊口,自必大如所愿!专此略寄数行,不仅志喜,且卜宜男也。你我手足,来日大有相会,目送启程,并望转楚楚海贺!祈保双安,恋人如愿!爱人如愿!弟:朱响谨识。

复了贾苑司信,朱响心有所感,慨叹数日,适才平静。一个半月后,荀卿等清暑阁朋友,除大妹朱雯、小妹朱茵、蔚小灼及蔺小茹外,尽署名来了一信。信中说,考试已毕,多有欢喜,荀卿、晁若轻,已晋中级,蔚小灼、蔺小茹及朱雯,亦得初级,其余各位,牛刀小试,信心仍足,相约来春再试,并无灰心之态。大家柿园一别,又至晁若轻菊园小聚,风清月白,品茗赏香,清暑阁诸友俱在,只差朱响及苑司一对,心中不免作哽,慨惜人生无常,各友不日将分东西,就此别过,盼早日相见!朱响急急地复了诸友,道:九湾聚首,一朝分袂,手翰盼来,更增离索,忆清暑阁时,兴酣则绿盏交飞,意到则紫琴互奏,此情此景,如在目前,不期一曲将尽,顿分南北,抚今思昔,能不掬泪?!只盼诸友尽安,各得其所,亦求陌头岭上,莺花月露,早日清风故人,执手再叙,诸友大安!

朱响复了诸友信,心中伤感,数日里,只埋头于书、稿,言语也不多了,左石板及家里人,皆知道这是怎样一回事,也都不来打扰他。《碎想录》进展飞快,石板师心里很是满意,不几日朱响也就好了,又说、笑、读、著自如了。

这一日,风香月明,朱响再接二姨手书,问及近况,朱响复函说:二姨您好！甥近来颇好,常与石板师对谈,亦获益匪浅,石板师说:"律己宜偏秋气,处世宜多春风。"说:"志要豪华,趣要淡泊。"说:"一年之计在于春,一日之计在于晨,一家之计在于和,一生之计在于勤。"说:"唯以退为乐,乃能进退两望,唯以死为安,乃能死生一致。"说:"傲骨不可无,傲心不可有,无傲骨则近于鄙夫,有傲心不得为君子。"说:"美人之光,可以养目,诗人之诗,可以养心。"说:"事业文章随身销毁,而精神万古如新;功名富贵逐世转移,而气节千载一日。"又说:"以宇宙为一身者,无不平之憾矣。"都是我咀嚼良久的佳肴。傍晚时的散走,亦然快乐,金桂、银桂带我去了一趟杜鹃溪入海口之杜鹃湾杜鹃花园。因路途略远,那日三人去得稍早些,于桂谷中沿溪踏雪而行,溪尽湾至,一片朴实、耐用而又别致的建筑扑面而来,这即是杜鹃花园,杜鹃花园面山依岭而建,屋随崖转,亭至岩生,所有庵、亭、楼、阁,均以竹、木、茅、草、石建成,计有"观海亭""沐风亭""养生庵""春雨杜鹃楼""听竹楼""抱云斋"等,杜鹃湾码头还有"惊澜亭"一座,峭立崖上,面海观溪,十分佳境,餐具、用品也都以竹、木、叶、梗制成。这日到时,蒙杜鹃花园一家人热情接待,原来这家男主人,姓臧名有无,也是个有学问的大家,并曾于南地松果湾松果城服务数年。家中布局雅致,人多修养,只可惜男主人仅逾不惑,即瘫卧在床,令人叹息,女主人贤淑有加,接人待物,细致入微,臧家长男在外求学,小女臧鹃小名杜鹃,年方八岁,那晚她因走亲在外,未能得见。晚上三人竟在杜鹃花园留住一宿,第二日雪白云红,我与金桂、银桂三人,谢别杜鹃花园,一路踢雪折松而归,溪瘦石削,鸟过风微,桂香未尽,梅事已现,生命之力真是顽强张狂。二姨,甥时有长进,《碎言录》亦进展神速,不久即将完成,石板师高兴,我亦十分兴奋,望勿挂念,倒是我闲时,就有些想起家中亲人了,暂书至此,祝二姨日祺,并请代问爷爷、母亲及全家冬安!

蔚小灼及蔄小茹同署一信,来信说,考试已过,两人都很高兴,只是不见大响兄,无获赐教,心中总有失落,不知大响兄近日如何,几时返家,另有一求,渴望惠寄人生佳言,以助路杖。朱响接信后复道:人生佳言不敢,只是自己对自己的一点要求罢了,奉献二妹,以期同享:人生应有所寄,然后才能有乐,常言道,美玉多瑕,奇人多癖,因此有以奕为寄的,有以菊为寄的,有以文为寄的,有以色为寄的,有以赚钱为寄的,有以玩虫为寄的,有以撩琴为寄的,不一而足。高人达士,出人一层,只因其情有所寄,意有所嘱,不肯浮泛虚度光阴,常见无寄之人,终日忙碌,无有所寄,因此若有所失、心事重重、对景无乐,自己也不明白是什么缘故。其实人生之事,只要不顾所以,先胡乱做将起来再说,自有水到渠成的日子。二妹才华横溢,又值小试轻过,前程定然无限!先表庆贺,再致敬意,并祈花颜永驻,青春常在!

大妹朱雯,亦来信问候,朱雯信说:哥哥,你都好吗?我初级通过了,心里真是非常的高兴,但是比起哥哥来,那就差得远了,妹妹的目标就是向哥哥看齐,虽然妹妹也知道,这是不切实际的,因为妹妹的才量,和哥哥是完全不能比的,但是妹妹在学业上能有个目标,不也是很好的吗,哥哥你说呢?弟朱光、朱明附笔问候。朱响复信朱雯说:雯妹,我为你高兴,你学业能有所进,我觉得比我自己得了什么都快活万分,雯妹你学风踏实,聪明肯做,在雯妹那里,我是不相信有什么事情做不成的,反正不管怎样,我这个大哥,永远只会为弟妹们自豪,为你自豪;雯妹,我在这里一切均好,问光弟、明弟好,问茵妹好,问全家好!

朱茵也来了信,朱茵信说:春天将到,大哥你什么时候回来呀?小妹非常想你了!大哥,你不想小妹吗?好了,大哥,我来告诉你一件事,小雯姐姐和若轻大哥越来越好了,他们俩经常偷偷见面,有时晚上还在濉河的小渔船上见面,看样子,他们俩要到一起过了,这件事,妈妈和二姨都知道,她们也没怎么管她。小灼姐姐和小茹姐姐有时还来我们家玩,她们都会问到你的,还是很关心的样子,小茹姐姐还私下里问过我呢,她只是说你诗对得好,但是我告诉你,小灼姐姐的肚子鼓起来一点了,这是秋天她去做爱神仪式的结果,到底是谁的孩子呢?很神秘,我一点都不知道,而且谁都不知道,恐怕连小灼姐姐自己都不知道。我自己呢,我对你的那些学友都很崇敬,我想找他们中间的一个做男朋友,但是到底找谁,我非常犹豫。若轻哥哥很不错的,但是他是小雯姐姐的;荀卿兄很稳重,不过我怕我和他没有多少话说,如果我长大一些,也许会好的;沼平兄与夏原兄,大概已有所爱了,这是我有一次听小灼姐姐她们闲聊讲的;慕鱼兄也很不错的,但他是不是有点孩子气呢?折柳兄呢,我还没想好,这事先这样吧,我想等等再说。响哥哥,你不要牵挂我们,我们都好得不能再好了,爷爷也好,妈妈和二姨还是那种无话不谈的样子,经常鬼鬼祟祟的,二哥和三哥见天钻在书堆里见不着人影,哥,就写到这里吧,祝你身体健康,万事如意!

朱响立刻复信朱茵说:小妹你好,谢谢你告诉我这么多事情,有的事情我很开心,但有的事情我很失落,这些都不提了吧。茵妹,接到你的来信,我真是非常高兴,我想你现在肯定又长高了,小嘴也更加厉害了,学业也会有所长进吧,这些我是一点都不怀疑的,因为我家小妹,会比谁家的小妹都更好、更厉害的!蔚小灼那边有什么消息,小妹你要为我留心着,这倒不是有什么特别的意思,只是想多知道一些事情罢了,这件事跟谁都不要说,说出去了,我会回去打你的,你可要小心了,小丫头!好了,小妹,暂且就写到这里,我会永远想着你的,最最疼爱你的大哥。

时光如梭,不一月,二姨又来一信,先言家中琐事,再问朱响近况,朱响赶紧复上,说:二姨您好!甥在桂谷山庄,一切如常,十分得益,通读石板师大著,如沐春风,如接甘霖,石板师大巧若拙,大智若愚,所言所行,皆入木里。前些日,石板师自拟一联,悬于壁间,上联为:老去自觉万缘都尽,哪管人事人非;下联为:春来尚有一事关心,只在花开花落。二姨,你看这是何等境界!某雪停日,我与金桂、银桂,又去了一趟杜鹃花园,三人踏雪而行,时而快跑,时而吁吁慢行,颇有情趣。到得杜鹃花园,推扉而入,迎面就撞见了臧家小女臧鹃,小名杜鹃。其时山雪皑皑,松叶青青,臧鹃一头乌发,肤色白嫩,如凝脂膏,面相极为俊美,她上青下红,亭亭玉立,一颦一笑,极其妩媚,笑时,两只小小虎牙,一左一右,风韵十足,看她时,她倒绝不像个八岁的女孩子,倒像个知晓风情的尤物。杜鹃与我似乎熟非一日,初次相见,她便设计留金桂、银桂在家,则约我去攀园后峭岭,一路我们相帮相扶,相依相携,杜鹃的纤纤小手,亦是温热可人的。到得岭上,杜鹃偎倒于我怀中,与我说起垒砌石屋、捕捉红虾、栽植水稻、收获稻米、冶铁铸钉、击拾刺榔蒴果、三个小孩子诸事,并主动与我拥搂、亲吻不止。后又约我十六年后,来杜鹃花园娶她回家,为何偏要一十六年?皆因她母亲、外婆、奶奶,均二十四岁成婚,沿而成习,我一一答应,与她约好,今为潍历3352年初春,十六年后,即3368年暮春之最后一日,春夏之交,兼备春之萌芽、夏之生长,我当赴杜鹃花园,接娶杜鹃,不得爽约,两人一一约定,但她毕竟还只是个孩子,现在对她,我亦不会有任何非分之想,只能盼她早日长大。我前些日再去一次,先与藏有无先生欢谈,藏先生言及南地松果湾、松果岛、松果城及赤雨群岛,情真意切,显见他嘱心于彼。藏先生说松果半岛诸地诸事甚怪,由海所围却贫于水,又有插叶即成茂林之地,松果城竟为雨城,一年三百六十天,三百五十天有雨,二姨,你看怪是不怪,甥有机会,一定要去探一探的!别藏先生后,又与杜鹃相言甚欢,她昨已引舟,赴沉月城沉月学院学习,长久无法再见到她,心里颇为惆怅,但手里一忙,心绪逐渐也就平静了许多。二姨,这些时候,石板师大著《碎言录》已近尾声,甥正突击通对,春天节日期间亦恐难回,遥感北地,一日三秋,心挂至亲,但事业却也是难废的,请二姨都代为问安吧!

朱响这封信出去不久,小妹朱茵的信就到了,朱茵在信里,急火火地说:大哥哥,我现在藏在被窝里给你写信,只因有一要事相告,妈妈或二姨将有信予你,如果她们提起给你结婚事,你就一口答应,新娘是你最关心的人,切!切!小妹朱茵夜晚偷笔。看了朱茵的信,朱响不知究竟,心里惴想,那是不是蔚小灼呢?是不是她呢?夜晚心思略有零乱,也睡不好觉,于是起身提笔,闭目遐思,梦回冬日,雪走桂谷,杜鹃溪浅,八极海深,清凉山苍,瓜叶山远,星月山瘦,一人孤静,于是张目运笔,一气呵成,作了一幅《走雪图》长卷,又将"杜鹃溪浅,八极海深,清凉山苍,瓜叶山远,桂谷雪腴,星月山瘦,梦走白夜,气若汪洋"诸文,书于绢隙,并题献"杜鹃花园之臧鹃,滩历3352年早春",晨起暗请金桂、银桂悄然送去,心中略觉舒坦。

但朱响仍不确知朱茵说的是谁,不免时有胡思乱想,想了几日,母亲的信果然就来了,母亲信里说:响儿,二姨接到你的信,就拿来给我看了,我们都为你的惜时和长进而高兴,你人生颇有抱负,你爷爷和我们,我们全家,都殷殷以待,对你抱有厚望,这定然不会成为你的压力,我们都是了解你的。响儿,现有一事告你,因你已经成年,人生大事自然不可疏忽,但你又埋首事业,我和你二姨多方考虑,越俎代庖,现已为你择定百年之好,望我儿助述一毕,即刻返家,以成红禧。母字。

6

朱响心里已经有数,因此并不反对,只是奋力工作。春暖花开时节,石板师《碎言录》已成,朱响把母亲来信告诉左石板,左石板连说:"当回,当回,好事,好事,我左石板这里有贺了!"笑得闭不拢嘴,并送了一桶上年好茶给朱响,对朱响说:"此种'桂谷翠眉',百里难寻,千里不生,仅桂谷、鹃溪才有,一年也只三五十桶,贵逾黄金。此茶外形眉状均齐,纤秀多毫,冲泡时芽头直立杯中,犹如万笋林立,杯面雾气结顶,情趣盎然,其汤碧绿清醇,口感鲜爽,回味甘甜,实乃茶中珍品。人尽说新茶时尚,'桂谷翠眉'却有不同,以小木桶封存,贮储隔年,茶香尚出,啜之有极品之态。这也算是我对你的一点谢枕了。"朱响欢喜不尽,说:"石板师,不敢留谢,我还求之不得,此番学业大进呢。"左石板喜笑颜开,呵呵地笑个不停。

朱响拥辞了石板师及金桂、银桂,并与桂谷山庄百谷么姨诸位都告了别,背上茶桶,徒步于陆路返家。一路山岭水溪,至清凉山西脉,面北出山。此时丘陵渐起,水网、平原又至,朱响晓行夜宿,只把徒步作为一次实地的考察。走至拾金湖畔,想起那天返家车上,小妹朱茵说到蔚家在拾金湖买地植草事,存心想看一看,就缘湖而行,一路询问,问到了拾金湖东岸的拾金苑。拾金苑外有小阜,朱响登阜而望,只见偌大拾金苑,除茅屋三五行外,遍野皆树,树里有湖,湖里有树,湖树相融,一派浩荡野趣。朱响本就性情中人,见到这番野趣野景,不免心旌摇曳,心向往之,但又恐唐突,呆立半晌,才悄然离去。

过了拾金湖,九湾也就近了。朱响快步如飞,灯明到家,一家人欢声笑语。朱响去拜望了爷爷,晚上母亲和二姨同朱响谈心,果然是朱响心目中的那个女孩,朱响忐忑不定的心,这才落实下来,不禁笑逐颜开,喜上眉梢,母亲说:"响儿,你明天去拜见你蔚大爷呗,小灼你是见不着的,成婚前女孩子也不给你见的。"朱响说:"妈,二姨,我知道了。"第二天一早,朱雯和朱茵,又早早来友竹园朱响习拳处见朱响,一见朱响,朱茵就扑上来抱着朱响的膀子叫哥哥:"大哥,大哥,你可得谢我?"朱响说:"那自然得谢你了,送你和大妹各一身绸衣吧,另再各加一方丝巾。"朱茵叫道:"好哥哥,我们今天就上街买呗!"朱响说:"你和姐姐一道去吧,我今天还得去拜蔚大爷。"朱茵叫道:"好哎,好哎!"朱雯奇怪说:"妹妹,你倒要哥哥谢你什么?"朱茵说:"是我写信,告诉哥哥机密事的。"朱雯笑说:"茵妹,你真猫耳朵!"朱茵得意大笑。

早饭后,春阳悬升,朱响领了风祥,携"桂谷翠眉",一路往街里蔚家花园去了。进了蔚家花园,向蔚大爷等问了好,风祥熟门熟路,早跑去后园玩了,朱响与蔚大爷两人,则于觅草书楼坐下。

这一天,窗香室馨,阳光明丽,两人品茗拥暖,捧杯清谈,蔚大爷说:"真正好茶,真正好茶,响儿,你是从拾金湖那边走过来的吗?"朱响说:"蔚大爷,我由星月山桂谷山庄而清凉山,再拾金湖,再九湾,一路走过来的。"蔚大爷说:"响儿,冬寒雪冷,拾金苑我久也未到了,你看那里是怎样的?"朱响说:"蔚大爷,拾金湖畔之拾金苑,正值春暖花开时节,只见久阴初霁,溪阜如醒,汀花乱香,禽鸟杂呼,丛树浩荡,翠芽争绿,生机是十二万分的催人振奋。"蔚大爷笑说:"响儿,听你这么一说,我还真跃跃欲试,不日就将去拾金湖踏青呢。"朱响说:"蔚大爷,春上在野地里走走,对人都是好的。"蔚大爷说:"那是一定的。"

朱响说:"蔚大爷,早就想请教西地瓦迟山那里的事情了,不知今天能如愿否?"蔚大爷笑说:"我在那里一二十年,倒真有些事可以说给你听听呢。"朱响说:"蔚大爷,瓦迟那里的地势是怎样的?"蔚大爷说:"瓦迟那里的地势,一为高原,一为山结。高原即瓦迟高原、擎天高原、紫媛高原、杓柄高原、天鹅高原等,这些高原除瓦迟高原有大片漠地外,其余紫媛高原、擎天高原、杓柄高原、天鹅高原,皆以大草原为主,牧草萋萋,畜牧业非常发达;山结即为瓦迟山结,瓦迟山结由瓦迟山脉、擎天山脉、紫媛山脉、杓柄山脉、天鹅山脉等汇结而成,这是世界上最高、最大及最雄伟的山脉和山结了,山势极其高耸、险峻,瓦迟城即是这些大山脉、这个大山结里的一个要冲,万分紧要。"朱响听得直点头,听蔚大爷说完,不禁又问道:"蔚大爷,瓦迟那里的风情,与九湾这里,也不尽相同吧?"蔚大爷说:"绝不相同。"朱响说:"蔚大爷,怎么的不相同呢?"蔚大爷说:"略举些例子,你就知晓,瓦迟那里的人,必须遵守以下规则:第一,不得在大街上及草原上死盯住人看;第二,不得对他人指手画脚;第三,不许与当地妇女握手,除非那名妇女首先伸出手来;第四,不准与当地人(妇女、男人)拥抱,除非对方主动与你拥抱;第五,当地人正在交谈时,不得打断他们;第六,男女不准在当地人面前有亲近行为;第七,到当地人家中做客时不得谈论主人的妻、女;第八,未经允许,绝对不能进入他人家中;第九,永远不要伸出左手给别人,包括递东西的时候;第十,在他人家中谈话,永远要让个子高的人坐在离门较近的地方……以上诫条,违者都将受到严惩,甚至要付出生命的代价。"

朱响与蔚大爷倾谈至午,蔚大爷对朱响甚为满意,并引为忘年之交。至午,朱响与风祥,即于蔚家花园用午餐,却始终未见蔚小灼。餐毕朱响携风祥返家,母亲和二姨同来咨问,朱响据实一一奉告,母亲说:"想必一切尽如所愿,那也就该择日迎娶了。"二姨说:"这也是水到渠成的事情。"

潍历3352年盛春三月,朱响与蔚小灼喜结百年。据《朱响全传》记载,那些天,听涛园张灯结彩,披红挂绿,各方亲朋好友,迎来送往,犹如节日。新婚当晚,蔚小灼一袭红衣、一顶红巾,闪亮出场,虽然当时的蔚小灼体态已不甚窈窕,但风韵依旧。朱响目瞪口呆,张嘴结舌,惊讶半响,只说不出一句话来。两人游街始毕,到得听涛园门外,新娘子已是熟门熟路,揭去红巾,暗里向朱响抛去一个颇含深意的媚眼,待见过朱响爷爷、母亲、二姨等长辈后,便喜滋滋地在东园大堂坐定——朱光、朱明已迁至南园,朱雯、朱茵则迁来东园偏房里陪嫂子——朱响母亲与二姨,眼不离地看着蔚小灼,看在眼里,喜在心上,都咧嘴笑个不停。朱雯和朱茵,还有蔺小茹,则不住地偎在蔚小灼身边,说一些别人听不到的话。

当晚,朱响牵蔚小灼手,入了洞房。朱响觉蔚小灼手温掌软,颇为熟稔,心中更感疑惑。蔚小灼却复将红巾蒙住头面,轻言轻语说:"明昙兄,你我上床歇息吧。"朱响大悟,牵住蔚小灼手,两人上到床上,覆被灭灯,亲热不止,暗中蔚小灼轻声说:"明昙兄,轻巧一些,有你的龙凤胎呢。"两人亲热无尽,甚久歇息下来,朱响说:"小灼,紫露寺中,你我倒是怎样的有缘?"蔚小灼说:"真真假假,假假真真,倘若无缘,假做真时,不也无济于事吗?大响兄,你说是不是?"朱响说:"是的,是的。但我总觉好奇。"蔚小灼说:"那有什么好奇,妈妈、二姨,早与紫露寺慧觉大师有约,红芊教不就是个爱心暖意的教吗?不然,你我说不定要走许多的弯路呢。"朱响说:"那倒是的。灼妹,拥到你,我已经十二万分的满意了。"蔚小灼笑说:"那十六年以后呢?"朱响知她话中有话,亦笑说:"真真假假,假假真真,倘若无缘,假做真,假做真,不皆无济于事吗?亦只是个因缘的传奇吧。"蔚小灼说:"大响兄,你说得也在理。"

自那以后,朱响每日陪侍夫人身侧,两人身行影随,友竹园里聆竹,梦菊亭里闻虫,焚香读书,研墨造字,弄笛习拳,枰中博弈,夫妻互携,亲爱倍加。初夏,朱响《滩地资源管编》及《十二月记》陆续出书,滩地反响,好评如潮,殊为大观,朱响亦把著作分赠亲友。其间,与蔚小灼去了尖尖岭管沼平柿园一次。又去了蒲折柳红钱柳庄园一次,晁若轻、计夏原亦是常聚的,贾苑司、秋济景鸿雁往返,荀卿与边慕鱼,则专来听涛园一回,小住几日才返。朱响与蔚小灼又去拾金湖畔拾金苑,踏玩两旬,林动草响,鱼跃麂鸣,蔚小灼也在拾金苑好吃好喝,心宽体阔,养得肥嫩无比。

春去夏临,朝花夕拾,这一年至季夏时,蔚小灼天地感应,母意圣洁,恰如所愿,双胞产下了一对"龙凤胎",大为女,次为男,把朱响的爷爷、母亲和二姨诸位,喜得合不拢嘴。蔚大爷也是三天两头前来探视,捧掌赏玩,爱不释手。由朱响的爷爷做主,给朱响长女起名绮练,取"余霞散成绮,澄江静如练"意,长子则起名上国,取"上医医国,其次医疾"意。

朱响更是心花怒放,尽日不离听涛园左右,奋力读书做事,忽儿数日不出,埋首涂画造字,忽儿现身小灼眼前,夫妻亭边漫步,竹林听鹂,水畔赏帆,此时朱响绘《夏槐鸣蝉爱女娇眠图》《爱子菊下秋眠图》等。第二年秋,朱响、小灼次子临世,爷爷为其起名天物,取"天生万物,唯人为贵"意,朱响书集《浅墨集》、绘集《听涛园绘谱》也分别横空出世,技惊四地,意震八方,美评如澜。荀卿、边慕鱼东来,于听涛园小住,朱响邀集同窗,彻夜长叙,荀卿送朱响一副联子以示贺意,上联为:深山毕竟藏猛虎,下联为:大海终归囊细流,横批为:双喜在门。

此两三年,朱响及朱响身边诸人、事,亦多有更动。朱雯新嫁晁若轻,后,两人及蔺小茹、蒲折柳、计夏原,同往三叶城三叶书院求学去了,朱茵则转至散花群岛散花城花泉楼女子学院深读,贾苑司、秋济景均有子绕膝,闭门浅出,难得一见,管沼平亦娶妻生子,并于沉月、天月、天香、三叶、天琴、天韵等地,做起了柿果生意,其家族"柿园",亦大有扩张,边慕鱼则跌碎膝骨,行走不便,终日困囿书楼,学问倒是极有长进,荀卿作了一本《天、地、人百问》的书,寓意悠然,见解深到,颇有功力。

蔚小灼家事则有大劫,蔚大爷冬日有病,渐至卧床难起,所患之外状,不过脉细无力、肌瘦食减、气急痰涩、神昏体倦、呓语音低、寒热烦躁、头身疼痛、时作呕吐、面红目赤等,各地遍诊,医无良方。朱响学过一些医案,经蔚大爷家人同意,试用一剂:主药为灯心草,灯心草又名灯心蒿、水灯心、虎须草、龙须草、碧玉草等,为多年生草本,高半米至一米,生于田边或地头,灯心草丛生,绿色,性较强健,根黑褐色,密生须根,伞状花序,花淡绿色,蒴果卵状三棱形,夏秋成熟,秋采全草,纵向剖开,去皮取髓,晒干即为灯心;方药为:灯心草三十克,车前草半斤、银砂藤二十克、合欢花十克、焦糯米十克、某黄石五十克等,以水煎服,一日两次,渐有起色,但后有反复,拖至仲春,噤口不语,终于仙往。蔚小灼伤心不已,她大哥蔚知居由外返家,执掌蔚家花园及拾金苑,蔚小灼心地渐才平稳,朱家生活也逐日趋向舒缓有致、波澜不惊。

7

朱响其间两次联系知识智慧院考察事,都因北地等有乱、条件不成而未果,亦因《十八山读录》久拖未成,囿于家中日久,心有焦虑,遂于灘历3355年晚秋,至灘历3357年秋冬,三度闲云野鹤般,简装轻囊,或独走路途,或结伴而行,外出读山。

第一次远足,去八极海海口之左的"灯台山"。时为灘历3355年秋,朱响先买帆至灘河口东岸城市养泉,养泉城小巧玲珑,城西、城南,均有大型麻条石防波堤,堤高二十余米,堤远二十余里,垒筑讲究,经年无损,令人叹为观止,为养泉城一景,于春至秋,终年游人如织。养泉还盛产小开阳,并有"养泉鳊鱼"名世,"养泉鳊鱼"咸淡两居,仅生八极海诸入海河口处,而以养泉产为佳,该鱼体大肉嫩,横刺颇少,食之鲜美无比,再加产量有限,因此售价甚高。朱响至养泉后,各处体味一番,笔录详尽,又在养泉歇息一夜,第二日黎明即起,沿养泉防波堤东进,其堤左为陆地微丘,堤右为八极大海,堤尽路曲,朱响沿八极海岸踽行,而后弃海岸而趋东北,直逼灯台山脚下。

两日后,朱响入灯台山,路初平坦,甚为好走。待入山十里,山陡往上,石阶窄狭,峭崖时现,朱响攀至天黑,才在一出石峡口寻得一户人家,朱响即往投宿。原来那户人家已经住进三五旅人了,都是就近各地,来看灯台峡皇蝶的。山里特别,一只大木盆,无论男女,尽置于堂屋沐浴,人来人往,各做各事,看去并不相扰。朱响也在堂屋沐浴一番,两女相坐而论,也瞥看朱响,但终归无事。翌日,数人参差入灯台峡。峡谷宽深,奇崛险曲,溪畔林中,无数只五彩皇蝶光艳夺目,升起一片五彩祥云,遮天蔽日,落铺一地锦簇花团,缤纷斑斓。朱响惊讶不已,想不到世上还有这样美妙的地方。一行人即散散落落,迤逦而进,只见峡中蝶起蝶落,铺天盖地,阳光忽地暗淡了,忽地又明丽耀目,一对年轻的恋者,相偎相依,坐而读蝶,其景感人。

当夜,朱响借住峡中木居,名为"拥蝶人家"的旅店,天明后起而再行,山深林厚,峡宽石怪,灯台溪水湍流急,更有五阶大瀑,逐级涌下,细沫飞流,水声震天。与朱响一同入峡旅人,到得第一瀑的时候,即收脚而返,朱响却是一往无前,于雾尘飞沫中,攀岩揪石,直达流瀑绝顶,这时再往下看,众人已无,山川秀极,朱响大激动,寻一光石坐其上,此情此景,一一笔录。当晚于流瀑至高处,寻到一户樵家,激情难泯,意犹未尽,斥厚资购得樵家女子几件绢衣,觅山中彩石,研而成墨,以手指勾墨而绘,作成一幅《蝶谷步走图》,又作一幅《灯台峡读蝶图》,适才意尽熟眠。

朱响游灯台山逾月始返,于听涛园整理笔记,造字弄画,慰妻逗子,并于翌春启程再游。

此行目的地八极半岛之送槎山,行前诸同窗好友已先串定,于三叶城管沼平柿果铺里小聚,并由牧走沙负责结集绘作。朱雯、晁若轻夫妻及管沼平、计夏原、蔺小茹、蒲折柳已在三叶,贾苑司、靳楚楚夫妻由天琴至,秋济景、包涧涧夫妻由红花至,牧走沙由福海至,荀卿由野苋菜至,朱光、朱明由天韵至,朱茵由散花至,朱响、蔚小灼夫妻由九湾至,边慕鱼由景城至,诸友见边慕鱼与几年前大有改变,大家亦喜亦悲,亦啼亦笑。

诸友会聚三叶,激情迸发,广游三叠山、散花岛、八极海,品茗赏香,吟诗作画。朱响首绘开笔,他先将《蝶谷步走图》题赠牧走沙,以谢牧走沙印集美意,再与蔚小灼合作一幅《八方睡梦图》,蔚小灼作一方山水,余朱响作,诸友评为"得乾坤之理,山川之质,气血之盛";贾苑司与靳楚楚合作一《瓜鸦图》,靳楚楚作瓜,贾苑司添鸦,《瓜鸦图》中之黑鸦,怒目圆睁,栖护于南瓜之上,诸友评为"柔亦不茹,刚亦不吐";晁若轻与朱雯合作一《春帆带雨图》,诸友联句一首:"潮头望入桃花去,一片春帆带雨来,春水渡边渡,夕阳山外山";秋济景与包洞洞合作一幅《古渡野山图》,诸友联句一首:"荒城临古渡,落日满秋山,山深松翠冷,树密鸟声幽";朱茵作《丝瓜图》一幅,荀卿配诗一首:"丝瓜架下哑人生,亦苦亦甜味亦浓,田间地头觅欢快,收获都在耕耘中";牧走沙作一幅《高原响驼图》,诸友评为"高原风盛,大漠天高,开眼之作";边慕鱼作《林深石瘦图》,诸友评为"怪崛屈傲,颇合性情,亦见心气,养心之作";蔺小茹作《芭蕉樱桃风月图》,并与诸友共同联句两行:"别来风情为谁流?二分尘土,一分流水;啼到春归无寻处,红了樱桃,绿了芭蕉";朱光作《蝴蝶梧桐图》一幅,诸友集联一对:"蝴蝶儿,晚春时,又是一般闲暇;梧桐树,三更雨,不知多少秋声";朱明作《花鸟竹月图》一幅,诸友集句四片:"鸟啭歌来,花浓雪聚,云随竹动,月共水流";荀卿作《幽山闲居图》,诸友集句四片:"天然深秀檐前树,自在流行槛外云,窗含山色千万状,门泊潮声朝暮时";蒲折柳作《梅柳笛音图》,诸友集联一对送他:"柳外疏花,冷香自成诗句;梅边吹笛,此地宜有词仙";管沼平作《散云图》一幅,诸友集句四片:"春云宜山,夏云宜树,秋云宜水,冬云宜野";计夏原作《春图》一幅,诸友集句四片送他:"阳春二三月,草与水色同,池塘生绿草,园柳变鸣禽"。

尽兴始返,诸友拥泣而别。朱雯、晁若轻夫妻及计夏原、蔺小茹、蒲折柳还校,蔚小灼陪朱茵赴散花,而后返九湾,边慕鱼归景城,荀卿去天香查文著书,秋济景夫妻返红花,贾苑司夫妻再逗留几日,牧走沙这两年牛羊、皮毛生意已经上路,与管沼平相谈甚欢,此行诸友所作书画均交付于他,结集印行,名《十七友三叶绘谱》,务臻尽美,以作永志,朱光、朱明回天韵学院,朱响则由三叶码头买棹南行,漂渡烟柳城,然后游送槎山。

彼时已近暮春,朱响挥泪别岸,神伤黯然。船行于八极海中,海风暖热,鸥鸟乱飞,朱响渐觉心情舒畅,意气也顿觉风发。船行盈宵,晨泊烟柳城,朱响下船寻旅店宿定,先留住两日,看烟柳城诸景。烟柳城居八极大海南岸烟柳湾内,春早冬晚,四季有序。城东城西及城南,三山夹峙,城内有数湖相衔不尽,四面荷花三面柳,一城山色半城湖。朱响游了一日,第二日还想再游,晨起出门,不意却与蔺小茹撞了个满怀。朱响惊异万状,脱口说:"茹妹,你怎么也在这里?"蔺小茹笑说:"大响兄,就兴你出门读山,不许我远行观景吗?"朱响忙说:"不是,不是,我是讶异,你怎么这么快就在烟柳城这里了?"蔺小茹笑说:"大响哥,步你的后尘呀,我昨晚就到了,问到你的住处,却又不敢打扰你。"朱响说:"茹妹,那倒不必,如果知道你在这里,昨天我一定约你同游了。"蔺小茹仍笑说:"大响兄,那今天就不打算约我同游了吗?"朱响说:"那我是求之不得的,只怕耽误了你的学习。"蔺小茹笑问:"难道游山读景,就不是学习了吗?"朱响说:"却也有理。"蔺小茹说:"大响兄,我只不过是找了个由头,瞒了诸友,跑出来散玩几日罢了,影响不了学习的。"朱响说:"亦是不知你有什么意思。"蔺小茹笑说:"我还能有什么意思?"朱响喃喃,蔺小茹笑说:"要否我先回九湾,跟小灼请个假,暂且把你借我一回?"朱响说:"那倒不必。"蔺小茹说:"既然如此,大响兄,春日恨短,我们还不争分夺秒地启程吗?"

两人边走边谈,不觉间游了烟柳城他景,当晚各自回房休息。第二天,两人早早起来,买车去东南方送槎山。第一日至萍水,这一日有数名烟贩子同行,烟贩子各论道听途说、奇闻逸事。说有一个贩夫,夜来做梦,梦见一个人告诉他,萍水的溪边有五根大木头,叫他去取。早晨起来,这个贩夫佯称小便,去到溪边,看见溪边果然有五根大木头,他划水运木,返至家中,从此安居乐业。当晚,一行人歇息萍水,店家宰了一头肥鹅来吃,吃饭喝酒的时间很长,一直至更深人静,大家才各自休息。第二日至淡云,旅人甚少,这一天天气较热,人倦马乏,行动颇缓,朱响和蔺小茹也都昏昏欲睡。当晚住淡云,晚饭后两人结伴淡云游,在街上吃了些凉皮小吃,十分爽口,返店后,朱响仍强撑做完笔记,两人各回房休息。

第三日夜间清风带凉时,辇至送槎山山脚,当晚寻房各自歇息,天再明时,即登山随林,缘石径而入送槎山了。这天天色阴淡,攀山却是个舒适的日子。两人束腿缚腰,先随溪而进,再登石而上,继之抓崖逾越。到了午后,朱响与蔺小茹,来到送楂名寺淡云寺前。淡云寺庄重敦厚,灰瓦红墙,飞檐翘角,绿树掩映,翠竹夹峙,颇有气势。寺前竖有六柱四檐、形如华盖的牌楼,牌楼下一对石狮拥护,牌楼两侧镌有两行大字,右为:"八海第一寺",左为:"淡云第一泉",气势很是壮观。朱响和蔺小茹两人把淡云寺看遍,买了吃喝,稍作休息后再觅山迹,当晚,宿于淡云溪畔人家。天明而起,攀山读水,至淡云古槐处,观槐下两块名家勒石,原来,"淡云古槐"四个苍劲艰深的大字,为朱响及蔺小茹三叶老师曲木界所书,而"古槐淡云"四个悠远极雅的大字,则为两人老师璩十一所撰。两人看得兴奋,品评良久,及后两人越淡云溪,行至平山峰,平山峰方圆数十里,山深林密,朱响与蔺小茹缘平山溪而上,至瞰海崖,再至平山寺。

是夜,朱响、蔺小茹两人歇宿平山寺,第二日就近览平山峰、冬夏泉、沙松峪、古老石、古人松、齐天崖,至晚,再宿平山寺。翌晨雨厚,两人在平山寺休整一天,朱响与天化大师读枰,蔺小茹则浣洗沐浴,品茗观书。其时雨帘如注,时松时紧,春深如烟,山黛如洇。那几日游人访客亦少,读枰诵文观雨之余,朱响与开化大师、瑞光大师、妙总大师、道钦大师等,于高廊之内,煎茶烹茗,听雨闻风,或品蔺小茹丝儿琴咽,或赏瑞光大师斑竹笙苍,或几人接诗联曲,品掷性情,以度闲暇。

品诗亦是有题材的,触景生情,自然得颂"春风、春雨、春意",开化大师开句,吟道:"归鸟思故乡,夜枕闻北雁。"大家叫道:"没有春意,再来再来。"开化大师笑说:"我这可是春雁噢,春鸟思故乡,夜枕闻北雁。"大家笑过,瑞光大师吟道:"春月繁红山下路,藕花无数满汀洲。"大家又叫起来:"瑞光大师,你这藕花可是开得有些早呢。"瑞光大师笑说:"我这是早藕。"大家让他过去,蔺小茹吟道:"春风春雨花过眼,溪北溪南水湿天。"大家叹说:"妙句,妙句。"道钦大师也吟道:"残雪暗随冰笋滴,新春偷向柳梢归。"大家评说:"'偷'字用得好极。"妙总大师接吟道:"游子春衫已改单,桃花飞尽野梅酸。"诸人评说:"梅酸好极,梅酸好极。"朱响跟吟道:"昨来一夜蛙声歇,又作东风十日寒。"

大家都喊好,品茗过三,再来一轮,此番妙总大师开句:"芳菲消息到,杏梢已红。"蔺小茹吟道:"春事来清明,十分杨柳。"朱响吟道:"东风有信无人见,柳际花边。"瑞光大师吟道:"二月风光浓似酒,小楼青红柳。"开化大师吟道:"料峭寒风吹酒醒,春梢,微冷。"道钦大师吟道:"卖花挑上,一枝红杏欲放,满眼清香。"众人吟毕,皆击掌欢笑,至暮方歇。

朱响与蔺小茹各回各房,第二日天色微明,朱响早起晨练,见雨意已去,遂与蔺小茹辞别平山寺诸师,赶早上路。这一日,两人过鹅头岩,观响水滩。鹅头岩岩陡崖深,石缝贴石而进,两人如履薄冰,小心得过,晚至响水大拐弯,歇弯左人家,品响水野山茶,食麂子菜。翌晨,两人仍早起上路。这一日天气大热,山岭间更觉热燥。两人攀崖越岭,至柳子溪时,已在午时,红日当顶,暑气逼人。由山麓俯瞰深谷,柳子溪万千红柳,百十莺群,一湾碧水,朱响与蔺小茹下至溪边,柳子溪畔姹紫嫣红,繁花似锦,两人宽衣解带,分处下水洗暑。

朱响畅沐碧水,泳毕,至高岩上,俯瞰谷里,蔺小茹正浴毕出水,肤白貌美,黑白分明,至溪边,裸卧于溪畔万紫千红的芳菲里,熏然日浴,只见柳子溪一湾碧水、一团雪白、芳菲如云。朱响下至溪滩,循芳而入,渐至蔺小茹身侧。蔺小茹平卧花丛,肌肤如雪,目光似醉,以雪肤胴体上迎朱响,两人莺声燕语,缠绵良久。当晚二人至柳子岩,宿柳子岩人家,食炖猪头、蘑菇菜、小香菇,喝叶子茶——叶子树的叶子焙制的饮料,两人合床而眠,一宿无眠。

第二日,朱响与蔺小茹晚起迟出,行至柳子溪溪头时,厚雨来天,人在雨中,雨在云里,云雨不分,两人急至一大树洞中相拥避雨,并行媾和之事。雨止再行,登白鹭尖,望五子峰,云雨忽至,两人牵手,冒雨而行,夜至凡心寺,寻宿觅食,当晚拥单而眠,尽欢即寐。第二天朱响和蔺小茹头疼脸烧,双双卧病于床,爬不起来了。凡心寺道诚大师诊为舌黑面红、色青形倦、寝食俱废、奄奄欲脱、体虚感邪、兼挟内亏。道诚大师以麦冬、杂花牵牛子、小香薷等煎汤喂服,初大剂,后中剂,再后小剂。麦冬为多年生常绿草本,生于山谷溪地或树林下,地下具细长匍匐枝,须根顶端或其一部分膨大成肉质的块根,性甘、微苦、微寒;杂花牵牛,一年生攀缘草本,生于田野、路旁、庭院,茎缠绕,叶心形,花朝开午败,花冠漏斗状,子名杂二丑、杂黑白丑、杂丑牛子,性苦、寒、有毒;小香薷为多年生草本,生于中、低山路及荒地边,茎橘红色,具凹沟,叶对生,密被淡色长柔毛,全株具芳香,性辛、微温。灌服当晚,朱响体热渐退,饮食已可稍进,第二日再有恢复,第三日晨即可运身早练,食用等也都正常了。蔺小茹亦渐有好转,只是体热不退,时起时伏,身软体倦,四肢乏力。朱响宽慰她说:

"只须慢慢恢复就是了。

朱响、蔄小茹两人住凡心寺休养,朱响每日为蔄小茹端茶送汤,或牵携于寺内、寺外,散走片刻,余时便同寺中大师长叙求学,或踏山赏景,或玩笔弄墨,常昼夜相连,不觉间便晓莺啼窗。过了一些时候,朱响翻查存墨,原来不经意间,大小已经作了近百幅,挑筛一过,留得五七十幅,挑剩的拿去寺外山里,一把火焚了祭山了,回过头来再挑,又挑去了二三十幅,又拿去焚了祭山了,最后剩下三十五幅,略感满意,约有《凡心寺古柏图》《蔄小茹花圃倦眠图》《蔄小茹柳子溪裸卧花丛日浴图》《蔄小茹柳子溪裸卧花丛黑白分明图》《蔄小茹柳子溪裸卧花丛肤白耻黑图》《淡云辇行图》《响水湾野茶鹿菜山居图》及"尖山白雪仍含冻,响水红梅已放春"诗一幅、"独鹤归何晚,昏鸦已满林"诗一幅、"野岸平沙合,连山远雾浮"诗一幅、"鸟道挂疏雨,人家夕阳残"诗一幅等,各自题款记识,二十八幅赠蔄小茹,余皆分赠寺中大师、小师。

时近仲夏,蔄小茹身体还未完全康复,两人商量数日,朱响一人继续前行巡山,蔄小茹则在凡心寺养病,病愈后再返三叶学院就读,两人拥抱泣别。朱响离寺赴山,涉银沙涧,攀涟漪峰,渡濯阳溪,夜宿濯阳溪畔人家。那家人正迎娶新娘,朱响应邀吃酒,并乘酒兴作《迎娶图》一幅,引得当地长辈贤达一片惊讶之声。当晚,朱响与当地数位贤达阔谈甚晚,喜酒醉人,朱响睡到日上峰顶,才辞别濯阳人家,跃然上路。一路数日至送槎岩、浮槎溪及送槎山、望海峰,直至送槎角听得芭蕉洋涛声。

转眼又是两旬、半月,朱响季夏由送槎山返九湾听涛园,与家人生活在一起,每天黎明即起,鸟静不息,奋力作《十八山读录》,并由蔚小灼研墨铺彩,作《一人上路图》《浮槎溪盛花图》《送槎角闻涛图》《濯阳人家晒瓦图》《黄鹂青萝水浦图》《蔚小灼竹窗簪花图》《蔚小灼竹林夏眠图》《濉水听涛图》《蟹河来水图》《竹鸥图》《夕阳山外山图》《蛙声十里山泉图》《江帆楼阁图》《夏山铺花图》《蔚小灼雨霁走草图》及"花不可以无蝶,山不可以无泉,石不可以无苔,水不可以无藻,乔木不可以无藤萝,人不可以无癖"等绘、墨,作毕即由蔚小灼收去裱藏。朱响暇时与蔚小灼相依相偎,或与孩子们玩作一团,也做他们的马骑羊牵。爷爷亦与孩子们玩得上瘾,每天分出时间,亲自为孩子们制作玩具、讲授稚童初学。母亲与二姨,更是为孩子们忙得不亦乐乎,整日同蔚小灼一起,教子养女,尽享天伦。蒲折柳、蔺小茹及晁若轻、朱雯、朱茵回来过一次,大家略略小聚,谈诗论墨,再浅议了北地时政及忧患,又执手而别。

朱响在家里过到仲秋,与蒲折柳约好,往游天韵、天琴两水上游之楼船山。朱响再辞听涛园,由九湾解舟出濉河,渡八极海,至若影湾天韵城,在天韵与蒲折柳会合,并与弟朱光、朱明小聚。

秋雨时松时紧,但一直未停,两日后,朱响与蒲折柳买舟溯天韵河而上。蒲折柳这几日渐觉酒香,因此带了一坛酒在船上,闲来无事,就与朱响推杯换盏,小酌两盅。朱响问蒲折柳说:"折柳兄,这是什么酒?酒香清正的。"蒲折柳说:"这个叫'紫螺山'酒,此酒以紫螺山紫螺泉水为源,以优质的红高粱为原料,混醅佐曲,经缓慢蒸馏,取之精华而成。这个酒的特点是,酒液晶莹,清香纯正,绵甜爽净,回味悠长,是真正好酒。"朱响说:"我觉也是,不然怎么这么催情呢? 催得人愁呢。"蒲折柳说:"真是催得人愁呢。"

秋雨愁人,两人搬软蒲椅坐在船首阳篷下,中间置一方几,几上置一枰棋,推棋把盏,闲棋消秋。船首船尾鸥凫乱飞,船舷两侧田亩方圆。夜泊小镇天曲,蒲折柳晚餐时酒略有些多,已经歪在蒲椅上睡熟了。朱响一人登岸,走到镇上,在镇上胡乱走了一遭,见镇上有一小街,街上灯火通明,各种小吃小喝盈街,香味扑鼻。朱响馋虫爬出,即于摊头坐下,要了半瓶清酒、一小碟喷香清蒸咸鱼、一小碟喷香清蒸咸鹅、一小碟清拌香菜叶、一碗甜蜜浓汤,慢慢吃喝起来,吃到夜将深了,适返船歇息。翌日天亮时,船家引船而行,朱响对蒲折柳说起昨晚登岸的事,蒲折柳说:"大响兄,昨夜可有明月?"朱响说:"昨夜没有明月。"蒲折柳说:"大响兄,岸上可有百花?"朱响说:"岸上也没有多少花事。"蒲折柳说:"大响兄,我是'有花方酌酒,无月不登楼'的,既然如此,那我也就不觉得有多少遗憾了。"朱响笑着摇头。

当日船泊野地,野地淡黑深暖,风物感人,但却逢这日秋暑又发,岸边蚊虫肥大,且团团来袭,扰得人心烦意乱。船家也难抵挡,于是解舟而行,移棹至滩阔浦平处,这里夜微风轻,天高地远。朱响与蒲折柳两人,只在船首几旁抿酒观天,不着一词,秋暑也就渐薄渐淡,终至于无了。天明船家引船再行,过天韵水湾,游野迹水胜,至照庆,两人上岸游了著名的瑞光寺。瑞光寺建已数百年,旧名南苑寺,后因传瑞光灵性,而更名为瑞光寺。再不数日,船已到福海,朱响同蒲折柳登岸入城,去寻牧走沙,牧走沙却前几日去了天韵、天琴,不在家中,但也是这些天将回来的,两人懊恼至极,不知何时、何船,载了牧走沙,与自己的这只船擦肩而过了,在牧家小酌一场,餐后辞别牧走沙家人,返船休息。

  第二天破晓,朱响同蒲折柳在福海城里、城外各处,走了一转。福海真正是个"福海",以亭、台、楼、寺与食饮传世。两人游了住马桥,住马桥数百年前建于现桥左侧,一百年前移建此处;游了紫薇院,紫薇院有巨型奇石一尊;游了极负盛名的云涛园,云涛园有寒暑台、清芬堂、归耕亭、红香亭、夹芳亭、翠幽亭、晚香亭等;还游了赤山寺,赤山寺有清旷亭三十座,十分有名。诸胜游过,天已向晚,朱响、蒲折柳两人移步食肆坊,食肆坊灯红酒绿,两人漫步而行,一一看过。朱响专看食糕,与九湾有同有异,因距瓦迟高原近了些,牛羊制品略有增加,市食约有炙鸡鸭、肝脏香卤、香药灌牛肺、羊脂韭菜饼、熏驼肝、煎羊肠、蜜瓜煎饼、大熬蜜枣、削羊脯、桃花鱼、腊花鱼、炸黄雀、糖豆粥、杏皮茶、雪梨浆、麦子糕、小乳糕、油烧饼等等。蒲折柳则专看酒浆,酒类约有流香酒、山碧春、思春堂、凤泉堂、爱山堂、十五洲春、蔷薇露、雪酒、清凉空、丰和春、天韵王、福海王、瓦迟王、草原酒、天鹅香、红花露、浅水春、烟柳城老曲、沉月窖、松果窖、一线金、淡水酒等等。两人看遍,找了一处露天的雅座,点了些菜肴、一瓶福海王,轻呷慢饮,咂香赏景,一直到更深人散,才回到船上去。

8

翌日近午,船家才引船上行,船行渐慢,三日后驶入楼船山外缘天韵湖中。这里已是群山环抱,秋凉亦浓,但湖水湛蓝,深不可测,湖上风平浪静,舟影点点,钓者则于湖岸湖中,随处可见。朱响与蒲折柳仍闲处船头,品酒观湖,推枰斗弈,神清气闲。杀至一半,蒲折柳觉酒有些多了,眼打迷糊,就对朱响说:"大响兄,这盘棋且先封了吧,你我尚剩半盘棋,改天再斗,改天再斗。"朱响说:"折柳兄,那你当欠我半盘棋,我亦欠你半盘棋,改天再斗。"

当晚船漂于湖中,香眠中听到挨船寻人声。船家进舱,叫醒朱响和蒲折柳说:"听那边一船一船挨个问过来,像是你们两位的大名。"蒲折柳说:"这里哪会有人来找我们?"朱响也说:"那恐怕是听错了。"船家说:"没有听错,你们两位,还是过船头来听听吧。"朱响和蒲折柳迷迷糊糊爬起来,蹭到船头,那只船却已经过来了,正开口问人,朱响一听,那是牧走沙的声音,不由得大叫起来:"走沙兄,走沙兄,原来是你!"牧走沙和蒲折柳,亦失声大叫起来。蒲折柳《山水朱响》载,其时三人隔船相拥,连扯带拉,一并都掉入水里去了,三人索性就在水里拥握叫闹,闹了一时,船上人把他们捞上来,都上了朱响和蒲折柳的船,两船相并,三人换了衣服,要了酒菜,船首点灯,边喝边叙起来。原来牧走沙去天琴催印画集,兼顾商事,回到福海,听家人一说,就即刻买舟追了上来。三人敞胸灌酒、开怀畅叙,天明才进舱睡觉。睡到晌午,船已到楼船岩,三人舍舟登岸,往山里游去,当晚住天韵溪溪源酒家,酒足饭饱后,在大青石板上观山点峰,点得兴起,又叫店里研墨备绢。绢铺于青石板上,各人都跪地涂画一幅,朱响涂为《天韵求友催舟图》,蒲折柳涂为《天韵湖双舟竞逐图》,牧走沙涂为《琴韵平原走舟图》,涂鸦已毕,三人疯笑不已,读画论舟,又议了一些瓦迟、白沙时政,天明才睡。

时日倏忽,三友楼船山漫游,转眼已过两旬,牧走沙因有商事纠缠,不得已而于枫木寺与二友泣别。再过两旬,蒲折柳也得返校,亦与朱响拥别。朱响因《十八山读录》至此已近尾声,即留在楼船山把书写完。

送走蒲折柳,朱响借楼船城之散花坞书楼一隅,昼夜赶著,并时与九湾家中联络。蔚小灼致函说,家里一切均好,只是自己身体略有"不适",恐怕又要给朱家添些热闹了,不过有妈妈及二姨在家,一切勿要挂念,只盼大著早成,尽速还家。朱响欣喜十分,速复蔚小灼说,听此大讯,快乐无极,只是你又要辛苦受累一番,我这里很快了事,事成,即返家拥娇妻稚儿,这里一切均好,切切勿念,问家人福安。

此时,山风日紧,雪花飘零,秋叶尽落。朱响不计时日,埋头苦作,晨起踏雪习拳,倦时起步于小城窄巷里胡走。到了年底,书稿将成,而藻海及藻海以西的乱事,亦日益紧迫。朱响奋力赶稿,稿成之日,亦是外敌已过千亩河并逼近叶苔河消息传来之时。朱响关切时政,热血如煮,每日去楼船城知识智慧院打听消息,并写了往征申请。滩历3357年初春,朱响于楼船城,获准入役滩地最高知识智慧院驻枫林第三军第三团知识智慧小组,任副组长,由楼船城直接去枫林城枫林三团报到。朱响身无赘物,向家里告白一番,蔚小灼只是担忧。朱响速告蔚小灼说:所谓军中智慧小组,为滩地最高知识智慧院在军中的派出机构,既为参谋部门,亦是管理部门,除军中一把手外,组长权力极大,且司文职,并无风险。爷爷却是极支持的,勉励朱响热血沙场,成就自己的一番伟业。朱响将《十八山读录》厚厚书稿一并附去,再略略收拾一番,即由楼船动身。先至天韵湖,再解舟至福海,与牧走沙匆匆一面,又陆行至红花,在红花见秋济景及包涧涧,片刻拥别,昼夜兼程,陆行数日,至枫林城枫林三军三团,即告入征完毕。

朱响入征甫定,即由团知识智慧小组一蟹河湾同乡商钓台处询知,三团智慧小组组长,为自己在浅水湾十八鹤草堂求学时的老师闵马行。马行师正日夜兼程赶来枫林上任,而左石板老师已入犁头第十军,任第十军知识智慧小组组长,当年藻海及藻海以西考察队队长欧非川,已任滩地最高知识智慧院驻"藻海、犁头海及以西地区部队"小组副组长,天月壹学院花木羊老师任小组高级组员,天韵学院窦惊涛老师任断流第五军知识智慧小组副组长,卞小弦老师任叶苔第三军知识智慧小组副组长,三叶学院曲木界老师任枫林第三军知识智慧小组组长,璩十一老师任断流第二军知识智慧小组副组长,天琴学院尤二炮老师任千亩第九军知识智慧小组组长,米舞老师任白沙第一军知识智慧小组组长,荀卿已至犁头第十军一团任知识智慧小组高级组员,蔺小茹亦入征为枫林三军二团知识智慧小组组员,朱响询知了这些情况,心里更是激动不已。两日后,闵马行师赶来赴任,师生相见,自然又是一番大喜,当下各负其责,三团知识智慧小组也瞬时稳定下来了。

其时已是潍历3357年仲春,但叶苔河、千亩河及白沙山地区却雨雪交加,依然寒冷。朱响所在的枫林第三军三团,由枫林城出发,沿枫林河北上,支援二团布防。是夜,三团出枫林城,急行七十里,宿于枫林河畔低山天然洞窟中。第二日昼伏夜出,骤行一百一十里,宿寒寨诸村。第三日夜行一百余里,天寒地冻,风雪袭人,天亮前宿于枫林河右岸姜沙诸村。第四日仍昼伏夜出,但此夜行至枫林程诸村时,遂遭外敌小股部队袭击,三团击溃外敌,于天明前进抵两河。此时,两河口以西之叶苔诸城已为外敌所破,两河口以东犁头等城亦危如累卵。三团防于两河口叶苔河河堤上,白天对岸堤后外敌出没,面目可见,吼声可闻,夜间时有涉冰越河的激斗声,昼可见冰面卧尸,各呈姿态。其后,外敌于叶苔河河心冰面之上,以尸垒堡,杂以沙袋、树木、石头、冰块,淋水凝冰,坚实异常。叶苔河河南枫三军二团、三团、五团诸部,日夜严守岸堤,偶有出击,双方拼争激烈,血流成河,尸积为丘,叶苔河南堤数度易手,终于未失。半月后,诸友军抵达,并由两河口一线,击溃外敌防阵,突入叶苔河以北,叶苔诸城外敌稍退,犁头诸城两面对峙,相持不下。

据《朱响笔记全编》记载,战时之朱响暇时即作笔录,或驰鸿九湾,向家里报告近况。朱响写道:三日,大阴,由夜至昼,敌攻不歇,形势紧张异常,三团智慧小组及文职均上堤迎敌,昼过即夜,战事稍缓,我三团一部,简装精兵,夜袭冰垒之敌,敌有所防,杀声连天,及至接返,百人仅余十数,几日下来,三团已损近半。好在枫林兵源补充尚可,散兵游勇,整编入伍,能救一时之急。充军之理,一战即老,我已经数战,对战事、战理即有感念,心态已定,是为老兵。叶苔消息,我已滞敌于叶苔河南五十里,情形仍未能乐观;犁头消息,两军对峙未变。是夜,敌仍有暗攻,绵延至昼,四日、五日亦然。六日,经与三团一把手及马行师商定,三团一部精兵,食足衣紧,由我执领,于六日拂晓趁佯攻乱阵,潜入敌垒正面,设伏待昼。六日天明后,敌有所懈,我精兵觅机杀入敌垒,三团主力也趁机大攻,将敌驱至叶苔河北堤之后,是徒手刃数敌,饿鹰拳亦有用武之地,迎面之敌无不披靡,三团将士无不喊好,士气因此大鼓,我军占得先机。只是此役臂有所伤,虽于行无碍,却不得再近敌、杀敌,颇为遗憾。

七日、八日、九日,我后续诸军陆续赶至。十二日,我军已突破叶苔河,与敌激战于叶苔河河北青麻诸村,三团主力已在河北,我与三团一部仍驻叶苔河南岸两河口堤外。十三日夜,我部亦至河北,当晚宿青麻村,残垣断壁,园田不整。十四日,春阳略现,天稍有暖意,原野杂踏,尸横遍野。一路上冰雪弥界,军旅数行,遇有枫林三军二团诸人,问及蔺小茹,未能知。夜半至一山坳处歇宿,因敌情未明,不准篝火,寒冻至极,尽力熬过。隔日于浪蝶谷赶入三团主力,与一把手及马行师、商钓台诸位会合,拥呼数声,以传心迹。三团于浪蝶谷整休数日,二十一日,行军至小江地区,《地理图谱》说:小江地区丘、阜甚多,并时有小山,果如斯言。二十二日晨,团部遇敌一部,因我敌遭遇突然,两相徒搏,敌虽略多于我,但我精强于敌,片刻,敌溃于野,我亦不追。傍晚宿渚溪,脚略有冻迹,并无大碍。第二日,枫林第三军军部来驻渚溪,与曲木界师见,相拥数度,泪下如注,并言送槎山淡云古槐石刻事,二十三日晚宿大江溪。叶苔消息,我军已追敌至白沙山南麓;犁头消息,我、敌仍相对峙,但敌有溃逃迹象;断流河消息,断流我军已合围敌于断流源地区。二十七日,三团进击龙溪头,全歼龙溪敌一部。至此,枫林一军、二军、三军、四军,犁头第十军、十一军,千亩第八军、加强五团,已完成对叶(苔)、青(苔)地区之敌的合围。二十八日晨,我三团进击正面守敌,敌仍顽抗,终为我歼。我于二日进占青苔谷,五日叶(苔)、青(苔)之敌投降,我三团急行青苔,七日夜宿青苔城,休整数日。

十日,闵马行师升任枫林第三军知识智慧小组副组长,三团知识智慧小组组长改由我担任。此时春风浩荡,天气升暖,草木芽盛,青苔城位于青苔河南岸河曲处,城虽仄小,却小而有精,城内有青山寺、明心书院等胜迹。青山寺已数百年,明心书院也有近百年的历史了,内有烹茶井一眼,题刻为壹学院花木羊师所撰,笔力劲厚,天地精华。寺、院两地紧邻,由郁郁常绿丛树所围裹,环境幽雅,此战幸未有损。十二日夜,有敌渡河袭扰,为我所退。十三日,我军实施"洪水计划",我三团与友军追剿叶苔河以北、青苔河南岸、两河口至青苔线以东残敌,至花苔,略有激战,再至黄苔,敌溃退青苔半岛,余敌由犁头第十一军处理,三团仍返青苔整休。白沙山消息,我军与敌在白沙山南麓拉锯,进展较缓。青苔半岛消息,犁头第十一军追剿残敌,敌溃入藻海及犁头海内,溃入犁头海之敌为我芭蕉洋舰队一部陆续俘获。

蔺小茹突然来访,原来枫林二团由此路过,去往黄苔,蔺小茹只是较为黑瘦,别无他恙,两人泣拥,欢聚一刻,蔺小茹释门而去。二十三日,我三团移驻花苔,花苔为一小镇,却有学院三座,文风甚浓。安顿未定,即有当地学人委员会来访,言及个人财产不容侵犯事,委员会递送表格,列举前些时日,追剿残敌时对花苔镇的所有破坏,依据律法,将予全部赔偿。青苔消息,我枫林三军一团等部,二十四日、二十五日突入青苔河北岸,欲深入青(苔)、千(亩)苔原腹地,遭敌袭击,伤亡颇重。二十四日,叶苔第三军一部推进青(苔)、千(亩)地区,亦遭伤亡,我军各部均在做进军前各项准备。

二十七日,天气阴晦,雨雪霏霏,此地春夏之交,天气总觉恶劣。夜,拥被呷酒读《地理图谱》,不觉感触良深,前人有诗:细雪霏霏夜尽阑,重裘暖月觉深寒,携来《图谱》多惊异,薄酒灯前拥被看。《地理图谱》言:千亩河、青苔河地区,水网密布,沼泽湿地甚多,非同他处;卷书联想,沼泽湿地,再加天暖翻浆,敌地形已熟,必定又是一番苦战。《地理图谱》对沼泽湿地又有详解:湿地为处于水陆过渡地带之一种特殊自然综合体,包容水域、沼泽及周边植被等,沼泽则因地表过度湿润而成,其上有喜湿性植物及喜水性植物生长,并有泥炭大量堆积。沼泽还可分为湖泊、河流、小溪沼泽及陆地沼泽。依地表植被的不同,陆地沼泽又可分为草甸沼泽与森林沼泽两种。就青(苔)、千(亩)地区而言,以上几种沼泽同时兼备,形态复杂。二十八日夜,仍读《地理图谱》,务求领会,以便实用。二十九日,向木界师、马行师建言,沼泽湿地地区,大部队行动不便,易招被动,降敌良策,定在分散制敌。两师深纳,并多有精招妙计。断流、白沙消息,我、敌依旧相峙;藻海消息,敌时以小舟偷袭青苔半岛海岸,并试图进入青苔河口,均为我击退。

三日,我军实施"水蛇行动",于青苔河一线全面突入青苔河北。此时夏阳高照,早花盛开,北雁南飞。依战前所定,三团先击溃防敌于青苔河北岸一线,再乘胜追击八十里,歼敌数股。夜营马拐子诸村,翌晨北行至藤花沼泽,三团即兵拨三路,分头挺进。其右路由我执领,我亦兵分三路,相离遥视之距,小心缓进。至沼中草塔硬地,果有外敌阻滞,我三路精兵,分路上塔,围歼守敌,而后留一部守卫,御守草塔,余兵再进,虽一日攻硬地草塔仅为三五,但损亡极微,所得亦坚固绝隙,毫无后患之忧。六日,我部宿迎金高地,略事整饬,枫林三军一团则跃进剿敌。迎金高地方圆十数里,其上林木葱郁,民房数百。高地中有小石山,小石山上建有迎金寺,寺外有联为"烟笼古寺无人到,树倚深堂有月来"。寺内青石歪松,沙泉绿苔,亦有联装点,其一为"冷石生云,明波洗月",其二为"与梅同瘦,与竹同清",忙中去寺内看过,崇敬之意顿生,只是寺院一角遭毁,令人扼腕。硬地上居民以渔为生,兼畜鹅鸭,并饲羊驼。据书记载,羊驼为东南岛群特有,没想此地亦产。羊驼似羊而非羊,大于羊,皮可制衣,毛可织编,肉细嫩滑美,数餐均以羊驼肉下饭,香嫩无比,九湾鲜有。七日,"水蛇行动"东路消息,守敌甚顽,进展略缓,伤亡亦较大,西路消息,伤亡亦大。唯进展尚速。

八日,我三团仍作三部,进兵东路,杀敌数股,晚营泥沙湖。是夜,敌四路来袭,攻势甚猛,我与敌展开肉搏,一团一部来援,战至天明,我三团一把手执领一部亦来援,敌四方溃散,我军乘胜而击,毙敌无数,一举攻占硬地草塔十三,肃清大片残敌。十日,我三团攻占敌据重镇小香洲。小香洲亦为沼泽高地,方圆二三十里,上有小香洲镇,居民近万,镇内有北地名寺青笋寺。寺据青笋山,堂傍青笋溪,进寺亦要过青笋断桥。青笋断桥极有名,桥已五百八十余载,比寺尚早三十年,桥北为寺,桥南有小酒肆数座,小酒肆颇觉雅洁。青笋山山上山下、山里山外,景色绝佳。寺中大师竟熟知我名,翻出《十二月记》《听涛园绘谱》示我,并约我写字作画。我作一幅《青笋寺观山赏沼图》,又书"落花人自立,微雨斜燕飞"两句,奉与寺中收藏。

十二日,闻爱妻小灼再产龙凤胎一对,母子平安,长为男,次为女,欣喜若极,当晚狂作一画,名《山雪原绿图》,自觉天地悠远,气势宏大,张扩而不可阻挡,子名为君恒,取"君子不可以不知恒"意,女名为香雨,取"诸香细绕莲须雨,晓色轻团竹岭烟"意,均甚佳,仍为爷爷包办。另,光弟已至断流入役,他性情刚毅,刚中蕴柔,料能成事。又闻,《十八山读录》亦出,销行各地,风传一时,九湾纸贵,我颇满意。有五七十册捎来,入掌掂动,分量沉沉,分赠师、友、同事,极感手紧,后再补送。这几日感觉如过节一般,快意至极!

十八日,我军合围外敌于千亩城地区。二十日,我三团袭放春之敌,并收归囊中。二十三日,我三团攻占泛湖,二十四日攻占香楠,二十八日攻占匜榭,转月五日与友军攻占千亩城。至此,千亩河以南外敌已告肃清。此时,**断流我军**已至白沙山西缘,叶苔我军至白沙城及白沙山南麓一线,**我枫林、白沙、犁头、**

千亩诸军布白沙城以东千亩河南岸一线。八日,我三团沿千亩河南岸西进,十四日,至舟平,与羽毛城衔水相对。暮中与三团一把手登千亩河堤隔水北望。这里为千亩水起始处,只见大水浩荡,横无际涯,遥想滩历3349年夏宿羽毛城事,恍如隔代。夜眠舟平,时值夏盛,北地如春,草木葳蕤,蛙鸣如鼓,真正是"归鸟思故乡,夜枕闻北雁"之境界。

是夜,马行师突患恶疾,由天则急回青苔、再返枫林救治,由我先代任枫林第三军知识智慧小组副组长,三日后即正任副组长,以中级资质任此职,实为罕见,为木界师助手,助、学兼备,我亦幸甚。二十一日,我三军军部移驻舟平,各团急招水手,训练水兵,演习水技,为渡水作战准备。此时断流我军,已封堵外敌西路,且日益压敌东缩,驻白沙城一线我军,亦缓慢压缩外敌,不使脱逃,白沙城至千亩城一线我军主力,积极准备渡水作战,而藻海海域及千亩河河口,已为我芭蕉洋舰队控制。我所忧之事,即恐敌由季风半岛及大凉洋作鸟兽散,成明日之患。与木界师倾谈,木界师亦深有同感,制敌良策,当为水旺季前,速剿残敌,具体方案,亦应速决。闻"藻海、犁头海及以西部队"一把手有新想法,并言舟船难觅。其实上回与欧非川师来时,知千亩河、千亩湖地区,当地人风行一种香蒲草船,为此地水沼盛产之香蒲草编织而成,成本微薄,轻巧耐用,较小船两人两天即可编就,如果工匠精良,此船可泊五七年不坏,香蒲船可大可小,大可载二十人,小可载三五人,敌已疲乱,无心于战,水旺前千舟万船渡水,并无大难。石板师与非川师数荐良方,终归流水,多言无益,我军各部,皆依老套备战而已。

于舟平驻营逾月,诸事较多,雨水也多了起来,数日里每天暮晚与木界师去河堤漫行,目力所及,千亩河汪洋渐起,水速放快,浊尘杂掺,望河之北岸,目力似已不可尽视。议及外敌于季风半岛、大凉洋诸地散遁事,我与木界师均起忧戚,但此时雨力已猛,渡河艰险,我军白沙山脉之攻势亦疲,暂无良策,只能待时再计。昼热晚凉,气候宜人,千亩河这里的盛夏真是极好,令人起流连忘返意。锋弦稍懈,心境略弛,与左石板师偶尔得见,亲热异常,卞小弦师、米舞师偶得一见,尤二炮师亦见了两回,欧非川师、花木羊师则时有召见,唯璩十一师、窦惊涛师憾未能见。

闵马行师已至浅水湾治病休息,致书问候,祈望早康。蔺小茹来过两次,每次都只能尽欢片刻,匆匆而来,再匆匆而去,她已愈加精强,令人崇敬。与荀卿兄也终有联络,自此频频各致问候,并鸿燕衔书,联辞缀句,以抒情怀,蔺小茹、木界师、石板师亦偶有加入。其一为"夏"题,荀卿兄咏的是:首夏犹清和,芳草亦未衰。这咏的是孟夏。木界师为:小池残暑退,高树早凉归。这咏的就是季夏了,夏将要败了。石板师咏的是:纷纷红紫已成尘,布谷声中夏令新。这咏的又是初夏了。蔺小茹咏的是:仲夏苦夜短,开轩纳微凉。这咏的是仲夏,也是补了个空白。我咏的是:墙头雨至垂纤草,水面风回聚落花。我这咏的是哪段夏呢?连我自己都不知道了。其二仍为"夏"题,石板师咏的是:晴日暖风生麦气,绿荫幽草胜花时。这咏的自然是孟、仲夏之交。木界师咏的是:芳菲歇去何须恨,夏木阴阴正可人。这咏的就是初夏了。荀卿兄咏的是:过雨荷花满院香,沈李浮瓜冰雪凉。这咏的还不是盛暑吗?蔺小茹咏的是:残暑蝉催尽,新秋雁带来。这咏的必是末夏初秋,有夏意即可。我咏的是:绿荫生昼尽,孤花表春余。这是孟夏了,人对春天还留恋着呢。

八日,已在秋里,猛雨渐息,天高气清,千亩河水也已失却滔滔,是夜,我军驻千亩河南岸诸部全线渡河击敌。九日凌晨,我枫林第三军三团踏上千亩河北岸,外敌稍有抵抗,即闻风四散而溃,羽毛城守敌尚有顽抗,不日亦土崩瓦解。十日,我南岸诸部,皆已渡河而过,挥师北进,敌似已成惊弓之鸟,沿途少有抵御。十三日,我枫林三军至羽毛河东岸桂松,驻营近旬。战暇赴白沙岩画壁一趟,以了夙愿。仍走濉历3349年老路,出桂松小镇,溯羽毛河而上,渐至白沙山地,由一小涧登岸,顺山沟北行至白沙山南麓,山深崖陡,沿石沟曲行,东十五里,至怪石阵,沿途乱石崎岖,路极险峻,有水颇为深广,南向而流。再行,二十里,林木茂盛,水石纵横,人马行恶岩峭壁下,架偏桥以济,极险隘。过沟里许,谷深处有人家五七,是为林曲铺,前些日适遭外敌浩劫,房毁灶碎,财物席卷,小女遭淫,闻言愤入肺腑。当晚在此打尖,燃火煮饭,并将所携资财赠予林曲人家,以造屋垒灶,嫁女娶贤。白沙山岩画壁离林曲铺七十余里,翌日早行,影斜适至,画壁以白沙山悬崖为壁,悬天而刻、而绘,面西北、面西南,离地过百米之遥,长可逾数里,绘、刻皆以人物、故事,俚俗为主,一一读去,真可谓金碧辉煌,光彩夺目,无以价量!

白沙山区消息,我军断流、白沙及枫林诸部,正搜剿山区残敌。季风半岛消息,我千亩、犁头、枫林诸部,正分割、残灭余敌。二十七日,我白沙军一部已进抵大凉洋海岸,次月三日,大凉洋沿岸全部为我控制,四日,我枫林三军军部退驻羽毛城,休整待命。羽毛小城南临千亩河,西傍羽毛河,周围林木集聚、高可参天、幽雅宜人,远郊外更有沼泽、低山、湖泊、溪河、森林,土地肥沃、物产极丰、风景迷人,是一处上佳的栖居地,羽毛城大、小、精、雅堪比九湾。城中有名胜香月园,居城西北角羽毛山下,本为大文豪夏尚奎旧宅故居,后扩建修葺而成书楼名胜,为游人、文士、政要必游、必拜处。园内有夏尚奎当年遗墨碑刻两处。一处为联,联为:开卷古今千万事,闭门清浊两三杯。一处为诗,诗为:一城灯照浪,两岸树凝霜,萧萧北客帆,暮入雨寒江。这说的自然就是羽毛城风物了,所谓两岸,即指羽毛城外千亩河岸、羽毛河岸。惜遭战火,香月园半园已毁,当地知识智慧院已申请拨款修复。

　　羽毛城尚有名胜古迹清迥亭、倚桂阁、宝净寺等,其中倚桂阁及宝净寺均有名联,享誉八方。倚桂阁联为:两树桂花一潭水,四时烟雨半山云。宝净寺联为:云间树色千花满,竹里泉生百道飞。均可惑人赏读良久。诸胜多有毁损,各待一一修复。

9

我枫林第三军于羽毛城内驻营逾季,秋去冬来,冬退春至,其间小战尚有,但外敌多已四遁,因此本地渐趋清明。羽毛为千亩河地区中心城市之一,原就繁兴,十万之众,各种节日繁多,三日小热闹,五日大热闹,故而亦未枯乏。本地较盛的节日,大约有春之品灯节、舞歌节、挑菜节、踏青节、赏花节、赏茶节,又有夏之辞春节、纳凉节、避暑节、观潮节,再有秋之收种节、登高节、捕鱼节、闹戏节、赏菊节、品果节、风筝节、粥糕节,还有冬之开炉节、冬至节、赛牲节、踏雪节、篝火节、酒果节、岁除节,等等。

千亩地区,人尽嗜家果,且贮而有道,引人入胜。譬如甜枣保鲜,即由摘果开始:从树上摘取无虫蛀、无损伤、不掉把的甜枣,洗净置盆中,按酒、枣一比三之比例加入当地清淡白酒,轻轻拌匀,再根据甜枣多少,选择大小适度,未经油、盐之罐、坛,将甜枣装入,并加盖,用泥封严,不可随意打开,至寒冬冷春,开罐取枣,枣甜如新,皮紧色鲜,更兼一种清酒雅香,美妙无比。又有苹果、酥梨贮法:其一为田间沟贮,选择地势高燥、不易积水、土质坚实、运输方便地方,挖深半庹宽一庹深之地沟,长可酌情,沟底铺沙一层,沙上铺垫树叶或软草,霜降后把挑选好的苹果、梨等,层层码放沟内,厚约两掌,码好后,前期一般白天盖席,暮晚开席降温,随天气转冷,气温下降,而在沟内盖草,首次盖一掌左右,以后逐渐增加,降雪后,盖草高出地面,草上遮席,席上以人字形支架防雨、雪、霜、冻,即可保鲜至春;又有土窖贮存法,土窖大小因地而定,先挖土窖,再以石块砌窖墙,窖顶则砌成拱形,并留气孔若干,窖门建于土窖一侧,门外修缓冲道,然后果实入窖,并随气温下降,于窖顶逐渐覆土加厚,翌年二、三月,随气温升高,再逐渐除去覆土即可。保鲜之各类水果,经冬无损,冬春品食,气香味甘,十分美妙。

潍历3358年秋,白沙山脉之残敌已基本肃清,白沙山脉以西之广袤山地、高原、草原地区,则仍时有余匪作乱,断流诸军已在那里采取行动,芭蕉洋及大凉洋里的一些岛屿、陆地,尚有外敌出没,也当肃清,免留后患,这已经不是我们所能涉及的事情了。潍历3358年初夏,征得木界师及枫林第三军一把手同意,我分出一些精力,于千亩河南北各地勤快走动,为拙著《千亩河南北考察实录》做准备。至3359年孟夏,一年有余的时间里,已走了犁头海、青苔河、青苔半岛、千亩河、千亩湖、白沙山脉、藻海、羊裘群岛、季风半岛、小浪河、干河、芭蕉洋海岸、大凉洋南岸各地,获得大量一手资料,获取感受亦极丰富,机会实在难得,幸甚,幸甚!

潍历3358年冬,荀卿及蔺小茹先行退役还乡,三友于羽毛城小聚,低处流水,高楼升月,酒后,朱响与蔺小茹尚能欢聚,两人欢娱至晨。翌日,三友喜泣而别。半年后,朱响亦于潍历3359年初夏退役返乡。朱响别师辞友,由羽毛城买舟而行,快船从羽毛南码头顺流而东,先千亩湖,再千亩城,又藻海湾,后羊裘群岛,朱响一一瞩望,这些地方都是他已熟悉的,此情此景,亦有许多时光、生命的留恋在里头了。

　　船出藻海海峡,入芭蕉洋,缘青苔半岛东南行,过芝麻岬,水碧天空,展眼无边。朱响时时挺立船头,半天无语,望天、望水、望陆地、望海岛、望海鸟群翔、望水天一色、望渺无际涯,心里无时不充盈着对生命的大期待、大惊喜。船行日夜,过豆荚半岛、豆荚角,其时芭蕉洋风暴过境,船泊豆荚城避风,豆荚建于海滨山间,石青树郁、房阔城幽,那几日风狂雨骤,豆荚小城水汽弥漫,只是纤尘不染,更加洁净得不得了。客船在豆荚逗留数日,待风暴渐息,遂起锚南行,水面辽远、波柔浪轻。船至灯台角灯台城,朱响换舟而行,入八极大海,过灯台群岛,缘嘉林半岛东缘南行,至嘉林角,转而北向行,朱响遥感乡土,情绪激动,日夜难眠。

　　由灯台城易帆,又是几个昼夜过去了,船已入滩河河口,朱响更加激动不安,坐卧难宁。暮晚时分,船终于驻泊九湾码头,一家人及亲朋好友都在码头上迎接朱响了,拥泣良久,归返家园。家中亲人俱好,爷爷身体康健,读书淋墨的,现在又有几位一般大的哥们,在一起交谈、切磋,整天过得乐呵呵。母亲、二姨及小灼,每日里忙那些小孩子,穿衣戴帽的,闲都闲不住。小弟朱明的"千虫轩",早已建了起来,他与计夏原倒是聊虫聊得好,相互间过往甚多,不时还结伴去乡间山里捉虫拿鸟的。雯妹与晁若轻也都抱着孩子了,两人亦是形影不离的。茵妹仍在散花求学,只是小灼说,她同荀卿的联系,有些多了呢。

　　朱响盛功而返,听涛园子、女亦莺喃燕语,绕膝而行。大的绮练、上国,已满七周,正入学读书;次子天物亦近六岁,母亲、二姨和小灼,先教他一些学前的知识;唯君恒、香雨尚幼,都在桌角学走路呢。返乡一月,朱响诸事未做,每日只与家人在一起,尽享天伦之乐。同窗好友在听涛园聚了一回,又在管沼平柿园聚了一回。管沼平这些年狠赚了些钱,柿园更扩张了一倍,楼阁也建了不少,颇为壮观。只是蔺小茹一直不见,问蔚小灼,她说蔺小茹由北地返乡后,在家里住了三个月,就来辞别外出,说是要去哪里求学、隐居一段时间,问她去哪里,她也没说,只说是有了地方了,就来信告知,却是至现在,也没有消息来。朱响听了蔚小灼的话,亦是无语,蔚小灼说:"大响兄,有机会了,你当打听打听小茹的去向,也免我担心。"朱响口里答应。

盛夏酷暑,一家人拖儿带女的,去了一回蔚小灼大哥蔚知居在拾金湖的拾金苑,在那里散住弥月。朱响与蔚小灼,每日里荫下逗子,月夜纳凉,纳凉时,一家人与三个大些的孩子,玩对韵的游戏。母亲先起个东韵句,母亲说:"天对地,雨对风。"绮练接:"大海对长空。"二姨再接:"山花对江树。"上国接:"赤日对苍穹。"小灼接:"雷隐隐,雾蒙蒙。"天物接:"风高秋月白,雨霁晚霞红。"朱响接:"烟楼对天宫,雨伯对雷公。"风祥接:"十月塞边,飒飒寒霜惊戍旅。"朱茵接:"三冬江上,漫漫朔雪冷渔翁。"天物抢接:"茅店村前,皓月坠林鸡唱韵。"上国接:"板桥路上,青霜锁道马行踪。"绮练接:"鹤舞楼头,玉笛弄残仙子月,凤翔台上,紫箫吹断美人风。"天物偏要再接:"宫花对禁柳,塞雁对江龙。"上国也不让他,跟着接:"河对汉,绿对红,清暑殿,广寒宫。"天物跳起来打上国一拳,一场的人都笑。

二姨说:"孩子们不闹了,我们再来接寒韵就是。"二姨先开了句,说,"家对国,治对安,三三暖,九九寒。"绮练接:"肥对瘦,窄对宽,行对卧,听对看。"母亲接:"林对坞,岭对峦,风凛凛,雪漫漫。"天物说:"哥,哥,我先接,我先接。"朱茵说:"上国,乖,给弟弟先接。"上国说:"天物,那你先接吧。"天物接:"寒对暑,日对年,轻对重,肥对坚,中对外,后对先,春九十,岁三千。"绮练撇嘴说:"你能!"天物也对绮练撇嘴,大家都笑。小灼跟着接:"碧水对丹山,淡雨对浓烟。"上国接:"荒芦栖南雁,疏柳噪秋蝉。"朱茵接:"玉柱对金屋,叠嶂对平川。"风祥接:"树下对花前,钟鼓对管弦。"朱响接:"凿井对耕田,画栋对雕栏。"朱茵说:"余下你们几个跟着接吧。"天物抢接道:"陌上芳春,弱柳当风披彩线,池中清晓,碧荷承露捧珠盘。"风祥跟接:"蓝水远从千涧落,玉山高并两峰寒。"上国接:"七碗月团,啜罢清风生腋下;三杯云液,饮余红雨晕腮边。"绮练接:"斗草青郊,几行宝马嘶金勒;看花紫陌,千里香车拥翠钿。"

接着接着,小孩们就迷迷眼睡去了,湖野凉风渐起,虫鸣可闻,大人们也都发困了,于是返室而眠。

第二日晚餐后,一家人仍在湖畔空地上纳凉赏月。孩子们各偎着大人,天物一时倒在朱响怀里,一时又扑在蔚小灼的怀里,怎么都不老实的。孩子们又闹着要玩对韵游戏,大人们不想对,却犯不过孩子们求闹。二姨说:"要不,咱们来玩个猜谜语的游戏,好不好?"孩子们都齐声叫好,二姨说:"那我就先出个谜,谁先破了谜底,谁再有权出下一道谜,这样如何?"大家都说好。二姨先出了个谜,说:"远看青山一座,近看美女两个,若还看得不对,巴掌十七八个。猜女子的一种行为。"母亲说:"这个他们小孩子猜不出来的,他们哪有这种生活经验?"二姨说:"那就罢了,我再重说一个吧。"朱响说:"重说归重说,二姨,刚才的那个是什么?"母亲说:"不就是扑粉吗? 你说他们小孩子哪能猜出来。"二姨只是笑,朱茵想了想,说:"怎么是扑粉呢?"母亲说:"你看吧,远看青山一座,你把头盘起来,打背后看,一头乌云的,不就是青山一座吗? 近看美女两个,镜子里一个,真的一个,若还看得不对,看上去不顺眼,巴掌十七八个,再扑上十七八次呗。"朱响说:"噢,是这样的。"

大家都笑个不停,二姨说:"我再重说一个吧,一个球,圆溜溜,夜里人人不见,日里家家都有;打自然界里的一个物件。"二姨说完,大人都知道,先不说,小孩子们都想,想了片刻,绮练说:"是太阳呗?"二姨说:"绮练猜着了。"绮练说:"那我出一个,小小一种货,每人有一个,自己用得少,别人用得多,打人天天带着、用着的一种东西。"朱响说:"那还不是姓名吗?"绮练说:"爸猜着了,爸猜着了,爸,你出一个。"朱响说:"我来说一个,有眼睛,没眉毛,浑身上下赤条条。"这条被朱茵猜去了:"这不就是针吗?"朱响说:"茵妹,你猜出来了,你出一个吧。"朱茵说:"我出一个组谜,看哪个能猜到,青石板,白铜钉,打花鼓,放流星;猜自然现象吧。"上国叫道:"小姑,小姑,这是天、星、雷、闪呗? 对不对? 对不对?"朱茵说:"对对对,上国,你出吧。"上国出了一个:"有毛的不会飞,无毛的飞到半空里;打两样常见的东西。"天物说:"我要猜,我要猜。"绮练说:"你猜就是了,你讲是什么。"天物说:"我猜不到。"绮练说:"猜不到你叫什么?"大人们都笑,母亲说:"我来猜这个吧,这一个是鸡毛掸子,一个是风等。"上国说:"这个叫奶奶猜去了。"母亲说:"我来出个字谜给孩子们猜吧,天没有它大,人有它大。"绮练说:"这个我知道的。"小灼说:"绮练,给天物猜一个。"天物说:"我猜,我猜。"天物想了一时,叫起来说:"是'一'对不对,奶奶?"母亲说:"我家天物猜对了。"

朱响在家休歇逾月,于滩历3359年秋初,开始《千亩河南北考察实录》的写作。朱响先于听涛园清暑阁开笔,吃住都在清暑阁里,每日除吃饭、睡觉外,余时均伏案而作。因资料丰实,思绪活跃,笔耕至冬,稿已近成。此时,朱响应边慕鱼之邀,与蔚小灼、朱茵同行,先赴沼溪野苋菜城,约齐荀卿,再四人同往景城,去会边慕鱼,到景城,始住边家醒园,再住边慕鱼独醉园书苑。景城果如贾苑司所言,依景溪、大猫儿山而成,有山有水,山清水秀,城不大而古美,令人流连忘返。

五人在景城独醉园书苑小住逾月,边慕鱼理书,朱响查书补稿,荀卿亦修缮新著,蔚小灼与朱茵则各做己事。五友每日于薄暮时分相聚,或酒楼买樽,或茶馆品茗,或小槎钓月,时近晚冬岁杪,四人辞别边慕鱼,辞独醉园书苑东去。朱茵随荀卿陆路去野苋菜城观菊,朱响与蔚小灼水路解舟天香,两日后到天香城,天香书社诸友接到,晚醉和乐楼。后几日,朱响于天香大书楼查了资料,补齐书稿,交由书社出版,尔后与蔚小灼两人,发舟天香湾,一路东漂,数日后由养泉入滩河,至九湾,归返听涛园。

滩历3360年暮春,朱响参加滩地最高知识智慧院高级资质考试,并顺利通过。滩历3360年夏,朱响开工垒砌《滩历3357年至3358年藻海、犁头海及以西地区冲突实录》,此作以滩历

3357年至3358年藻海、犁头海及以西地区冲突为由,上引本地区千年历史,下涉本地区百年之影响与走向,延及周边方圆数千里源来流去,历时五载,于滩历3365年初夏稿成,其著图文并茂,资料厚实,文笔深邃,厚可盈尺,堪称经典巨著。据《朱响评传》记载,朱响为作此书,呕心沥血,三赴藻海,四上白沙,遍访冲突时各位入役学友、老师及权者,并广及北地民间甚而俘囚,又查遍滩地大小书楼,以取实证。作书至后期,朱响每日枯书,烦躁至极,摔盅砸桌,迁怒无辜,蔚小灼与母亲及二姨诸人,皆忍气吞声,划清暑阁、友竹园及思古斋为禁区,人不得言,物不得入,以免惊扰朱响。

　　滩历3365年暮春,朱响稿成交梓,此时的朱响,人瘦发长,须飘髯飞,神瘫气呆,又忽而兴奋,整时在友竹园滩河岸边游走,返清暑阁后,则竟夜于阁中踱步,喃喃私语,或翻倒榻上,迷睡弥日。蔚小灼终日以泪洗面,待朱响睡醒,就与他说话,蔚小灼说:"大响兄,书稿已成,天气也还不错,要么我与你外出走走,散心练足,好不好呢?"朱响点头,蔚小灼说:"大响兄,你想去哪里呢?"朱响说:"我也不知道自己要去哪里,只是想有一处高丘,引吭高歌。"蔚小灼说:"大响兄,那我就陪你去一处山上高歌罢。"朱响摇头,说:"灼妹,我又想去海上,凌空飞渡了。"蔚小灼泪流满面,说:"大响兄,那我就陪你去海上飞渡吧。"朱响又摇头,说:"灼妹,我想去一个人人都想去却去不了的仙境,悠游而仙。"蔚小灼抱拥朱响,泣不成声,母亲及二姨也都吓坏了,爷爷倒是安定,只说了一句:"不妨事,把孩子送出去走走,也就好了。"蔚小灼、母亲及二姨这才放心,蔚小灼更是好生看顾朱响,抚慰饮食,陪侍身侧,丝毫不敢放松。

十几日后,朱响渐从书境中解脱出来,只感身心疲惫,头大脑胀,眼滞无光,蔚小灼破涕为笑,搂抱着朱响说:"大响兄,辛苦辛苦,你我出门走走吧。"朱响说:"灼妹,我真是想要出去走一走了,却只感疲惫,怕神情欠佳,得罪于你,我先想自己呆一呆,歇一歇,想一想,后面我还要做事呢。"蔚小灼说:"大响兄,先不用想后面要做什么事,弦儿崩断了,你再想做什么,也做不成了。"朱响说:"那也是的。"蔚小灼说:"大响兄,那你就自己出去走走,散散心,也是很好的。"朱响说:"灼妹,那我就自己出去,找一个地方,慢慢走一走吧。"蔚小灼说:"大响兄,那你要去哪里呢?"朱响说:"我自己也还不知道我要去哪里。"蔚小灼说:"大响兄,那你就慢慢想一想,想得一个好的地方,再牵缰而行,好不好?"朱响点头答应。

当晚,朱响与蔚小灼在一起,翌日,朱响神情又松弛了一些,人却只觉疲累。天也渐热,暑气渐起,朱响每天、每晚与蔚小灼在一起,意态逐渐恢复,也想出门去走一趟了,就与蔚小灼一块,用笔写了几个纸条,上书东、南、西、北四方,又书东南、东北、西北、西南,共八方,团纸抓阄,阄到了一个"东南",朱响说:"灼妹,那我就去东南方向走一走了。"当晚,蔚小灼为朱响收拾些书籍、用品,翌晨天尚未明,朱响就辞别家人,解缰往东南去了,蔚小灼站在码头,直送到帆影梦断,才怅然返家。

快船由九湾码头起锚,顺水而南,转瞬即入八极大海。此时夏风已劲,日暖天明,朱响晨起便往船尾行拳走腿,白天则时时扶于舷上,闻海腥味,观海浪飞,乏时即返舱大睡,饥时再点餐猛吃,渐觉体力恢复,精神充盈了。船缘嘉林半岛而南,过嘉林角转东,至八极角八极城。

朱响下船买屋,小住数日。八极小城三面皆海,西为八极大海,北、东为芭蕉浩洋。朱响于八极角八极亭高坐盈日,品送槎山香茗,饮八极当地米酒,观苍海万千,海风灌面,飞鱼逐浪,顿觉乏倦尽消。八极角海滩椰林散缀,金沙无涯,由早至晚,泳客不绝,朱响上午、下午各下水一次,畅游尽兴,始返岸日浴。八极城更有红烧海螺蛳最为爽口,海螺蛳去尾带壳,佐麻辣、八大料、精盐、清油炖煮,食时以细竹签挑用,海螺蛳肉入口香辣,劲道有味,越吃越上瘾。

数日后,朱响解缆东行,芭蕉洋水湛天远,风悬浪白。几日后,船抵半春群岛之半春岛,泊于半春湾半春城,朱响仍上岸租瓦小住。半春城为一码头渔港,也是小而精巧的,海腥熏人,鳞甲处处,朱响先于半春城住了两天,各处游览一过,再买车而行,逛游了半春南北要地,数日后仍返半春城,又住两日,每天仍觅海滩高亭,揽海观渔,品赏海鲜。半春这里的海鲜,比八极那里更多、更贱,并有一种重味炖海龟,鲜浓无比。先将十斤以下的海龟洗净切块,置高帮铁锅内,佐以八大料、精盐、大桂皮及尖红椒无数,先猛火沸煮,再清火文炖,半昼一夜,龟块皮开肉绽,骨酥肌裂,各料侵入,香气浓郁,饮当地之半春果酒,食重味炖海龟,麻辣丝丝,浓香绕口,时常咬舌,真如入梦境仙界。

十日后,朱响引舟南巡,此时风云渐起,浪涌涛翻,芭蕉洋风暴正由东南方极深洋面袭来,船尽速而行,几日后抵绵羊群岛之绵羊城,这时风暴已到,涛掀浪滚,惊石裂岸,狂雨倾天。朱响买店而居,足不出户,每日与店家及闲客推枰斗棋,闲喙八方,店家说:"芭蕉洋几处地方,若论丰腴,绵羊尚富,半春次之,芭蕉位末。若论风情,芭蕉居首,半春次之,绵羊位末。"芭蕉即指绵羊群岛东南之芭蕉群岛,朱响心向往之,却知绵羊距芭蕉海途遥远,再加狂风暴雨,无处买舟,心中颇感有憾。四日后,风浪稍缓,朱响即出门在绵羊城各处走动观望,绵羊城与八极半岛隔绵羊海峡相望,据说天清气爽时,可见八极半岛蜿蜒山峰,绵羊海峡水阔浪宽,绵羊城居绵羊海湾内,海岸悬崖峭壁,高上高下,激浪拍天,但绵羊城北去十里,即有银沙海滩,海滩白沙数里,骄阳海风,水轻浪缓,是极佳之嬉水日浴之地。

绵羊岛盛产卷毛绵羊,亦产羊驼,朱响于风暴小时曾去绵羊城附近走玩,见过洞窟及圈栏中绵羊,此羊个头娇小,毛色细软,据《地理图谱》介绍,卷毛绵羊毛质高挡,极适捻线制作衣物、毯垫,该羊肉质细嫩,香可醉人,煎、炒、烹、炸、炖,均极出菜,为绵羊群岛及附近地区名食。绵羊城里即有各色羊食酒楼、羊食排档,有一种炸羊肝,整肝煎炸,香酥万端;又有一种羊杂碎,搅入羊辣油,麻辣适口,令人欲罢而不能;再有一种清炖羊块,以小羊后腿作菜料,撒入香佐,微火炖至大烂,热端上桌,以手撮起,沾精盐、香油而食,酥软无比,齿舌盈香,三日无绝,人食而忘返,不知家门。朱响每日品食各类羊馔、鱼鲜,又诸事轻松,因此体态恢复,心意高昂,致趣来时,也作些书画遣兴了。

10

转眼又十数日过去,风暴敛迹,波浪趋柔,朱响本要再往芭蕉群岛去的,但店里人都说,芭蕉群岛水途遥远,又是在大洋里,波高浪宽,此值暑季,风暴时时来作,如有不便,三五个月都不知道可能回来呢。朱响一时犹豫,心想这次并无准备,只是要出来散心匀息的,三五个月滞留在那里,也不知道做什么的好,时间都耽误了,还不如暂且催舟而返,下次准备好了再去。这样想了几日,虽觉遗憾,也还是做了决定,就拣一个明丽远阔的天气,起锚赴八极角,在八极小城里美食两日,再引舟返九湾。到了九湾,家里人见朱响恢复了常态,又养得精力充沛、黑红相夹、体格健壮的,都万分高兴。蔚小灼更是欢喜得不得了,夫妻俩白日读书,入夜尽欢,蔚小灼现时不再想要孩子,她由长辈们那里寻得避孕秘方,也就更放得开了。

那一时期,亲朋好友们生活方面都有些变动。朱光、朱明皆已成婚,朱光新禧为他一位同学的妹妹,夫妻婚后即往断流某军团,役居去了;朱明新娘为蔚小灼一位表妹,年轻貌美,两人结婚以后,双双入沉月城沉月学院学习,朱明深研生物、昆虫,新娘则出双入对,陪读于侧,后则移沉月城定居了;朱茵已与荀卿完婚,去野苋菜城住去了,朱响对小妹朱茵最为疼爱,但把小妹交于学友荀卿,朱响释然放心,朱茵大哭了一场,也就很着荀卿走了;二姨养子风祥也是大了,早早地也结了婚,新娘为浅水湾母亲一位同学的千金,婚后承继了二姨在九湾街上的一铺大店,做起药材的生意去了。

翠花与小芳亦先后有嫁,哭哭啼啼地走了,计夏原与蒲折柳都已娶妻生子,边慕鱼也结了婚,新娘亦是景城里的大家闺秀,蔺小茹那里一直未有确实消息,朱响只听蔚小灼说蔺小茹仍在某地深研读书,一切尚属顺遂。朱响大姨由瓦迟高原花海城来信,说三十余年不见家乡亲人,夜夜思乡、泣泪湿枕,想找个时间返乡省亲,在九湾多多地住一些时候,望二姨能宽心放行,二姨看了信,眼神攸而黯淡,却也没说什么,母亲那时就常常与她私谈。朱响告诉蔚小灼说:"灼妹,二姨同大姨的事,你怕是不知道,年轻时二姨和大姨先后爱上一个人,二姨还是先爱的呢,大姨夫却同大姨结了婚,后来大姨和二姨暗有约定,大姨随大姨夫远走他地,不再返乡,二姨跟着母亲在九湾生活,直到现在,亦未有婚嫁。"蔚小灼听得眼眶红红的,几日里都颇感怜伤,时时唏嘘不已。

春去夏到,暑去秋来,朱响巨著《滩历3357年至3358年藻海、犁头海及以西地区冲突实录》,于滩历3365年秋付梓面世,书传各地,于滩地思想、知识、文化界燃起惊天轰鸣,各方反响,群议纷纷,叹为观止。朱响大名一时响震八方,亦接各地知识智慧院之邀,会面论议,畅所己见,一时声名鹊起,惊天动海。秋去冬来,春逝夏往,滩历3366年暮秋,朱响又参加滩地最高知识智慧院特级资质的考试。参加这一级别考试的,经初审淘汰后,滩地仅留七人。此种考试分为三大部分,一部分为笔试,做高深试卷若干,主测文字及发挥。一部分为口试,由最高知识智慧院现存之持特级证书院士面试,反复提问,极尽刁难之能事,主测思路及应对。一部分为已有资历之评审,分业绩、著述、品行、声望几方面,甚是严格、苛刻。朱响却有理想、有眼界、有理论、有实践,应对自如,一试而过,成为那个滩历千年里最为年轻的特级证书获得者,并即刻被聘为滩地最高知识智慧院院士,荣耀至极。亲、朋、近、远相贺如蚁,整个九湾城都欢言笑语,鼓响如节,听涛园也纷繁热闹,许久许久,才平息下来。

时光过隙,转眼又见冬雪飘飞,朱响及全家生活渐趋平稳,朱响暂时并无作书计划,每日闭门读书,或淋墨绘画,暇时与家人及爷爷植花赏梅,品茶听雪。冬去春来,天日转暖,新竹出土,菊色翠青,梅园却姹紫嫣红,梅花竞放,美不胜收,听涛园里尚有海棠、杜鹃、红桃、白杏、紫薇、玉兰、山茶、迎春、丽菊等等,陆续都开了,花香溢面,鸟鸣鹃啼,滩水潺潺,蟹风微拂。这期间,亲戚相往相还,同学好友也能分别见些面,朱响只是读书、作画、洒墨、鼓箫。

春消夏现,这一年暑热颇盛,虫蚊亦多,朱响每日在家,渐觉烦腻,起坐有些不安,与蔚小灼商量,想出去哪里走一走,正议论间,管沼平由天香捎信来,说:"大响兄,我现在天香、天琴、天韵、三叶、天月、沉月、叶苔、枫林、千亩、花海、瓦迟、八极、心如、歌海、松果各地做柿果等生意,天香亦住得多了,若有时间,或在家间住得烦闷,不妨来天香住一住。天香城市美大,纸醉金迷,更有夏原兄与苑司兄来在天香读书备考,荀卿兄与茵妹亦来过一次,折柳兄上回赶山返乡,也曾过天香小住,走沙兄做毛皮及书画生意,时可渡来,济景兄亦来过两次,慕鱼兄往年常来,此几年走动不便,诸友还去景城他家醒园、醉园走过一回,望大响兄也来天香散散心、走一走。"朱响读了信心动,倒是蔚小灼对他说:"大响兄,在家里你也是烦躁,又无做事计划,不如你就去天香走一走,玩一玩,散散心,只是记得两条即可。"朱响说:"有哪两条?"蔚小灼说:"一是做事,二是回家。"朱响笑说:"那我记得。"蔚小灼说:"大响兄,我帮你拾掇拾掇,你就早些去吧。"

朱响略事准备,于暮夏初秋时节,由九湾码头买帆而下,入八极海,先南行,至散花群岛,舍舟登岸,在散花各岛转玩一遭,又特为观瞻了散花岛沧远寺等名胜古迹。两旬之后,解舟西北漂,秋风四起,帆姿悠然,黑白交替之间,船已渐入天香海,不日即暮泊天香苇溪湾码头。朱响下了船,管沼平、计夏原、贾苑司,还有醉花楼等处的几个女孩子,一个叫鲁爱山,一个叫狄暮雨,一个叫顾小沙,一个叫蒋春草,一个叫乐小洲——唯蒋春草不是醉花楼的,而是杏花庄的,顾小沙则是由醉花楼出道,由牧走沙出资,才立了新寓,叫作走沙轩的,乐小洲初出道时亦在醉花楼,后转至清平苑——已经在码头上接着了。朱响与三友拥搂半晌,管沼平把五个女孩子也一一介绍了,尔后招辇归市,往苇溪街上过去。

天香城果然人车众众,熙来攘往,花香旗盛,楼宇遍立,又有青柿红果,遍及街巷,色彩香殊,沁人心脾。朱响惊异说:"上回与小灼来,天香尚无这般热闹,今天这是怎么的?"管沼平说:"大响兄,秋日将至,天香诸会又要开节了。"朱响说:"那都有些什么节呢?"贾苑司说:"那还不就是品茗、赏月、观菊、登高诸节。"计夏原说:"也还有开花榜、金百花节、花榜游行,等等。"管沼平说:"十分热闹,大响兄,你一定要看个痛快。"朱响说:"想来必定引人入胜的。"

辇至苇溪街,入住苇溪街醉花楼不远的福祉馆宏福苑。福祉馆豪贵万端,与醉花楼一样,面街临水,杨柳依依,风景上佳。住下以后,四友先于宏福苑煎茗煮茶,热热地扯谈一时,管沼平说:"大响兄,诸友未能全聚,转眼又数年了,我已各做了联络,折柳兄现在苍鹭半岛云天山鹤游,今明即可渡海而来。"朱响朗笑说:"极好,极好,我与折柳兄还各欠半桌棋呢,此番正好与他杀个痛快。"计夏原笑说:"大响兄,此番折柳兄怕是不能与你博弈尽欢了,有人正痴等着他呢。"朱响说:"遗憾,是那位蒋春草小姐吗?"贾苑司拍掌说:"大响兄,犀利,犀利。"四人同笑,计夏原笑说:"大响兄有所不知,天香此地有十大艳榜,五大花魁,两年一选,二载一轮,今年正值选年,可尽饱眼福。"朱响说:"颇愿知悉。"管沼平说:"大响兄,前年所评之十大艳榜,依次为:槐蜜馆的杨小槐,清平苑的乐小洲,碧芦庄的黄平平,摘星轩的祁海棠,走沙轩的顾小沙,醉花楼的狄暮雨、鲁爱山,杏花庄的蒋春草,安闲堂的俞荷荷,说月楼的滕紫梅;五大花魁则为:槐蜜馆的杨小槐,摘星轩的祁海棠,醉花馆的狄暮雨,杏花庄的蒋春草,走沙轩的顾小沙,不幸祁海棠已仙逝了。"朱响说:"沼平兄,为何十大艳榜与五大花魁并不依序重叠?"管沼平说:"十大艳榜为俗社所评,五大花魁则为业内所选,因此并不完全依序重叠。"朱响说:"开眼,开眼。"

贾苑司笑说:"大响兄,槐蜜馆花魁杨小槐,天生丽质,生性乖巧,艺全色绝,聪慧迷人,万人仰往,只是天性清高,尚无人可以劲攻袭占。大响兄文武俱全,一表人才,此番既来了,尽展我滩地男儿风采,万勿退后,可一举拿下,也好代我辈煞煞她的傲气。"计夏原说:"只可惜杨小槐此刻不在天香,去苍鹭半岛之观茶城,做她哥哥的婚事去了。"管沼平说:"不碍事,不碍事,待她回来,我即安排。"朱响笑说:"我哪有那么神勇,这也只是看缘分的事,再说,我心里亦觉障碍隐隐,恐无缘尽兴。"计夏原笑说:"大响兄,蔺小茹那里,便不觉障碍隐隐吗?"朱响一步跳起,说:"茹妹在哪里?"三友一起都笑,管沼平笑说:"大响兄,你与茹妹事,友人皆知,茹妹似于南地隐居攻书,正要考中级资质,具体在哪里,她未通知,我们也不知道。"朱响落座,亦笑说:"与小茹两人,只是感情之间的事。"计夏原说:"大响兄,天香此番,只是休闲游戏,人生张弛,也只看缘分深浅。"朱响说:"那倒也是。"

管沼平说:"大响兄,刚才说到折柳兄,引出这些话来,现再说其他诸友。荀卿兄与茵妹,远旅赤雨洋歌海诸地,五月半载的,恐怕都回不来;若轻兄与雯妹因要生仔,于沉月城也是来不得了;走沙兄生意四方,闻讯即可赶到;济景兄那里已传信于他,他却不在家里,他若得信,必来无疑;慕鱼兄因行动不便,待有机会,我诸友去看他吧。"朱响说:"应当,应当。"管沼平:"大响兄,诸友相识、相交、相爱,今生有情、有缘,却只觉去日益多、来日渐少,天香地方,繁盛至极,此番相聚,定当尽兴始归!大响兄勿要推脱才好。"贾苑司与计夏原亦说:"沼平兄所言极是,你我兄弟,确当好好地会上一会。"朱响受三友情绪感染,不禁脱口说:"诸位佳兄,此番定当尽兴而归,我还有二话吗?!"

四友欢叙至暮,当晚,管沼平在醉花楼设酒为朱响洗尘,贾苑司还引了一位天琴名士方激扬,计夏原亦引了沉月名士范空旗,来与朱响相见,各人落座,醉花楼狄暮雨、鲁爱山、槐蜜馆乐小洲,碧芦庄黄平平,摘星轩袁寒水,梅花苑姚芙蓉,亦上桌作陪。原来清平苑的乐小洲,与边慕鱼情投意合,两情相悦,此番管沼平请她过来,只是作陪朱响一番,并无他意。当晚美酒玉餐,歌舞不断,宴后一行人于苇溪街上游走一时,时候不早,诸友各返居地,朱响亦回福祉馆宏福苑歇息,朱响也是倦了,倒床即睡,一觉到明。

　　清鸟啼晨,朱响为窗前窗后的鸟啼声唤醒,赶忙爬了起来,出门走了一遭,看到这个偌大的宏福苑里,前院为花,后院皆树,窗明瓦净,十分爽人,更有几株大柿,红盘高悬,令人咋舌。朱响不禁意趣上来,脱衣蹚了一趟拳脚,才回屋洗漱完毕,苑外一片喧哗声,贾苑司踏门而入,对着屋里大叫:"大响兄,你看谁到了!"朱响赶紧出门迎迓,原来是蒲折柳与牧走沙到了。朱响怪叫一声,扑上前去,和蒲折柳、牧走沙两人搂成一团,喧哗了一会,诸友在院外石几边坐下。朱响说:"折柳、走沙二兄,你们怎样走到一起的?"蒲折柳说:"还不是在船上碰见的,你看巧不巧!"牧走沙说:"此次得了沼平兄大札,紧赶慢赶,来赶诸友聚会,这才同折柳兄赶在一起了。"贾苑司说:"皆缘,皆缘。"计夏原说:"那可不是!"管沼平说:"诸友听来,昨晚我与苑司兄、夏原兄已有安排,走沙兄、折柳兄才到,先去见一见深闺寂盼的可人儿,今晚苇溪香雨舫上见,明日、后日奢眠,再后日苇溪游街,海堤观景,再再后日歇神养息,再再再后日,香堤赏花,翡翠湖弄景,不夜不归,再再再再后日,诸友牵舟西漂,渡天香河,至羊铃山,登高望远,沏菊品诗,书叶寺淋墨,书叶镇尝虾,当晚即眠宿书叶镇,再再再再再以后,总之各取所需,即时安排,无约无束,尽致才妙。"众人都叫:"好,好!"管沼平又说:"大响兄这里,今晚且先找一佳丽相陪,委屈一时,后话后说。"朱响点头称是。

众人说了一会话,各人走散。朱响饭后出门,拜访了天香书社、天香知识智慧院及其他诸师、友、晌午诸师、友聚饭,饭后,朱响归福祉馆宏福苑,饱睡一觉。薄暮才起,这时,管沼平与醉花楼的狄暮雨,还有安闲堂的俞荷荷,一并进来了。管沼平把俞荷荷介绍与朱响,只见俞荷荷十八九岁,肤如凝脂,髻高若云,腮红鬓艳,两人相视一笑,俞荷荷已袅娜上前,捉住朱响左掌,四人出门招辇,沿苇溪灯河花街,至槐蜜馆对面槐蜜台,会齐诸友,入香雨舫坐定,香雨舫即轻棹离岸,往苇溪里荡了去。

舫入中水,舫里的人也都人定心定了,舫里各座为:狄暮雨侣管沼平,蒋春草侣蒲折柳,黄平平侣计夏原,俞荷荷侣朱响,袁寒水侣方激扬,顾小沙侣牧走沙,鲁爱山侣贾苑司,姚芙蓉侣范空旗;诸座呷茗品茶,各有举动,茗至半盅,管沼平招花舟送了些花上来,分送诸位女孩子,说:"诸位兄妹好友,今天我且来做个东罢,舫游先后序次如下,诸友以赏茗开舫,继之佳肴琼浆,招蟹呼螺,兼佐蔓歌艳舞,清弦雅戏,再继之对联集句,尔后各买其醉,尽如所愿,诸位看好还是不好?"大家都喊好,管沼平说:"那就先上个苇溪开口汤呗,这边雨妹也拨个弦儿响着。"众人皆击掌叫好。

此时此刻,香雨舫已在中水缓行,苇溪里桨声挨挨,脂波粼郏,花舸、画舫如鲫,灯楫、歌舟、戏筏于画舫、花舸、游船中穿来穿去,食艇、酒槎、卖花的小划子则灯火通明,招手即至。画舫缓缓而行,两岸街灯百奇斗艳,人流如织,画舫渐而行中水,渐而趋街岸,人声、市声、歌乐声,也就忽儿大了,忽儿小了,忽儿隐了。苇溪十五里长街,尽花香菊芬,繁盛万种,美楼无复,酒肆各样,迷眼乱心。

香雨舫在苇溪里走了一时,舫里各人品酒赏菜,互致瓯盅。狄暮雨丝如青鸟,暮雨晚风,一弦终了,众人都拍几喊好;之后,顾小沙登毯唱了一曲苇溪调,顾小沙嗓音微哑,兴致万状,极富情韵;黄平平撩了一曲风掠水,黄平平指法细腻,至情至真,很引人入境;俞荷荷吹了一曲见情郎,俞荷荷斑笛悠远,高亢动人,颇引人动情生怅;蒋春草唱了半折三采莲,蒋春草嗓音宽润,功底见厚,甚是有味;鲁爱山吟了一曲鸟飞秋,鲁爱山歌喉清丽,欢快无羁,澄澈无比;袁寒水敲了一曲黄蔷薇,袁寒水手法灵动,境界大远,颇惑人遐思;姚芙蓉清唱一曲菊灯夜,此曲民歌风甚盛,俚俗有趣,经姚芙蓉演绎,又趋文雅,颇有功力;诸姐妹艺毕,舫间掌鼓骤起,各座、各对叽叽窃语,私议不止,俞荷荷亦对朱响说:"大响兄,你刚才不是说到平平吗?夏原兄正全力地攻她呢,尚不知攻得下攻不下。"朱响说:"夏原兄手法劲道,这世上怕还没能走得掉的。"众人一边说着,吃着,饮着,其间又多呼舟唤筏,由花楫食槎靠来,要一些炒螺、醉蟹、醇酿、清虾、艳菊、清曲、酱鱼苗,舫内香芬四起,鲜辣可人,如渡仙域。

秋宵稍深,花烛不减,溪舟街人,正当盛时,管沼平说:"诸友且慢饮浅呷,大家来做一些集句缀联的游戏,各展所长,以度良宵,好不好?"众人都击掌呼好,范空旗说:"集联缀句,先得点个题才好作。"管沼平说:"不如就请大响兄出个题,我们才好作起来。"大家都喊好,朱响说:"沼平兄,出题还得你来出,我这里适才有个新法子,不知可否畅言。"管沼平说:"大响兄请讲。"朱响说:"集联缀句之后,如各位不弃,可否接一回近义词游戏,也是一种新玩法。"众人都跃跃欲试,朱响说:"且请沼平兄出题,诸友先玩两轮集联缀句才好。"计夏原说:"这样也好。"牧走沙说:"沼平兄,你且先出题玩起来。"管沼平说:"诸位兄妹,那我就当仁不让了。秋风微拂,菊香过面,不如今宵就来咏秋,秋辞秋意,沾秋即过,诸友看好不好?"大家都道好,管沼平说:"我且启句了:苇溪秋石出,天寒红叶稀。"大家皆击掌叫好,狄暮雨接吟道:"寒山转苍翠,秋水日潺潺。"大家又喊好,蒲折柳说:"沼平兄与雨妹,所吟有异曲同工之妙。"方激扬说:"的确如此。"之后各位接吟,范空旗吟:"寒潭映白月,秋雨上青苔。"姚芙蓉轻吟:"秋色无远近,出门尽苍山。"贾苑司再吟:"人烟寒橘柚,秋色老梧桐。"鲁爱山续吟:"高鸟黄云暮,寒蝉碧树秋。"牧走沙接吟:"远岸秋沙白,连山晚照红。"顾小沙缓吟:"天上秋期近,人间月影清。"方激扬又吟:"红烛秋光冷画屏,轻罗小扇扑流萤。"袁寒水接吟:"天阶夜色凉如水,卧看牵牛织女星。"朱响再吟:"夜半酒醒人不觉,满池荷叶动秋风。"俞荷荷接吟:"秋景有时飞独鸟,夕阳无事起寒烟。"计夏原跟吟:"萧萧远树疏林外,一半秋山带夕阳。"黄平平接吟:"漠漠轻寒上小楼,晓阴无赖似穷愁。"蒲折柳接吟:"晚趁寒潮渡江去,满天林黄雁声多。"蒋春草跟吟:"风定小轩无落叶,青虫相对吐秋丝。"

11

  一轮吟毕，众人拍掌抚袖，欢声笑语。笑过了，管沼平说："诸位兄妹，容续一轮。"众人尽呼："再续一轮，再续一轮。"管沼平说："且咏山水景色吧，此物宽泛。"众人都喊好。管沼平仍先吟："夜宿月近人，朝行云满车。"狄暮雨接吟："竹怜新雨后，山爱夕阳时。"蒋春草跟吟："空山新雨后，天气晚来秋。"蒲折柳接吟："山中一夜雨，树杪百重泉。"黄平平再吟："木落知寒近，山长见日迟。"计夏原接吟："四面生白云，中峰倚红日。"俞荷荷缓吟："春山叶润秋山瘦，雨山黯黯晴山秀。"朱响跟吟："浮天水送无穷树，带雨云埋一半山。"袁寒水接吟："三山半落青天外，二水中分白露洲。"方激扬跟吟："清风明月无人管，并作南来一味凉。"顾小沙接吟："水流曲曲树重重，树里春山一两峰。"牧走沙续吟："但见两崖暗绝谷，中有百道飞来泉。"鲁爱山轻吟："扁舟二月多芳草，春在蒙蒙细雨中。"贾苑司接吟："扁舟一棹归何处，家在幽渚白叶村。"姚芙蓉再吟："千里稻花应秀色，五更桐叶最佳音。"范空旗终吟："阴风搜林山鬼啸，千丈寒藤绕崩石。"范空旗吟罢，众人大哗，继而拊掌而笑。管沼平说："亦是别出心裁，出奇制胜，高招，高招。"

  大家笑过，议过，又饮了些酒，呷了些茶。蒲折柳说："大响兄，近义词游戏，是怎样的一种玩法？"朱响说："也颇简单。"方激扬说:"怎样简单?"朱响说:"就是出一个题目,各人以近义词表达,说不出来的,罚以歌、舞、酒、乐,如此而已。"范空旗说:"大响兄须举一实例才好。"朱响说:"我且举一实例吧。譬如童年、少年,我言童年,激扬兄则称童稚,荷妹文称孩提,空旗兄偏呼早岁;再如晚年,折柳兄言老年,沼平兄则称老境,走沙兄呼为暮年,苑司兄文称暮景,夏原兄偏叫残生。以此类推。"计夏原叫道:"懂了,懂了。"众人都大叫懂了,都跃跃欲试。管沼平说:"大响兄,你出的戏路,你先剪个彩呗。"贾苑司说:"大响兄先出个题目呗。"朱响说:"那我就出个题目,就是'现在'吧,诸友看看如何?"大家想了想,都叫:"好了,好了。"朱响说:"那我抢个先了。目前。"俞荷荷慢慢说:"眼前。"袁寒水柔声说:"当前。"方激扬大声说:"现时。"顾小沙小心说:"此刻。"牧走沙快快地说:"眼下。"鲁爱山跟着说:"眼底下。"大家都笑起来,都说:"算的,算的。"贾苑司朗言说:"目下。"大家又笑。计夏原说:"苑司兄,目下还不就是眼下?"贾苑司说:"要不怎么叫同义词、近义词呢?"计夏原说:"这也有道理。"

众人都笑得停不下来。笑了一时,姚芙蓉曼声接着说:"当下。"范空旗亦接上说:"脚下。有这种说法的。"众人忍不住又笑,管沼平:"空旗兄,并无人指责你。"范空旗说:"我只是解释一番而已。"舫里的人笑得呛了气,笑过了,狄暮雨再接上说:"时下。"牧走沙说:"有的,有的。"管沼平接说:"刻下。"朱响说:"也有,也有。"蒋春草轻言说:"此时。"贾苑司说:"有的有的。"蒲折柳说:"今刻。"范空旗说:"亦有的。"黄平平小心说:"今时。"方激扬说:"有也,有也。"轮到计夏原了,计夏原却一时说不出来,朱响说:"轮到最后,差不多就说尽了,容他多想一想。"计夏原抓着头想了一想,放声说:"现在。"大家听了一愣,牧走沙说:"这算过呢,还是算不过?"计夏原说:"你们哪个说过的吗?"牧走沙说:"确还没有人说过。"计夏原义正词严说:"那这就得算过。"

众人笑得前仰后合,无法稳坐,笑过了,朱响说:"那就算他过呗。"计夏原说:"大响兄,再来,再来,这个有趣味。"大家都附和、拥护,朱响说:"那就由诸小妹启头先行吧,我等男士,落在后头罢了。"蒲折柳说:"也好,也好。"管沼平说:"那就由荷妹开个头呗。"俞荷荷说:"那我启个什么头呢?"范空旗说:"由你自个随便找。"俞荷荷皱眉想了一想,说:"那我就找个'热闹、吵闹'的意思,行不行?"男的都说:"行,行,只要你自个先能讲出来,就行了,不要管他人。"姐妹们都笑得撑不住,笑了一时,俞荷荷说:"那我就启头了。我讲,热闹。"蒲折柳说:"这回原词有人讲了。"计夏原说:"我现已有词于胸。"众人笑个不住,黄平平说:"闹热。"朱响说:"这是有的。"蒋春草说:"红火。"方激扬说:"这有。"狄暮雨说:"喧腾。"众人都说:"有的,有的。"姚芙蓉说:"喧闹。"计夏原说:"更有,更有。"鲁爱山说:"喧嚷。"朱响说:"也有,也有。"顾小沙说:"喧嚣。"管沼平说:"亦有,亦有。"袁寒水说:"闹嚷嚷。"众人都说:"可以的,可以的,毕竟在字数上不同。"朱响说:"熙熙攘攘。"众人都叫了起来,说:"这能讲的更多了。"计夏原说:"熙来攘往。"蒲折柳说:"攘往熙来。"管沼平说:"折柳兄,你倒是讨巧。"蒲折柳说:"这也得能颠能倒才行。"众人笑得四仰八叉。管沼平说:"门庭若市。"范空旗说:

"车水马龙。"贾苑司说:"人山人海。"牧走沙说:"人来人往。"方激扬说:"吵吵嚷嚷。"

接完了,大家又笑,这般热闹,一直笑闹、饮呷到黎明,水上的凉气都有些上来了,冬天鱼肚色的白气也都有点上来了,众人这才弃舫上岸,招车唤辇,各回居所。朱响与俞荷荷辇返福祉馆宏福苑,宽衣解带,上床睡眠,拥衾后两人尽欢而寐,至日偏西榆,始叽叽而起。

吃了些点心后,两人于院内大榆树下闲坐品茶,朱响说:"荷妹是哪里人?"俞荷荷说:"大响兄,我就是苇溪源苇溪山人,离天香不是很远的。"朱响说:"那荷妹是怎样来这里的?"俞荷荷说:"大响兄,我家里弟妹稍多,又都年少,爷奶父母离世得早,家境实属一般,只是樵柴渔腥而生,由外公、外婆两位老人撑持。有一年,天香一位冯姐姐去苇溪山里游玩,见我聪慧俊俏,就要带我出来学艺,外公、外婆无奈,只得同意了。那年我只八九岁,跟冯姐姐来在天香安闲堂,习琴、棋、书、画、歌、舞、诗、文、印、茶、情、趣、接人、待物以及床上的功夫,白驹过隙,转眼妹妹已近十九岁了。"朱响说:"既然苇溪山离此并不很远,那荷妹亦该时常返乡探望了?"俞荷荷笑说:"三年未返了,哪有那么多时间?这里也是忙得很,冯姐姐可知道我正是摇钱的时候呢,哪会轻易放我四处乱走?此番出局,一是管老板亲邀,二是大响兄巨名,即便如此,跟班的也时时守候福祉馆大堂,名为随唤,实为监控,姐妹们也都是习惯了。"朱响说:"荷妹外公、外婆,现在可都还好?"俞荷荷说:"外公、外婆,身体都尚硬朗,只是两位老人一生最大愿望,至今亦未能实现。"朱响说:"荷妹外公外婆最大愿望,是到天香来过活吗?"俞荷荷说:"那倒不是。"朱响说:"那是什么?"俞荷荷说:"也就是于苇溪山里,盖几间结实的大石头房子,与我弟妹们安生生活罢了。小妹我才出场待客,前年虽赢得十大花榜第九名,无奈冯姐姐管得紧,又都是新客,私蓄颇少,花销却巨,哪有闲资给他们盖大石头房子呢?"朱响听在耳里,记在心上,说:"荷妹,安闲堂在哪里的?"俞荷荷说:"也在苇溪街上,离此地并不很远,要么晚上,大响兄与荷妹过去,吃个便餐?冯姐姐也千万叮咛过的。"朱响说:"这般也好。"

正说着话,管沼平与牧走沙过宏福苑来了,四人围坐于青石几旁,沏茗品菊,听蝉观雁。管沼平说:"大响兄,槐蜜馆杨小槐已返天香,只是她今日、明日,脱身不开,要后日才能过来陪你,荷妹且再辛苦两日。"俞荷荷噘嘴说:"沼平兄,那还不是你说的算。"管沼平笑说:"我亦只是想要大响兄多体验体验。"俞荷荷仍噘嘴皱眉,亦颇好看,继而破颦为笑,说:"待有机会,我再来陪大响兄就是。"管沼平说:"这就是了。"朱响说:"我也是这么想呢。"四人品茶呷香,牧走沙说:"大响兄,此番弟还要你及诸友留下墨宝。上回诸友绘作合集《十七友三叶绘谱》,于市场上走得颇好,各人酬资甚丰。大响兄不管钱财,这等小事,恐无所知,灼妹那里都是有一本账的。"朱响说:"诸兄明知,我只知花钱,不知理财,我确实不知。"管沼平:"走沙兄操持,我等确乎发了一笔厚财,亦是大响兄劲作带动。"朱响笑说:"沼平兄实在过誉。"牧走沙说:"沼平兄这倒说的实话,此番弟来天香之前,于天韵把《十七友三叶绘谱》又印了一遍,各地依然抢手,笔润我亦带至,尚算丰厚,各付其主,大响兄亦不必争执。"管沼平说:"丰厚,丰厚,再添些零头,即可于天香街外,购一处小小花园。"朱响说:"走沙兄操持功巨,我等都是坐享其成的。"

俞荷荷为各人添茶加水,牧走沙笑说:"仍仗大响兄及诸友名头,此次即有两件事与大响兄相商。"朱响笑说:"走沙兄畅所欲言,诸友还分什么彼此的。"管沼平在一边也笑,说:"就是的,走沙兄,你且直说罢了。"牧走沙笑说:"大响兄,第一件事,已是先斩后奏了,就是此次再印《十七友三叶绘谱》,弟擅自将大响兄赠弟的《蝶谷步走图》收录了进去,因尽与三叶诸友欢会有关,亦是有道理的。"朱响说:"走沙兄你做主就是。"牧走沙说:"第二件事,还是大响兄巨作《蝶谷步走图》,因弟欲做一件大事情,要扩展牛羊皮毛生意于八方四海,手头一时稍紧,又有多方财富围堵小弟,索购《蝶谷步走图》,弟一时心动,欲将大响兄之《蝶谷步走图》,忍痛拍出,以图伟业,却又心疼万端,亦觉对不住大响兄,思虑万千,不能决断,大响兄,你看这该怎么办?"朱响笑说:"走沙兄,画在你手里,便是你的东西,兄尽意处置即可,只怕是拍了它,微资薄酬,亦无助于兄之伟业啊。"管沼平说:"确能解决走沙兄之大问题,拍出《蝶谷步走图》,购半壁九湾城,亦显宽裕。"朱响说:"既然如此,我再绘一幅予你就是了。"

说着话,唤馆里出色铺绢,朱响立于大青石前,搦管运色,略作构想,一口气绘了一幅短卷,两幅小品。一幅短卷为《天香走辇图》,题赠牧走沙;一幅小品为《巨榆鸣雀图》,题赠管沼平;再一幅小品为《牵牛在架图》,题赠俞荷荷。馆家亦索,朱响写了"福祉馆"三字相赠,皆大欢喜。四人又说了一会话,看看天晚,管沼平与牧走沙辞去,朱响与俞荷荷出门买车,往安闲堂去吃晚饭。

安闲堂亦面溪而筑,场面尚大,楼宇数进。朱响与俞荷荷先于苇溪街购物,朱响为俞荷荷购得上好翠玉一块,高品珍珠一串,精贵金链一挂,衣物数套。而后两人进了安闲堂,堂内冯姐姐与诸姐妹都来陪朱响喝茶、问安、说话,也有献色的意思。朱响散了封酬,当屋之人,尽皆有份,举座欢欣。朱响并封了厚酬予冯姐姐,笑说:"冯姐姐,荷妹这几日归我,你且放心,不用管她。"冯姐姐喜不胜收地说:"那我们还不是求之不得吗!管老板早前封过了的。"朱响笑说:"冯姐姐,那是他的,这是我的。"冯姐姐笑得合不拢嘴,连声说:"多谢朱大人厚赏,多谢朱大人厚赏!"

吃过晚饭,朱响与冯姐姐一班人,至俞荷荷闺房,听曲赏弦,推枰弈对,不觉天已颇晚,朱响与俞荷荷再返福祉馆歇息,两人灭灯上床,尽享媾和之乐,极久乃毕,朱响翻倒床上,忽然说:"荷妹,明日无事,我与你引舟苇溪源,到你家乡一游,如何?"俞荷荷说:"樵居渔屋,恐大响兄见笑。"朱响说:"荷妹,你看我可是那种人?"俞荷荷说:"既然如此,我就陪大响兄赴苇溪山一游,明晨天晓出门即可。"

两人一夜好睡,是夜微雨,榆叶微响。翌晨天亮,两人起床洗漱,出门吃了些早点,朱响又吩咐俞荷荷跟班,去左近市场,给史家外公、外婆,买了些日常东西,计有猪两扇、羊一只、牛半臀、酒一桶(大桶)、茶三桶(中桶)、米四袋(大袋)、绸两卷、精致糕点八盒等等,引缰赴途,陆行颇速,至苇溪大转弯,弃辇登舟,直趋苇溪山苇溪源俞家坳。

　　此日尚早,到苇溪潭只在晌午,船泊于苇溪潭小码头,朱响与俞荷荷舍舟登岸,沿山路往俞家坳而行,山路湿洁,树苍林静,转过一道山弯,俞家坳即在眼前了,原来只是个一二十户的小山村,听见人来,村里的狗汪汪地叫起来。俞荷荷望见眼下的屋舍,突兀地伏在地上哭泣起来,朱响忙扶她站起。村里的人也都出来了。俞荷荷与外公、外婆、弟妹们三拥四抱,抹眼擦鼻的,又把朱响介绍一番,跟班的把物品都抬入了俞家,俞荷荷亦破涕为笑,意兴勃发,姨舅姐妹地喊个不停。

　　饭前,朱响一人去附近山林里转玩一番,留俞荷荷与家人叙话亲近;饭后,朱响、俞荷荷两人,勾手挽臂,去苇溪源走过一趟。朱响说:"荷妹,此番来游,我亦愿为你外公、外婆了却心愿,你且把房资转赠他们,即说是你孝敬二老的,荷妹万勿推辞。我看你外公、外婆操劳一生,身体尚健,此地青山秀水,风物宜人,建一处结实、宽敞的石头大房子,人有同愿,只可惜我无缘于此长住,是为憾事。"俞荷荷听说,紧紧抱住朱响,号啕大哭,哭毕,两人归返俞家坳。俞荷荷留下厚资,并与外公、外婆做了交代,又与弟妹们说了些叮嘱的话,反复数次,天已略暮,俞荷荷始与家人三泣而别,又一直哭到船上,方才止住。

12

　　轻舟劲帆,水顺流利,朱响与俞荷荷,小半夜了才泊天香苇溪街,两人入福祉馆安眠。是夜,宏福苑依然风云激荡,波翻涛滚,朱响宏伟擎天,俞荷荷也汪洋恣肆,极为卖力,两人黎明才眠,近午才起,起来吃了午餐,俞荷荷告辞朱响,两人拥搂再三,俞荷荷始洒泪而去。

　　朱响一个人留在宏福苑,俞荷荷体香尚存,人却已离去,胸中怅惘,心绪不定,及至管沼平、牧走沙、范空旗来邀赴玩,朱响亦未解脱。管沼平说:"大响兄性真情挚,且逢场即戏,此情淡了去吧。"朱响说:"我心里亦明知此意,却就是一时难以复原。诸友见谅,容我独处一日,以还旧态。"牧走沙说:"大响兄若是外出走一走,说笑一番,不定缓得更快呢。"范空旗说:"此话有理,诸友及杨小槐,亦皆引颈而望呢。"朱响说:"弟现时只觉神情黯淡,恐扫诸友大兴,且容我于宏福苑躲一躲吧,杨小槐那里,尚望美言。"管沼平说:"那也好,由大响兄一人在屋里躲一躲吧,反正今日也就是行街购物,散乱而走,还不定谁与谁能走到几时呢,杨小槐那里,我去与她说一说就是了。"朱响说:"沼平兄,多多拜托,多多拜托。"牧走沙说:"大响兄,你且静思一番,平情淡意,转眼诸友再过来看你。"朱响说:"走沙兄,不敢,不敢,各位畅玩去吧,不用管我。"范空旗说:"大响兄,真的不随我们赏街去了?"朱响说:"诸友请便,我倒头便睡了。"

三友笑笑,劝朱响不动,只得去了。朱响情绪低落,于牖边枯坐一时,起身至篋里翻出一本《汪洋走读》来读,读了几页,情绪愈加低迷,歪于宽榻上睡了。片时惊醒,并无他事,起身捧书再读,不觉渐臻佳境,读到主人公经历千曲万险、风急浪激,终至海屿时,不禁拍案而起,疾步庭院,仰天闷号几声,以泄激情,吼毕续茗再读,又添奋激于胸,安坐不住,起身于庭中来回走动,走了一时,仍激情难耐,遂展绢造墨,先淋字一幅,叫作"涧松寒转直,山菊秋自香",意似未尽,再淋一幅,叫作"雨荒深院菊,霜倒半池莲"。淋完之后,意犹未尽,神情却已经放松了,于院内走看一番,心里想,其实,也并不是要对俞荷荷怎么样的,或许只是一种怜香惜玉、泛爱人间罢了。

朱响也不知道自己怎么会有这些想法的,在院里眼到神驰地看了一会花,一阵香风袭至,突觉胸臆堰塞,忙返身捉笔,伏身石上,急造一幅《秋水走舟图》。作了许久,天色迫暮,荫下微暗,朱响更加俯身趋石,正待收尾,贾苑司、蒲折柳、方激扬、计夏原、范空旗诸友及蒋春草、黄平平、袁寒水、鲁爱山、姚芙蓉等,说笑间移扉而入,见朱响正扬臀俯首于大青石上,不禁大惊失色,继而皆哑然失笑。蒲折柳说:"大响兄,俯身找什么呢?"计夏原说:"原来大响兄不与我们逛街,是于这里寻宝呢。"众人都笑起来,趋前赏画,赞评不止。计夏原说:"大响兄此作自存,我们这么多人,送也送不过来的。"范空旗说:"那倒也是。"众友于院中各自寻地坐下,煎汤沏茗。贾苑司说:"大响兄,襟臆可爽了一些? 诸友挂念,特来探望。"朱响说:"多谢诸友关心,已趋痊愈,只是未能与诸友逛街,心有所憾。"方激扬说:"那倒无妨,大响兄,后日诸友再去香堤赏菊、翡翠湖泛舟就是了。"众人说笑了一阵,计夏原说:"大响兄,我们暂时告退,稍候沼平兄、走沙兄还有事与大响兄商议。"朱响说:"那我且等他们过来。"

计夏原诸友离去,朱响秉烛俯石,仍作《秋水走舟图》。不一刻,牧走沙、管沼平及顾小沙、狄暮雨至,落座斟茶。牧走沙品赏《秋水走舟图》不已,嘴里亦连声说:"精辟,精辟。"管沼平说:"大响兄,微恙可愈?"朱响笑说:"已转至墨、图中。"牧走沙说:"那就好,那就好。"说了一会话,五人出门至苇溪坊吃酒。苇溪坊在苇溪急弯处,临水而建,于座中可掬水濯面。五人在苇溪坊坐住,要了酒菜,边抿边品。苇溪灯花乱眼,游舟如鲫。管沼平要了个小戏槎,五人听了几折戏,槎儿渡走,牧走沙又要了个小灯船来转灯看。灯船上各色花灯,缓转不止,灯壁上即现人物、故事、风景,煞是好看。看了一时,灯船也走了,狄暮雨和顾小沙各拨弦唱曲。坐了一会,苇溪的鱼品上来了,有炒螺、蒸苇溪黄果鱼、醉蟹等,几人饮酒、品鱼、挑螺、挖蟹,大饱口福。

吃喝了一时,管沼平说:"大响兄,又有两事相告,万望支援。"朱响说:"沼平兄这是怎么说呢?同窗挚友的事,我可曾推托过的?"几个人都笑了起来。牧走沙说:"那是没有。"管沼平说:"由走沙兄说呗。"牧走沙说:"那我就说吧。今日大响兄郁闷,我与沼平兄忽发奇想,想到两件事情,说与诸友听,诸友皆喊好,只是这两件事,均离不得大响兄的鼎力相援。"朱响笑说:"是什么样的事呢?请走沙兄明示。"诸友都笑。牧走沙笑说:"大响兄,一件事是,我诸友欲成立一个护花社团,且名'十喜社'。"朱响说:"缘何名为'十喜社'?"牧走沙说:"盖因我诸友大响兄一个,沼平兄两个,走沙兄三个,夏原兄四个,折柳兄五个,苑司兄六个,空旗兄七个,激扬兄八个,另有慕鱼兄九个,济景兄十个,十友护花,因名'十喜社'。社馆现有,由大响兄为社长,并不管事的,只做甩手掌柜,沼平兄为主持,一应事务,皆由沼平兄承担。"

朱响笑说:"走沙兄,我巴不得能借十喜社诸友大名呢,只要不做事即可。"几人爽笑而酒。饮了两杯,朱响说:"走沙兄、沼平兄,十喜社要做些什么呢?"管沼平说:"十喜社亦即聚友会,隔年秋高气爽,除我十友外,亦广聚名流文士,遴选花艺界十大艺榜,并荐花艺界五大花魁,皆为游戏。"朱响说:"沼平兄,走沙兄,此事我实是巴不得争名呢,哪有不入之理?"牧走沙笑说:"那就好了。"朱响说:"第二件事呢?"管沼平说:"第二件事,为走沙兄主意,还是由走沙兄说吧。"牧走沙笑说:"大响兄,诸友尽文化社会名流,墨精文厚,平素诸友散落各地,艺品流失,颇觉有憾,我与沼平诸友商量,意于天香苇溪闹市区,起一处书画苑,亦以诸友数字成名,名'二十友墨馆',计有,大响兄一、小灼妹二、沼平兄三、走沙兄四、荀卿兄五、朱茵妹六、若轻兄七、朱雯妹八、小茹妹九、慕鱼兄十、折柳兄十一、夏原兄十二、苑司兄十三、楚楚妹十四、济景兄十五、涧涧妹十六、空旗兄十七、激扬兄十八、朱光弟十九、朱明弟二十,'二十友墨馆'馆舍皆备,无劳诸友一分,由走沙力成就是。诸友却有入馆义务,即闲置之书、宝、绘、墨,交由二十友墨馆出销,所得除馆内开销,尽由书家取回。此事大好,一则二十友墨馆胜迹百出,再则诸友亦有丰润收入,岂不大好?"朱响说:"此事我亦响应。"管沼平说:"诸事大响兄亦不必挂心,由灼妹一手操办即可。"朱响说:"如此最好。"

说讲了一通,朱响要返福祉馆续画。牧走沙看看管沼平,笑说:"那也好。"管沼平亦有所笑,顾小沙及狄暮雨亦笑,管沼平笑说:"大响兄,不如你先在苇溪街上乱走一遭,信马由缰,散放心怀,再回宏福苑也不迟,我们亦不陪你。"朱响说:"这倒好。沼平、走沙兄,这里可有什么好的走处?"牧走沙笑说:"苇溪街上可玩的地方极多,只是不知道大响兄要玩什么。"朱响也笑说:"走沙兄,我倒不是想玩什么,只想随意逛逛,而后返福祉馆作画。"管沼平笑说:"那大响兄就走哪算哪呗。"朱响说:"这倒也是个办法。"

几人于苇溪坊门前分手。朱响沿苇溪街、苇溪岸,抬脚往前走去,花灯霓影,芬芳扑面。走至一排垂柳影下,这里人来辇去,酒香烛红。正打算返福祉馆,却望见前方溪栏边,灯火阑珊处,有三三两两的伴侣、游人,正微风轻秋地,看溪里画舫、游舟的风景,不由得有所向往,迈步过去。凭栏而望,只见苇溪夜月,花灯船轻,前面是花溪,身后是香街,情景十分迷人。朱响凭栏看了一会,渐觉馨香怡人,心里感叹,循香望去,见身侧三五步远处,一高一小的两个女子,亭亭玉立,莺声燕语地在说话。先听那位身材修长的女子,鹏声吟了两句诗,说:"日午独觉无余声,山童隔竹敲茶瓯。"朱响遂为吸引,侧耳细听。身材修长的女子吟过了,挽着她的那一个女孩子说:"姐姐,你说人生快事,终是什么?"高些个子的女子说:"那还不是山堂夜坐,汲泉煮茗吗?"第一个说:"姐姐,这倒显得单调了些。"第二个说:"拾薪烹鼎,疏雨湿烟,骋以清谈,出以棋画,还不都是求其雅趣吗?"第一个说:"姐姐,除此之外,世上就没有别的快事了吗?"第二个说:"那我一时倒想不出来了。"

说完了,两个女子转身似要离去。朱响被她们的谈话吸引,不由接言说:"难道三月三之洗涤日,席芳草,镜清流,览卉木,观鱼鸟,不是人生之快事吗?"那两个女子停住脚步,转过脸来,看着朱响,原来那位"姐姐",是个极朦胧、年轻、貌美的女子。朱响忙说:"这位娴妹,朱响有所冒昧,敬乞见谅。"那位女子说:"这倒是没有什么,想来这位响哥哥,对煎茗细啜,亦是没有兴趣的。"朱响说:"茶寮专设,露水烹茗,才是赏茶的极致。"那位女子说:"这个我不反对,只是还要有一推心置腹之人,银丝冰芽,疏雨密雪才好。"朱响说:"碧丝晴雪,举瓯亮灯,亦佳。"那位女子说:"风味怡淡,栖神物外,甚佳。"朱响说:"文火细烟,小鼎长泉,颇佳。"那位女子说:"芳冠溪山,香播九里,毕竟佳。"朱响说:"滚茶蒲团,为爱清香,最最佳。"那位女子低眉垂泪说:"这位响哥哥,便是说不过你,又怎样的?"她旁边的女孩子也尖嘴利齿地说:"你这位先生也真是的,把我家槐姐姐弄哭了,看我不找你算账!"那位女子收住泪声,低眉低言地说:"山槐,你我回馆吧。"朱响慌忙趋前说:"对不起,对不起。"那位叫山槐的女孩子说:"这位响哥哥,找个时间,过槐蜜馆来赔礼吧。"说完,挽着那位女子走了。

槐蜜馆?朱响目瞪口呆,踽踽地返回宏福苑,心想这样巧事。落座启灯,沏茗执笔,再续《秋水走舟图》,作了一时,心里无静,遂弃笔读书,书亦读不下去,那种馨香无时不在身边萦动,不由得起身出馆,问了人,往槐蜜馆寻去。槐蜜馆距福祉馆并不太远,上一回登画舫,即于槐蜜馆对面的槐蜜台。朱响在槐蜜馆外走动了几遭,只见槐蜜馆外直立两株合抱粗细的巨槐,馆前花灯华贵,迎来送往,馆内层瓦叠楼,影动香飘,九烛缤纷,雅致万端。朱响徘徊一番,始启步返宏福苑,歇息去了。

第二日,晨鹃啼雾,早鸟弄影,天适黎明,福祉馆的老板,即来轻叩朱响小南窗,轻声说:"槐蜜馆送来的,嘱即驰达,万望有谅。"言毕即飘步轻去。朱响赶忙起身展看,原来是槐蜜馆杨小槐的花笺,上面写道:"昨宵微月,君独徘徊,妹心期待,未闻叩门,君妹暗约,天意释怀,翻手为阳,覆手为阴,翻手为月,覆手为雨,今晨微霖,极合烹茗,自闲山幽,散雨寮暖,孤妹空山,长望佳人。"朱响读罢,忙更衣洗漱,急急于福祉馆大堂里问了自闲山走法,又请馆里告知管沼平诸友,然后出门买车,快轮疾驰,至翡翠湖北岸翡翠码头,解舟溯水,往天香河中游之岚湖而去。

天色微晓,散雾闲烟,快舟轻帆,两岸山退。朱响直立舟头,望尽山、峦、原、林,天色皆明,薄雨湿霭。午后舟抵岚湖,朱响系舟登岸,沿湖边石径,往山右而行。行不两里,见湖畔岩间有几户人家,岩上刻有村名:岚湖晓烟村。朱响过去问了路,再往山右走,走了数里,见崖下又置一村,村头崖上刻字,名:闲山晚雨村。朱响再过去问路,问过了仍往山右行,渐入峰谷之间,过一片壮林,越一片悬嶂,翻一道葱岭。此时岚意颇浓,天色向晚,朱响匆匆奔走间,望见前方山岭隙缝里,正有一缕轻烟飘起,不觉俯身拾了一抱薪柴,背于肩上,往山岭里的数间草寮茅庐,疾步而去。

走近寮舍,见寮外矗一巨石,上刻"散雨寮"三个大字,不禁松了一口气,心里想,这就是了。又闻寮里莺琴悠然,细曲飘飘,更觉痴醉万端。正浸淫其间,柴扉一响,山槐打寮里出来了,望见朱响,嫣然一笑,说:"响哥哥,给我吧,槐姐姐正在寮里候你呢。"说着,把朱响肩上的柴捆接了,去两寮之间的散石处,挑火煎茗去了。朱响空了手,推扉而入,扉响门启,香氛撩人。杨小槐《三季大响》有载,当即,杨小槐停弦止曲,于蒲席上站起来,脱口叫了一声:"响哥哥。"朱响也脱口喊道:"槐妹。"两人四目而对,继之相拥良久。

当晚,两人薄酒素肴,轻曲淡茗,倾谈甚迟。朱响戏言杨小槐为"天下第一美女",杨小槐则笑称朱响为"世间首个魅男"。朱响说:"槐妹最喜的是什么?"杨小槐说:"那还不是避世闲居,喜游山林,花草清茗为伴?"朱响说:"我与槐妹同感。"两人谈茗论茶,又对了些茗茶诗。杨小槐吟:"敲火发山泉,烹茶避林樾。"朱响对道:"花雨随风散,茶烟隔竹消。"杨小槐吟:"何处茶烟起,渔舟系竹西。"朱响对道:"寂寞南山下,茶烟出树林。"是夜,两人同眠于寮内蒲草铺上。原来杨小槐如蛇似藤,床上功夫亦是惊人,白鹤展翅、鲤鱼飞门、象鼻探幽、苍鹭啄虾、湖鸥俯刺、深涧泉激,使朱响欲罢而不能。朱响惊讶说:"槐妹,哪里学到的这样一身过硬功夫?"杨小槐说:"响哥哥见笑了。"朱响说:"哪里槐妹,我是真心地夸赞你呢。"杨小槐说:"还不就是少小出道,勤悟深研,披览众籍,钩沉觅迹,一习音律诗文,二习妩媚之术、应酬之功,于青楼花巷事,靡不皆晓。"

两人尽欢适眠。翌晨朱响醒来,伸手捉摸,杨小槐已不在身边。欠身启扉,但见山林轻岚,岭峰微霭,山槐正抱了一捆山柴,由竹林转弯处踏露往这边过来,杨小槐则轻捧露盘,将夜露滴于紫罐茶炊之中。朱响亦出门帮手,三人垒石倾茶,燃薪起火,于是茶烟渐升,袅而不散。三人坐于卵岩蒲团之上,朱响说:"槐妹因何独为茶事钟情?"杨小槐说:"许是天性如此,改都改不过来的。"朱响说:"前晚苇溪街多有得罪,只是并未畅言,槐妹必定还有茶品要言。"杨小槐笑说:"响哥哥,小妹怎敢在大师面前放言?"朱响亦笑说:"槐妹真知灼见,我亦是想听槐妹说话,槐妹说什么,都是我最爱听的。"杨小槐嫣然,偎于朱响肩上,说:"响哥哥,你说艺茶之事,不该春会泉石之间,夏沐清风朗月,秋处竹林之荫,冬对朝日暮阳吗?"朱响说:"定当如此。"杨小槐说:"响哥哥,舍此尚有他趣吗?"朱响说:"沉溺于茶品之艺,优游光阴,寄闲托意,凉台静屋,明窗净几,亦是一种境界,而犹以野趣为最佳。"杨小槐说:"这也是有道理的。"

此时岚气飘动,茶烟氤氲,两人正说着话,天上岚气之中,"嘎"的一声鸟啼,一只红头白领的野雉,"噗"的一声,掉在茶炊左近的草丛里,一下子摔得昏了头,翅膀双扇。山槐上前一把按住,杨小槐说:"山槐,且放它去吧。"山槐把野雉抱起来,抚抚它的花翎,在脸上亲了一亲,然后扬臂一展,野雉扑扑地升起,往竹林里飞去了。山槐说:"是茶烟熏得它跌下来了呢。"正说着,天上又是"嘎"的一声,三人抬头去看,见是一只蓝光脖的水凫,在茶烟里旋了几旋,"噗"的一声,也掉在秋草丛里了。山槐又去按住它,杨小槐说:"响哥哥,这水鸭子都打岚湖上飞来了呢,你看这薪柴、茶烟,香还是不香?"朱响说:"那可不是的。"

山槐再展了臂,把水凫放飞至天上去。三人品了露水茗,吃了早点。这一日,朱响与杨小槐,或挽手踏石,缠腰赏秋,或敲棋对歌,作画品诗,两人至晚而眠,席榻极欢。第二日依然如胶似漆,舍难分艰,昼里一对山水林泉,夜间两人缠绵至疲。又游了自闲山诸山景湖色,亦游了自闲寺人胜名迹,至紫溪山中,观溪中叠石,可坐可卧,临岚湖崖下,看壁立万仞,苍然古色,上不可视,下不能及。朱响并作《烹茶洗砚图》《湿烟落凫图》《自闲山挽游图》等赠杨小槐。

　　不觉间,三人于散雨寮已住了二十余日,雨霁霭薄,管沼平、牧走沙诸友于天香捎信过来,望朱响、杨小槐两人速速返城,诸友尚待聚游呢。接信后,朱响、杨小槐携山槐,天明买舟,顺流而下,过午即泊于天香城苇溪湾,即岸招辇,两人入住福祉馆宏福苑。暮中诸友来访,边慕鱼与秋济景却也到了,朱响与他们抱成一团。管沼平顾朱响与杨小槐,笑说:"槐妹高招,计赚大响,颇为有效。"朱响说:"亦是我与槐妹的缘分不浅。"杨小槐倩笑不语。诸友言及第二日十喜社及二十友墨馆成立庆贺事,原来这些日管沼平、牧走沙已往九湾、沉月、红花、景城各地奔走了一趟,见及蔚小灼、晁若轻、朱雯、秋济景、边慕鱼,谈过二十友墨馆诸事,荀卿与朱茵无法联系,只有待他们回来再说。众人相言甚欢,朱响即于福祉馆买酒宴友,再言十喜社及二十友墨馆,朱响意兴大发,说:"明日与《蝶谷步走图》一并,我卖《秋水走舟图》酬客,不知是好还是不好?"众人都叫好。朱响说:"此事仍烦走沙兄代劳。"牧走沙愁眉苦脸说:"笔润哪里用得完?那只好再起一座十喜社了。"管沼平说:"社资倒是丰润了。"众人都放声大笑。

诸友尽醉方散。朱响与杨小槐回宏福苑,由杨小槐造墨,朱响补齐了《秋水走舟图》,诸事停当。是晚,朱响与杨小槐榻上搏击,龙腾虎接,涛滚浪翻,继之对拥而眠。第二日两人鸟啼即起,餐后即赴苇溪街近苇溪湾闹市处,贺十喜社及二十友墨馆成立。

十喜社与二十友墨馆比邻而立,场面皆宏大豪阔。这一日天清气爽,暖阳艳照,高朋满座,天香各界及滩地名流,多有莅临,天香城万人空其巷,苇溪湾畔,花团锦簇,人如蚁聚,热闹非凡。十喜社诸友并各界名流与民众见面后,即于馆前广场,开墨造作。一时间,十喜社诸友各逞其能,佳作迭出。牧走沙《二十友墨馆春秋》载,朱响喜游山林,轮至朱响时,只见朱响手执双管,面对三丈素绢,其时山林之雄浑已尽驻胸间,山、岭、松、石、溪、泉、梅、竹、杂卉、老藤、古木、跌瀑,皆为题材。朱响静默良久,凝神鼓气,突地,神机勃发,一时双管齐下,毫飞墨喷,如雷电击空,惊飙裂天,其势骇人。朱响一笔作枝,一笔成干,一笔勾山,一笔造水,笔管飞舞,水墨交融,尽情挥洒,片刻绘成。朱响掷笔而起,仰天一吼,顿时惊起四方喝好,是为百代奇观!

诸友作毕后,牧走沙即策划于十喜社后院之百花苑,拍销朱响绘作《秋水走舟图》。数轮竞逐,该作始为心如半岛心如城一大富家求得。而后,牧走沙亲自握槌,开拍《蝶谷步走图》,此作竞牌激烈,搏杀骇人,升至天价,十余轮后方名图有主,购者亦渐浮出水面,竟为楼笛小城一家巨富,众人唏嘘,猜议良久。此日午间,十喜社及二十友墨馆大宴宾客,苇溪街及苇溪湾诸多豪奢酒楼,尽为十喜社及二十友墨馆所订,当午天香大醉至晚。华灯方上,暮风才起,十喜社及二十友墨馆所召之苇溪花船、画舫又解缆离岸,是夜天香灯红酒绿,艳香无际,一直闹腾到黎天明地,天香城才稍稍地歇息下来。

朱响与杨小槐狂睡三日,十喜社诸友亦大致如此。其间,朱响与杨小槐,曾去槐蜜馆午饭,滞留至晚,朱响便于槐蜜馆留宿了一夜。三日后,管沼平与牧走沙策划,十喜社诸友联袂出游。因十喜社于天香、滩地名气大噪,故而十喜社诸友联袂出游时,花街苇溪,水泄难通,鸟扑渚头,鱼挺香洲,桥际高窗,万千人众,两岸争睹十喜社名流芳容。

当日十喜社诸友,彩锦华缎,衣履奢丽。狄暮雨仍侣管沼平,顾小沙手挽牧走沙,杨小槐指牵朱响,鲁爱山相伴贾苑司,乐小洲辇随边暮鱼,姚芙蓉袅携范空旗,蒋春草肩挨蒲折柳,黄平平臂拥计夏原,袁寒水艳贴方激扬,滕紫梅喜傍秋济景,诸友由十喜社而二十友墨馆出场,一路花街游走,先苇溪湾,再苇溪街,继之槐蜜台,于槐蜜台登槐蜜画舫。槐蜜画舫阔奢无比,诸友落定,牧走沙说:"诸友今日须听我的了,船缘景行,目由花引,我诸友今日先赏香堤菊花园,续游翡翠碧宝湖,吟诗逗趣,赞风品香,潮涨潮落,始礼终乱,夜宿羊铃山书叶镇,女伴互换,抓阄为准,诸友均不得推拒败兴。"大家听了,都呵呵而笑,欢言笑语之间,槐蜜画舫引缆离岸,两街观者跟睹,拱桥堆人。诸友坐于露舷,举瓯赏茗,指点河山,画舫顺流而下,再行苇溪街,至苇溪湾,漂海荡浪,沿苇溪湾北岸西南进,至苇溪岬,转而往北,入天香河口,遥观对岸羊铃山,至香堤,入翡翠湖。

画舫至香堤菊花园时,诸友弃舫临岸,品香赏菊。香堤菊花园滨湖而植,场面阔大,菊香惑人,游者颇盛。诸友闲观漫步,看了各等菊艺,再登小阜而望远,临锦亭而品菊,众人饮菊花茶、赏菊花酒,遥看菊色遍野,啜英咀华,溢美之情沛然。管沼平说:"如若轻兄在此,必能开口成章,评研劣优。"边慕鱼说:"若轻兄之《菊谱》很是了得,说不定这圃菊花园,还是摹《菊谱》之蓝本而艺呢。"范空旗说:"若轻兄之《菊谱》,影响确巨,艺菊者谁人不晓?只是他自己的菊圃,总未建成,颇为憾事。"大家议论一番,此时晴阳暖照,秋风熏熏,菊香徐来。方激扬信口吟道:"长堤十里转香车,两岸烟花锦不如。九陌芳菲莺自啭,万家车马雨初晴。"计夏原说:"激扬兄这是吟春呢,还是吟秋?"方激扬说:"情有所迫,一时找不出适句,只好随口吟出,见笑。"秋济景说:"不过激扬兄之诗境,倒与今日之游景相融呢。"牧走沙说:"若诸友有兴,你我兄妹,还是来做一些文字吧。"朱响说:"那做什么的好呢?"管沼平说:"倒不如还做大响兄的近义词游戏,颇是有趣。"边慕鱼说:"愿闻其详。"蒲折柳说:"慕鱼兄与济景兄尚待解知,槐妹与洲妹亦当留意。"

蒲折柳一一为边慕鱼、秋济景、杨小槐、乐小洲解说了。贾苑司说:"诸位,那出个什么题才好呢?"杨小槐说:"今日花心,不如出个草题花意的,才好。"管沼平说:"槐妹高见。"牧走沙说:"那就依槐妹高见,接个花木草药的归类词游戏,若有重复、不接、罚歌一曲。"众人都叫好。牧走沙说:"那就先说竹木吧,与竹木有缘,皆可,谁人先行?"朱响说:"走沙兄,你是东人,还不是你先启句?"牧走沙说:"那我就先行了。我说,树林。"顾小沙接说:"丛林。"范空旗说:"老林。"众人笑,姚芙蓉跟说:"森林。"管沼平接说:"红松。"秋济景说:"这个也行,好,好。"狄暮雨说:"海松。"朱响说:"到底是一家人。"诸友朗笑。牧走沙说:"不如再定一个死结,一家子须说一类的树,违者则罚。"大家都呼好。方激扬阔声说:"板栗。"袁寒水接说:"毛栗。"一船人皆笑,贾苑司说:"梧桐。"鲁爱山跟说:"悬铃木。"众人叫好。计夏原说:"甜枣树。"黄平平接说:"酸枣树。"众人尽笑倒。蒲折柳说:"蒲柳。"大家笑,蒋春草续说:"旱柳,河柳,雪柳,过街柳。"众人齐声喊好,边慕鱼想了一想,说:"银杏。"乐小洲跟说:"白果树,公孙树,鸭鸭脚。"大家又同声喊好。秋济景快跟说:"棕。"滕紫梅续说:"棕榈,棕树,并榈。"诸友连声叫好。朱响说:"那我就选个多些的吧,竹子。"杨小槐小嘴儿吧嗒地接说:"篁,筠,筱,筜,青士,毛竹,南竹,观音竹,凤凰竹,紫竹,黑竹,斑竹,湘竹,湘妃竹,箬竹,淡竹,凤尾竹,苦竹,刚竹,慈竹,方竹。"

　　杨小槐一口气报毕,众人齐声喊好。秋济景说:"再来,再来。"诸友都叫再来,牧走沙说:"那就来个别花名呗,增加些难度。"计夏原说:"不妨事。不妨事,走沙兄,仍你先来。"牧走沙说:"那我且抛石引玉。我说,睡莲。"顾小沙说:"子午莲。"诸友叫好。朱响说:"牡丹。"杨小槐说:"花王,富贵花,国色天香,姚黄魏紫。"众人皆呼好。秋济景说:"木兰。"滕紫梅说:"木笔,辛夷。"诸友都叫好。边慕鱼说:"菊花。"乐小洲说:"黄花,秋菊,寿客,傲霜枝。"诸友连声地说好。蒲折柳说:"荷花。"蒋春草说:"荷,莲,芙蓉,草芙蓉,芙蕖,菡萏。"大家击掌呼好。计夏原说:"桂花。"黄平平说:"木樨,金粟,缀金。"诸友皆唤好。贾苑司说:"朱槿。"鲁爱山说:"大红花,扶桑,佛桑。"众人拍手喊好。方激扬说:"梅。"袁寒水说:"梅花,花魁,癯仙,一枝春,玉骨冰肌,暗香疏影,玉色铁心。"诸友连串地击掌呼好。管沼平说:"兰花。"狄暮雨说:"兰,兰草,春兰,草兰,香祖,幽兰。"大家齐音喊好。范空旗说:"凤仙花。"姚芙蓉说:"指甲花,指甲草,好女儿花,旱珍珠,小桃红,金凤花。"众人大呼其好。

13

此时玩兴冲顶,诸友都叫:"再来,再来。"牧走沙说:"那就来个药草的吧,这个更难一些,我先起兴了,我说个五味子。"顾小沙说:"北五味子。"范空旗说:"艾。"姚芙蓉说:"艾蒿。"管沼平说:"蓟。"狄暮雨说:"大蓟。"方激扬说:"萝芙藤。"鲁爱山说:"萝芙木,蛇根草。"计夏原说:"刺蓟。"黄平平说:"小蓟。"蒲折柳说:"乌梅。"蒋春草说:"酸梅。"边慕鱼说:"曼陀罗。"乐小洲说:"风茄儿。"秋济景说:"蒲公英。"滕紫梅说:"黄花地丁。"朱响说:"茱萸。"杨小槐说:"山茱萸,吴茱萸,食茱萸。"一轮述完,诸友再拍掌大笑,欢作一团。

近午时,众人离园登舫,缓棹而行,翡翠湖波光潋滟,秋鱼跳藻,风情佳绝。午餐上了一顿菊花宴,略有菊花茶、菊花酒、菊花粥、菊花鳜鱼、菊花肉丸、菊花松果汤、菊花糕等等。餐后诸友散落各处,或手谈对弈,或倚舷赏湖,或品菊窃语,或三两畅叙。画舫西南而行,渐入天香河主流,不觉时光逝去,日薄西山,晚霞红遍,船泊书叶码头,诸友上岸,登阶寻山影水迹,踏市觅风情物怀,瞬间天暮。当晚诸友寓书叶小镇羊铃山庄,倚树闻月,听浪辨香,晚酒酣畅,意兴勃发。牧走沙主持拈阄择侣,新搭偶合,阄毕,为乐小洲侣蒲折柳,黄平平侣管沼平,蒋春草侣朱响,姚芙蓉侣方激扬,顾小沙侣贾苑司,杨小槐侣范空旗,鲁爱山侣边慕鱼,狄暮雨侣秋济景,滕紫梅侣牧走沙,袁寒水侣计夏原。

诸友拊掌,长笑不起,再酒数轮,诸友又以新侣组合,作一轮趣诗、怪诗,以助雅兴。朱响与蒋春草启头,两人稍议后,即咏一句,为:"秋江滩雁宿沙洲浅水流。"牧走沙说:"大响兄,没有了?"朱响说:"即此一句。"边慕鱼说:"大响兄与春草妹此为一首回文诗,最好解来。"朱响说:"我再咏来就是:秋江滩雁宿沙洲,雁宿沙洲浅水流,流水浅洲沙宿雁,洲沙宿雁滩江秋。"众人皆呼好。接着,蒲折柳与乐小洲亦咏了一首:"下帘低唤郎知也,也知郎唤低帘下;来到莫疑猜,猜疑莫到来;书寄待何如,如何待寄书。"计夏原说:"此又是一首回文,回文词,正、倒尽佳,好,好。"诸友都喊好,范空旗与杨小槐跟着,也咏了一首,说:"小姑村映青溪晓,晓溪青映村姑小;家是就矶斜,斜矶就是家;返舟莲棹远,远棹莲舟返。"方激扬说:"空旗兄与槐妹此词,与折柳兄及洲妹词,并异曲同工之大妙,极好,极好。"

众皆拊掌纷纷,又呷酒啜茶。稍缓,计夏原与袁寒水咏了一首,说:"莺莺燕燕春春,花花柳柳真真,事事风风韵韵,娇娇嫩嫩,停停当当人人。"牧走沙说:"此曲颇怪,尽由叠字而成,却节律鲜活,内物甚美,好绝,好绝。"众人鼓掌喝好,掌息,管沼平与黄平平,亦咏了一首:"野野,鸟鸟,啼啼,时时,有有,思思,春春,气气,桃桃,花花,发发,满满,枝枝,莺莺,雀雀,相相,呼呼,唤唤,岩岩,畔畔,花花,红红,似似,锦锦,屏屏,堪堪,看看。"边慕鱼说:"此作有怪,沼平兄解来。"管沼平说:"此词尚未尽全,只取前部,现解读如次:野鸟啼,野鸟啼时时有思,有思春气桃花发,春气桃花发满枝,满枝莺雀相呼唤,莺雀相呼唤岩畔,岩畔花红似锦屏,花红似锦屏堪看。"众人皆鼓其掌,待掌声落尽,贾苑思与顾小沙亦咏了一首,咏道:"潮随暗浪雪山倾,远浦渔舟钓月明,桥对寺门松径小,槛当泉眼石波清。"秋济景说:"苑思兄慢,且由弟与雨妹续咏。"蒲折柳大叫:"好,好,大好,大好。"秋济景与狄暮雨接咏道:"迢迢绿树江天晓,霭霭红霞海日晴,遥望四边云接水,碧峰千点数鸥轻。"朱响说:"济景兄亦慢,且由弟来回文。轻鸥数点千峰碧,水接云边四望遥,晴日海霞红霭霭,晓天江树绿迢迢,清波石眼泉当槛,小径松门寺对桥,明月钓舟渔浦远,倾山雪浪暗随潮。此诗正读倒咏尽佳,正读以月夜至破晓,倒咏则由黎明至夜晚,甚妙,甚妙!"

　　诸友叫好不止。此时,边慕鱼与鲁爱山,却于纸上写了一首诗,递给大家传看,只见此诗为:

　　　　　　诗
　　　　　绮美
　　　　　大奇
　　　　明月夜
　　　　落花时
　　　能助欢笑
　　　亦伤离别
　　天下只应我爱
　　世间唯有君知

　　诸友大哗,秋济景说:"是为宝塔诗,大好,大好。"众皆笑

赏,看了一转,牧走沙与滕紫梅亦于纸上写了一首,递给诸友传看,只见上面写着:

别离时闻漏转

忆　　　　静

期归阻久伊思

管沼平说:"走沙兄与梅妹亦是一首回文诗,解来听听。"牧走沙说:"此解如下:静思伊久阻归期,久阻归期忆别离,忆别离时闻漏转,时闻漏转静思伊。"众人击掌呼妙。这时方激扬与姚芙蓉,亦于纸上写了一首诗,递与大家传看,上面写道:

```
        暮
    已       赏
      时   花
    醒       归
  微           去
    力       马
  酒           如
        飞
```

诸友纷议,贾苑司急说:"激扬兄快快解来。"方激扬说:"此诗如下:赏花归去马如飞,去马如飞酒力微,酒力微醒时已暮,醒时已暮赏花归。"

众人欢言呼好,戏玩至晚,各侣方双双归卧睡眠。朱响与蒋春草同室共枕,蒋春草略觉肥腴,其实正好,两人颠鸾倒凤,尽情欢娱,每做一姿之前,蒋春草均报出名目,两人先后做了丹凤游、海鸥翔、燕同心、偃盖松、野马跃、三春驴、吟猿抱树、猫鼠同家诸式。事毕,两人拥于衾中,叙说了一会话,而后酣眠至午,适才起榻理裳,这一日众友起得都晚,午餐后换回旧伴,诸友同游了羊铃山书叶寺等山寺雅舍,并各题咏点缀,挥洒一时。又于面天香海之羊铃崖,皆作了题壁诗,再由管沼平以十喜社名义,买匠刻石,勒诗崖壁。返程诸友评出当日最佳句,为蒲折柳之"山川树木,云霞烟雾,幽深险僻,奇岖异境,风晴雨雪朝昏夕暮之景",朱响之"山路厚无雨,空翠湿人衣",边慕鱼之"春夏间山花红绿,兰蕙香气氤氲,溪涧可望而不可即,秋深红叶如云,千重百映,冬则青松覆峰,枯林奇石"。诸友当晚再宿书叶镇羊铃山庄。

此番朱响仍拥杨小槐而眠,睡前两人偎于枕上私语。杨小槐笑问朱响:"响哥哥,春草滋味若何?"朱响笑避说:"亦为肉欲。"杨小槐笑说:"这我知道,妹只想问滋味若何。"朱响笑说:"槐妹,你要我怎样作答?"杨小槐说:"如实答来即可。"朱响说:"春草妹亦有一番功夫。"杨小槐追问:"只是比槐妹若何?"朱响说:"亦各有千秋,但我钟情的却是槐妹。"杨小槐说:"响哥哥惹人爱怜。"朱响笑说:"槐妹,空旗兄可是了得?"杨小槐说:"萝卜白菜,各有所爱,我觉稍逊响哥哥一筹。"朱响说:"槐妹如此说,我亦不醋了。"杨小槐说:"槐妹只是觉得响哥哥好。"

稍候片刻,朱响说:"槐妹,哥想托付一事予你,不知妥否。"

杨小槐说:"妹赴汤蹈火皆可。"朱响搂紧杨小槐,说:"槐妹音重,并无大事。"杨小槐捶了朱响一皮拳,说:"响哥你坏。"两人拥搂一时,朱响说:"槐妹,岚湖自闲山,倚山临水,风光绝佳,颇为惑人,我想托献厚资,由妹兴之而至,于岚湖近散雨寮处,筑散雨寮码头,以便入出,再于散雨寮左近,垒一收云亭,并扩葺散雨寮,以供你我暇聚时度闲散怀,槐妹觉得怎样?"杨小槐说:"妹巴不得呢,只是不必响哥耗资,妹尚有余力。"朱响说:"若槐妹出资,那我就不做了。"杨小槐偎于朱响胸间,说:"既然如此,响哥放心就是。"两人说了一会话,又翻江倒海了一番,然后搂拥睡去。

翌日阴翳,天色湿蒙,山鸟啼之亦润,诸友起身颇迟。午茶后,管沼平、牧走沙因急返天香做开花榜前期诸事,先一步离去了,计夏原、贾苑司及范空旗级考在即,也渡河回天香临阵突击去了,秋济景因家间诸事,亦买舟西返了。朱响、边慕鱼、蒲折柳、方激扬及杨小槐、乐小洲、蒋春草、袁寒水八人,仍留书叶镇度秋,八友步山觅趣,捉烟寻瀑,当晚宿于山中一植茶人家。

微雨响窗,山居狭仄,山家以茅草大铺饷客,八人盘坐于铺上,不以秩序,吟诗遣情,题为"爱情、相思"。袁寒水先吟道:"思君如流水,何有穷已时。"蒲折柳吟道:"思君如满月,夜夜减清辉。"边慕鱼吟道:"盈盈一水间,脉脉不得语。"杨小槐吟道:"愿得一心人,白头不相离。"蒋春草吟道:"结发同枕席,黄泉共为友。"方激扬吟道:"万曲不关心,一曲动情多。"乐小洲吟道:"愿为双鸿鹄,奋翅起高飞。"朱响吟道:"春梦暗随三月景,晓寒瘦减一分花。"一轮吟罢,八友饮酒啜茗,再吟一轮,蒋春草吟道:"昔时横波目,今作流泪泉。"杨小槐吟道:"易求无价宝,难得有心郎。"方激扬吟道:"相思无日夜,浩荡若流波。"乐小洲吟道:"他乡有明月,千里照相思。"朱响吟道:"不堪盈手赠,还寝梦佳期。"袁寒水吟道:"情知梦无益,非梦见何期。"边慕鱼吟道:"唯爱门前双柳树,枝枝叶叶不相离。"蒲折柳吟道:"芭蕉不展丁香结,同向春风各自愁。"

是夜,八友仍拈阄择侣,换拥而眠。方激扬揽杨小槐,边慕鱼揽蒋春草,朱响揽袁寒水,蒲折柳揽乐小洲,诸侣拥衾窃言,轻搓柔滚,第二日清晨,八友早出采茶,虽秋叶已劲,却无失机趣。八友采了山茶,返庐自炒,继之汲泉而烹,石、木散坐,注瓯分享,朱响说:"诸友各言茶趣吧。"边慕鱼说:"品茶最是心手闲适、披咏有倦,或意绪纷乱时。"蒲折柳说:"赏茗最是听歌拍曲、歌罢曲终,或杖击林木、手弄流水时。"方激扬:"饮茶最是杜门避事、鼓琴看画时。"朱响说:"赏香最是夜深共语、佳客美姬、访友初归时。"杨小槐说:"品茗最是风和日丽,或轻阴微雨、小桥画舫、茂林修竹时。"乐小洲说:"啜茗最是莳花责鸟、荷亭避暑、植花垂钓时。"蒋春草说:"呷茗最是酒阑人散、儿辈齐馆、小院焚香时。"袁寒水说:"啜香最是清幽观寺、名泉怪石、抚山戏水时。"

这一天,八友踏山访竹、题壁吟句。入夜,则拈阄换伴,由朱响拥乐小洲,边慕鱼拥袁寒水,蒲折柳拥杨小槐,方激扬拥蒋春草,如是数日,直至管沼平、牧走沙于天香催返,八友才搭舟济水,东返天香,至天香当晚,诸友散去,各回寓馆。

朱响与杨小槐却是去了槐蜜馆,夜眠晨起,不觉数日又过。

此时的天香城,张灯结彩,楼红瓦粉,花香盈溢,游人挤挨,金百花节正如期举行,两年一度之花榜节已是箭于弦上,不日即发。十喜社诸友聚了几回,亦数邀各方高士捧场,为艺榜上榜者与花魁候选者造势。各楼姐妹,亦是使出了浑身的解数,各各花彩缤纷,出局走厅,游街示众,争票拉选,热闹非凡。

开榜那日,适逢晴阳明悬,秋深如歌,天香满城尽欢,酒醇脂丽。午前九时,百花社、天香社、小红馆、大红馆、苇溪社、忆怀堂、醉士馆等团社,联袂开出了滩历3367年天香十大艳榜,艳榜第一名,为槐蜜馆的杨小槐;艳榜第二名,为走沙轩的顾小沙;艳榜第三名,为醉花楼的狄暮雨;艳榜第四名,为清平苑的乐小洲;艳榜第五名,为杏花庄的蒋春草;艳榜第六名,为碧芦庄的黄平平;艳榜第七名,为醉花楼的鲁爱山;艳榜第八名,为安闲堂的俞荷荷;艳榜第九名,为摘星轩的袁寒水;艳榜第十名,为说月楼的滕紫梅。

艳榜开出,一时天香人声喧嚷,鼓乐噪天,苇溪两岸及天香百里繁街闹市,人头攒动,车马拥堵。各上榜佳丽,披彩挂红,露辇游街。辇游周遭之后,喧声稍定。午前十一时,由十喜社牵头,联合翡翠社、闲花苑、撷花馆、一枝红梅社、春香馆、开心苑、如意堂、香蜜社、散逸社、雄竹轩、常笑堂等护花团社,隆重开出了滩历3367年天香十大艺榜,艺榜第一名,为槐蜜馆的杨小槐;艺榜第二名,为清平苑的乐小洲;艺榜第三名,为梅花苑的姚芙蓉;艺榜第四名,为醉花楼的狄暮雨;艺榜第五名,为走沙轩的顾小沙;艺榜第六名,为杏花庄的蒋春草;艺榜第七名,为醉花楼的鲁爱山;艺榜第八名,为碧芦庄的黄平平;艺榜第九名,为摘星轩的袁寒水;艺榜第十名,为说月楼的滕紫梅。

艺榜一出,又是花动人拥。花车再往游街,由十喜社出,先苇溪湾,再苇溪街,又香堤海巷,最后终于二十友墨馆。其时花瓣如雨,吉菊盈车,万人空巷,喧声哗天,花街花车,街游已毕,天香各花楼酒肆,摆宴行欢,延宕至暮,晚来花酒盈人,喧声笑语,又至黎明。

翌日歇息,天香少安毋躁。第三日,天香骚动再起,喧闹空前,人、花遍地,疾鸟不行。午前十时,由十喜社牵头,联合天香三十余资深之护花团社,鼎力开出濉历3367年天香五大花魁,五大花魁第一名为槐蜜馆杨小槐,第二名为清平苑乐小洲,第三名为醉花馆狄暮雨,第四名为杏花庄蒋春草,第五名为走沙轩顾小沙。花魁既出,天香沸溢,五大花魁盛装出游,始而花车游街,继之画舫泛水,街尽花泥,水皆艳色,整个天香巨城,欢嚷至午后方才稍歇。当晚,十喜社与诸护花团社,出资酬酒,天香之众,以酒坛为识,饮者皆免资,空坛兑换即可。是夜天香大醉,醇香弥绕,百里有闻。十喜社诸友,亦各各醉品美人香,醉卧美人膝,极欢始眠。

14

天香十大艳榜、十大艺榜、五大花魁,经潍历3367年之史无前例地挂名、摘牌及开花榜仪式,顿然香名骤起,艳帜高张,红透天香及广袤滩地,花意度秋,不觉秋去冬至,天香城适才安歇下来,状复原景。

朱响每日居于槐蜜馆杨小槐闺房,听曲搏枰,聚友尝香,亦曾去计夏原处赏一老鼎。此鼎由计夏原耗巨资于断流一老者手中购得,方面大耳,铜色古旧。计夏原邀尚在天香诸友前往赏鼎,众人齐集,计夏原示鼎于红檀桌上,注水半鼎,并以手摩鼎耳,只闻摩耳有声,但见水细如煮,不一刻,鼎中水竟沸了。黄平平以鼎中沸水冲茶饷客,茶香溢面,饮之香气绕舌不散,众人目瞪口呆,各自如法炮制,亦屡试不爽,尽皆称奇。

管沼平更如魔附体,伸手投足,须臾不离老鼎半步,诸友知管沼平为瓷痴、古董痴,贾苑司说:"倒不如夏原兄将此鼎让于沼平兄,诸友也好借此良机,再敲他一顿。"管沼平连说:"情愿宴友,情愿宴友,只怕夏原兄难能割爱。"朱响说:"那倒未必,夏原兄以此鼎养蛉斗虫,岂不是太可惜了?"众人都起哄撺掇,计夏原说:"既然诸友说了,我计夏原岂有推脱之理?不过沼平兄如要我转让此鼎,且满足我一个要求。"管沼平说:"夏原兄尽管说,慢说是一个,就是一百个,我管沼平亦会满足。"计夏原说:

"此要求说难亦不难。"众人都有些发急,争说:"夏原兄快快说来,快快说来。"计夏原说:"且由沼平兄求大响兄作一《古鼎图》与我,此鼎即是你的了。"诸友闻言大笑,朱响笑说:"你们的事,且把我也扯上了,诸兄知我必作的。"

众人抚掌长笑,管沼平说:"多谢夏原兄、大响兄及诸友成弟之美事,今日由弟宴友,品沙中蝎,海中鲨,林中柳雀。且八方柿果,正由各地源源而至。"方激扬说:"沼平兄,吃的有了,那玩的是什么?"管沼平说:"另有一种叫'麻雀牌'的新式玩法,四人小赌,无伤和气,适由天月传来,诸友尽可一试。"众人皆喊好,一行人移座十喜社,朱响急墨而成一幅《天香孟冬夏原兄邀诸友观鼎图》,绘毕,诸友赌玩麻雀,男女略分,四人一席,约罢三席,朱响说:"沼平兄快教麻雀玩法。"管沼平说:"诸友少安毋躁,少安毋躁。"计夏原说:"因急于斗玩,怎能不躁?沼平兄快说。"

众友都笑,管沼平也笑,笑说:"诸友且听我一一说来。麻雀玩法,颇为简单,麻雀牌共一百四十四张,计有王、宝鼎等四张王牌,春、夏、秋、冬四枝花牌,中、发、白三张命牌,东、西、南、北四张风牌,外加一至九万、一至九条、一至九饼诸多主牌,亦有决定数字的两枚骰子。"贾苑司说:"沼平兄,中、发、白、饼、条、万,都是哪里来、做什么来的?"管沼平说:"苑司兄,这倒有趣,中、发、白,只是三大员,又叫三大元,要看各人手气了,至于饼、条、万,饼不就是钱吗?条,亦称索,不就是串钱的绳吗?万,不就是要诸友发财吗?"朱响说:"这倒好记。"管沼平说:"也有一些背记的歌谣。"蒲折柳说:"沼平兄,有什么背记的歌谣?且问你春、夏、秋、冬这些花儿。"管沼平说:"那叫'花儿一枝添风骚'。"杨小槐说:"并不见雅。"诸友都笑,管沼平说:"槐妹高见,这个麻雀,正是由贩夫走卒里兴起的呢,只是争强斗趣,聊搏时日而已。"袁寒水说:"平哥哥,我来问一个,这个东风呢?"管沼平说:"东风吹,花妖娆。"蒋春草说:"北风呢?"管沼平说:"北风吹,雪花飘。"朱响说:"中字呢?"管沼平说:"船到江心一点篙。"鲁爱山说:"八条呢?"管沼平说:"棕条床,不垫腰。"计夏原说:"一条呢?"管沼平说:"小鸡无毛飞得高。"杨小槐说:"二条呢?"狄暮雨说:"横吹笛子竖吹箫。"贾苑司说:"三条呢?"管沼平说:"两山没有一山高。"鲁爱山说:"九条呢?"管沼平说:"天香小妹花裤腰。"

　　诸友嬉笑,方激扬说:"一万、二万、三万、四万呢?"管沼平说:"一帆风动五更潮,二月春风似剪刀,三河星动影飘摇,四时花冠怒如潮。"众人皆感叹,计夏原说:"沼平兄且住,诸友们快快玩儿起来吧。"朱响说:"且玩儿起来吧。"管沼平说:"饮酒吃饭,亦为要事。"众人吃过饭,喝过酒,玩起了麻雀,不想此种玩法颇上瘾,诸友一直玩到翌日黎明,方才罢手返寓。第二日酣睡一昼,当晚诸友则聚至槐蜜馆,再玩一宵,至翌日过午方歇。至此以后,诸友三日一大玩,两日一小玩,要么花船小酌,垂香钓曲,要么麻雀斗趣,兴味盎然,似无有止境。

　　此时气息渐凉,北雁南渡。这一日,朱响与杨小槐至午尚归,下午睡了一下午,夜里又酣眠一夜。第二天亦无搅扰,当晚又安睡一晚。第三日凉晨,朱响天明即起,出杨小槐闺阁,往槐蜜馆后院去,习拳动手,数招下来,稍感温热,朱响歇招走腿,四方溜看,这槐蜜馆后院,深幽宽大,林木葱苍,亦有十数株柿树挺立,且大盘丹柿悬垂,颇可惑人,朱响仰视良久。早饭时,朱响说与杨小槐听,早饭后,朱响与杨小槐即唤了山槐,执竹擎篮,于槐蜜院后院,击了一篮丹柿来吃。

两人安坐柿树之下,柿叶飘零,冬草苍苍,两人一边吃,一边吟出几句咏柿的诗来,杨小槐吟说:"柿叶翻红霜景秋,碧水如天倚红楼。"朱响跟吟说:"墙头累累柿子黄,人家收获争登场。"杨小槐吟说:"晚风吹雨过林庐,柿叶飘红手自书。"朱响吟说:"柿叶微霜千点赤,锦窗斜日半扇虚,天香大好秋蔬菜,紫笋红姜煮鲫鱼。"吟毕,对杨小槐说:"今日可否食鲫,紫笋红姜,冻柿僵枣,以解馋口?"正说着,管沼平、蒲折柳、范空旗来,管沼平叫说:"吃什么鲫啦柿的,午时我等一起来吃,好不好?"朱响说:"天香此地柿林,倒若专为沼平兄而生,沼平兄天生喜柿的。"杨小槐说:"亦是要去请诸友呢,众友返乡的返乡,归家的归家,也就是你们几位在天香了。"

是午,诸友饮酒啜醪,咬枣品鲫。餐后,范空旗约了姚芙蓉,买舟去云天山云天寺冬游了,蒲折柳亦醉返杏花庄,管沼平则留下与朱响说话,说到蔚小灼托信约朱响稍返事,杨小槐说:"响哥哥,外旅多日,亦当有返,小灼姐姐处,尚望代妹问安。"朱响说:"这倒是的,那我就明日归返九湾,以慰亲情。"管沼平说:"大响兄此言极是。"朱响笑说:"沼平兄,天香这里,尚有两事拜托,沼平兄万勿推脱。"管沼平说:"大响兄尽管说。"朱响说:"沼平兄,第一件事,我想为槐蜜馆扩建苑圃房舍,隔座天香楼倒是要出手的,万望沼平兄抚平此事,厚薄勿论,购资皆出于响,物产则记槐妹名下。"管沼平说:"大响兄,此事包在弟身上。"朱响笑说:"沼平兄,多谢多谢。"管沼平亦笑说:"并无拗难。"

朱响说:"沼平兄,第二件事,弟欲于天香置一别寓,来往方便,小灼来时,亦可有个去处。"管沼平说:"此事亦是应该,可有标准。"朱响说:"须居天香繁市,闹里取静,巨也无妨,购资薄厚,无须视论。"管沼平笑说:"大响兄,购房容易,雅置却难,大响兄又必是讲究的,务必给我标准。"朱响笑说:"有烦沼平兄大驾,我确是有想头的,却无意施用,自省何必庸者自扰,烦沼平兄购来即可,有谢,有谢。"管沼平亦笑说:"大响兄且说来参考。"朱响笑说:"说来腻烦,不说也罢。"管沼平说:"大响兄且说来听听,并不施行。"杨小槐说:"响哥哥,且说一说给平哥哥听听,并不施用。"朱响说:"实多烦扰。"管沼平说:"只是说说而已。"

朱响说:"沼平兄,只是自扰、自娱,权当戏言罢了。此一阔苑,因槐蜜馆冻柿启迪,名起'冻柿园',须置于天香闹城、苇溪河畔,园成则市声不入耳,俗客不进门,青山当户,溪水流左,客至共坐,畅言世事,入寓幽静雅趣,门内有径,径须有曲,径转有屏,屏须娇小,屏进有阶,阶须坦平,阶畔有花,花须鲜艳,花外有墙,墙须低矮,墙内有柿,柿须高大,柿里有松,松须虬古,松下有石,石须诞怪,石后有亭,亭须质朴,亭后有竹,竹须疏阑,竹尽有斋,斋须幽雅、明静、不可过敞,明静可爽心神,宏畅则伤目力,书斋外壁,薜萝满墙,中列松桧盘景,或建兰一二,绕植翠云诸草令遍,旁置砚池一座,近窗处蓄金鲫五七头,斋内置长阔桌一架,桌上置古砚台一架,古旧铜水注一架,旧窑笔格一架,上刻'笔休息的地方',斑竹笔筒一架,旧窑笔洗一架,铜镇纸一架,瓜叶菊一盆,紫竹草一盆,吊竹梅一盆,肾蕨一盆,龟背竹一盆,垂盆草一盆,水竹一盆,珠兰一盆,八角金盘一盆,橡皮树一盆,马蹄莲一盆,君子兰一盆,桌侧置博古一座,以梨木凿成,其上置小石盆一、灵璧石一、九湾石一、千亩石一、散花石一、心如石一、紫媛石一、瓦迟石一、松果石一,皆大不过硕拳,以天然奇怪、透露瘦削者为佳,左置榻床一架,榻下滚脚凳一架,床头小几一架,几上置古铜花瓶一架,旧官窑露瓶一架,花时插花盈瓶,闲时则置蒲石于其上,壁间悬绘品数幅,以山水为上,花木次之,禽鸟人物弃绝之,或悬雅墨数幅,诗句清恬者为上,张狂者弃之,等等等等,不一而足。"

朱响一口气报毕,管沼平与杨小槐都笑,管沼平说:"大响兄所言,亦难亦不难,弟当尽力而为就是了。"杨小槐说:"照响哥哥这番收拾,小灼姐姐若来,也将不思九湾了。"朱响说:"都只是笑谈而已。"三人说说讲讲,近晚时管沼平辞去,朱响与杨小槐弈了一枰棋,夜间上榻歇息。

第二天一早,朱响辞别杨小槐,登舟离岸。由苇溪湾而若影湾,再入八极海,扬帆东行,一路往九湾而去。是日天气阴霾,不时零雪竟飘然而下,帆行阔海,轻浪叽叽,雪越飘越大,渐觉汪洋不见,朱响一路扶舷而望,山川水路,来涯归途,瓜叶、星月、清凉诸山望遍,心潮激荡,亦觉有怅。不几日,舟系九湾,朱响已返听涛园,与家人相聚。

此时天象骤冷,大雪纷扬,山水岭树,银装素裹。朱响与家人一起,每日于堂中,教子挈女,背韵对歌,或踢雪踏园,亭阁观冰,其时长女绮练、长子上国、次男天物,均已入学多载,三男君恒、次女香雨，也已入学就读。朱响暇时，亦与爷爷品茗论酒，叙话闲呱，或携蔚小灼竹园对凌，梅园赏苞，手谈对弈，验瓶拭樽，或母亲、二姨、小灼、荣妈及茶花、倚霜，阖家捏馍，蒸糕煮饺，或躺读闲卷、聊作书画。

蔚小灼亦告朱响说："大响兄，你不在家时，我每日整理你旧时书画，先管编了一册《朱响游槎画集》，已交付印行，再编了一册《蔚小灼竹窗簪花图集》，又编一册《听涛园小的们各姿各态画集》，此两种画集为妹之最爱，只等大响兄回来作序呢。"朱响说："灼妹，这我是求之不得的，拙序立等可取，立等可取。"蔚小灼笑说："大响兄五十年代的《听涛园绘谱》、《浅墨集》等，因亲朋索求，书市走好，需求量大，我亦再编重印，即将问世。"朱响说："灼妹劳神。"蔚小灼说："尚有《十二月记》《十八山读录》，初版错字、别字未绝，我分别做了校勘，亦发再版，《潍历3357年至3358年藻海、犁头海及以西地区冲突实录》，则已印销八版，市场仍佳。"朱响说："灼妹真是费心。"蔚小灼说："亦颇有趣、有情意。"朱响说："灼妹，这些册子里，发行最好的，是哪一本呢？"蔚小灼说："佳作发行未必佳，游戏之作，倒可能叫出天大的声响来。"朱响笑说："灼妹，我只是问发行最好的。"蔚小灼说："那就是《听涛园绘谱》与《十八山读录》了。"

此间，朱光夫妻、朱明夫妻各返听涛园一回，小住数日后即归家园了。朱响与蔚小灼去计夏原鸣虫阁玩了一回，计夏原新娶黄平平，诸友又都去欢闹了一番。朱响与蔚小灼亦去蒲折柳红钱柳庄园走过一趟，又去管沼平柿园趟过一回雪。时日如电，不觉序入寒冬，冰天雪地，晁若轻、朱雯夫妇携仔回九湾度冬时，适逢范空旗携姚芙蓉,过境九湾,诸友在一起聚了一次,此次小聚,共有朱响、蔚小灼夫妇、晁若轻、朱雯夫妇、范空旗与姚芙蓉、蒲折柳,计夏原八人,黄平平则遇巧回娘家去了。

雪霁天寒,冬阳乍现,八友酒后由听涛园之梦菊亭渡冰,越蟹河而河东裹原,诸友立高阜瞰东之滩河、西之蟹河,又于雪原上跑跳笑滚,踢雪团球,互击雪仗。战斗片刻,蔚小灼、朱雯与姚芙蓉败下丘阜,流窜雪野,由丘阜下视,只见蔚小灼周身纯黑华服,朱雯一袭大红霓裳,姚芙蓉通体鲜黄艳装,三人飞跑于皑皑雪原之上,继而散落各处,皆卧于地,姿相纷呈,丘阜上的人都看得呆掉了,转眼醒来,亦飞奔下冈。八友聚于一处,喘息平定,吟雪联诗,蒲折柳吟说:"溪深难受雪,山冻不流云。"蔚小灼吟:"夜深知雪重,时闻折竹声。"计夏原吟:"斜阳疏竹上,残雪乱山中。"朱响吟说:"百泉冻皆咽,我吟寒更切,半夜倚乔松,不觉满衣雪。"朱雯吟说:"才见岭头云似盖,已惊岩下雪如尘。"晁若轻吟说:"寒风摧树木,严霜结庭兰。"姚芙蓉吟说:"明月照积雪,朔风劲可哀。"范空旗吟说:"隔牖风惊竹,开门雪满山。"

诸友击掌欢畅,再来一轮,计夏原吟说:"不知庭霰今朝落,疑是林花昨夜开。"朱雯吟说:"水声冰下咽,沙路雪中平。"晁若轻吟说:"一条藤径绿,万点雪峰晴。"蒲折柳吟说:"地白风色寒,雪花大如手。"姚芙蓉吟说:"乱云低薄暮,急雪舞回风。"范空旗吟说:"江山不夜月千里,天地无私玉万家。"蔚小灼吟说:"雪晴鸥更舞,风逆雁无行。"朱响吟说:"六出飞花入户时,坐看青竹变琼枝。"诸友于雪原荒野处,赏玩至晚方还。

冬末,管沼平由天香返九湾,过听涛园小坐,三人言及牧走沙二十友墨馆,管沼平说:"近日二十友墨馆有一幅大响兄之《迎娶图》天价拍出,画主为八极半岛送槎山濯阳溪畔某人家,大响兄,有无其事?"朱响说:"有,有,其时我仙游于彼,那濯阳人家正举酒迎娶,我应邀品酒,酒间即作一幅《迎娶图》相贺,确有其事。"管沼平说:"那就是了,走沙兄当时细品其画,认定是大响兄真品,便以厚酬收购,再以巨资拍出,那濯阳人家,返回八极半岛,即于送槎小城购一硕大花园,收送渔鲜,并垒建书馆,兴资办学,题为送槎书院,你看好是不好?"蔚小灼说:"这是助人为喜的大好事呀。"朱响说:"真是有缘,真是有缘。"管沼平说:"走沙兄牛羊皮毛、书画杂物,诸事繁忙,不得过来,特约我带了些戒饰与灼妹,走沙兄诚望灼妹笑纳。"蔚小灼笑说:"沼平兄,我无功受禄,是何道理?"管沼平说:"大响兄的功,还不就是灼妹之功? 灼妹,且不管有功、无功,先试一试再说。"管沼平把戒饰拿出,摊于桌上,琳琅满目,蔚小灼举手抚触,即爱不释手,惊讶说:"真正光彩夺目,豪奢万端,尚望沼平兄一一解说。"管沼平说:"灼妹,你且略试一款。"

蔚小灼试了一款耳坠,管沼平惊呼起来,说:"宝饰美人,我真是艳羡大响兄万分呢!"朱响笑说:"沼平兄谦虚了。"蔚小灼说:"沼平兄,藏宝知然,尚望一一解说。"管沼平说:"灼妹,那我就转述走沙兄嘱托一番,此番走沙兄所购宝饰,皆出自瓦迟、白沙、歌海、紫媛诸地,山叠水远,来路辉煌,先讲金银吧,金银分等论质,足金软、黄,宝银软、白,适添别物,即为上等饰料。"蔚小灼和朱响都点头,管沼平说:"再说宝石,宝石亦有优劣之分,名种宝石约有金刚石、红宝石、祖母绿、蓝宝石、猫儿眼、变石及翡翠七种。金刚石别名钻石,价值昂贵,夜晚发出淡青色磷光,因而又有夜明珠之称。红宝石为刚玉类,色泽深红微透明,又有粉红、紫红、暗红、鲜红及鸽血红之分,如火般热烈,常用以制作婚饰,出产稀少,价格甚高。祖母绿俗称绿柱石,享'绿色之王'美誉,亦是一种'会发光的宝石',品质高等。蓝宝石颜色有蓝、紫、玫瑰红、黄、青、白等,十分丰富,而以蓝芙蓉色为最佳,闪烁如星光之蓝宝石,为蓝宝石中珍品,高贵典雅,雍容大方。猫儿眼为一种蜜黄或褐黄色金绿宝石矿物,呈微透明或半透明状,宝石内部具一排平行针状结晶物,形如猫眼,颇显华丽。变石为金绿宝石之变种,颜色以黄绿色及蜜黄色为主,并因光照不同而发生变化,尤适歌伶戏艺登台演出,为宝石中不可多得之珍品。翡翠属玉石类宝石,本为鸟名,后引为宝石,以色泽正纯、匀净、浓艳滴绿且质地细腻温润、透明度高者为极品,特等翡翠价高于钻石,且与祖母绿相当,不一而足。"

蔚小灼听得喘不过气来,听到这里,摇手对管沼平说:"沼平兄,且慢,且慢,歇一歇再讲,歇一歇再讲。"朱响与管沼平都笑,笑过了,管沼平品茶呷茗,蔚小灼说:"沼平兄,且再与我们解说。"管沼平说:"已是说得穷了,肚里再无什么货色了。"蔚小灼说:"沼平兄至少再讲一讲戒饰品类。"管沼平说:"首饰品类,极其繁多,除戒指、项链、耳环、别针、手镯、袖纽扣、领夹外,还有头钗、冠饰、腰带等等,且又以发饰、耳饰、面饰及冠饰为最多,约有簪、钗、胜、步摇、金钿、珠花、栉、勒子、串饰、项圈、长命索、璎珞、耳环、梅花妆、花黄、扇钿、金冠、凤冠、冕等种类,并均以黄金、白金、白银,采花丝、镶嵌、錾花等精巧工艺,来镶嵌诸种宝石,分为双龙戏珠、喜鹊登梅、花好月圆、一帆风顺、青松仙鹤、龙飞凤舞等等,如此而已。"

朱响说:"也是难为沼平兄了,我已听得累了。"蔚小灼说:"罢了,罢了,且待我感谢沼平兄及走沙兄。"管沼平说:"那倒不必。"蔚小灼说:"沼平兄,你且等一等。"说着,蔚小灼起身进了书斋,片刻出来,怀里抱了朱响3356年的两幅绘作,一幅是《竹鸥图》,另一幅是《夕阳山外山图》,由朱响题签,分别赠予管沼平与牧走沙,管沼平朗笑而去。

15

管沼平走后,蔚小灼将各色宝饰,匀出部分,分赠母亲、二姨、朱雯、朱茵、朱光及朱明家里,以及众亲友,诸亲友都欢喜得不得了。

天雪寒冻,春枝渐展,转眼春草又萌,碧芽再发,朱响每日仍闲读清走,不觉在家里住得有些烦闷起来,心间起腻,怏怏无精,日里作的一些书画,夜间便觉平庸,即撕扯成片。春里一日,应蔚小灼大哥之邀,朱响与母亲、二姨、蔚小灼、孩子们一起,去了一趟拾金湖畔的拾金苑。家亲们踏残雪、赏青柳、观早雁北飞,孩子们都玩得津津有味,朱响却只觉精神不振,心绪无佳,目光迷乱。又一初春之晴日,除爷爷外,全家人再合辇出游,至尖尖岭,再至养泉,至嘉林角,弃车引舟,至散花群岛,其后扬帆归九湾,朱响只觉精神萎靡,返回听涛园,亦是茫然不知所终的样子。

仲春时分,蔚小灼编辑的《朱响游槎画集》及《蔚小灼竹窗簪花图集》先后出版,两集绘作天成,装帧华美、用料豪奢,堪为精品,各地热购不已,朱响巨名再起,家中气氛亦显热烈,只是朱响应酬几声,兴奋一日,便转而消靡,心乏神倦,提不起星点的兴趣了。母亲、二姨与蔚小灼,均看在眼里,急于心上,母亲与二姨说了朱响几句,朱响嘴里喏喏,心里却依然无知所求,迷惘昼夜。蔚小灼亦与朱响对谈数番,朱响好时尚听两句,不好时便对蔚小灼大发脾气,甚而动手动脚,蔚小灼委屈、惊诧,不禁掩面泣哭,朱响发过脾气,心里又疼,搂住蔚小灼,跪地向她认错,两人抱哭成一团。

好了两日,但两日一过,朱响心间又是烦躁,故伎重演,使蔚小灼伤透了心,想了数天,下了决定,蔚小灼对朱响说:"大响兄,你只是个闯荡的性格,家间的平庸生活,也会害了你的,不如你再出去走一走吧,攀山涉水,劳顿筋骨,识闻宽泛,以醒其志,听涛园这里,有我和妈妈、二姨在,你都放心就是。"朱响点头答应,蔚小灼又说:"大响兄,我仍是要你记得两点:一是做事,二是回家。"两人拥搂而泣。是夜,夫妻情深意切,畅做房事,疲极适眠。

濰历3368年仲春,朱响离家出游,此行朱响并不知所往,只是要离家出行而已。晨由九湾乘辇出城,至尖尖岭管沼平柿园外,不知管沼平在园与否,徘徊再三,终未叩扉。又返程去蟹河蒲折柳红钱柳庄园,仍未入园,只在园外踯躅,终于朱响弃辇徒行,由蟹河红钱柳庄园而西,晓徒夜宿,越濰河平原,至浅水湾,却临门不入,仅缘城而过。又溯沼溪北行至茶憩码头,买舟北进,入野苋菜城,意欲往访荀卿与小妹朱茵,却心神无力,夜间去荀卿家园左近徘徊数回,终于转身离去,连夜渡沼溪西往。

春暖还寒,晨露暮雨,朱响一路匆匆行去,逢井而饮,遇馆则眠,不数日即至翠云岭。朱响于岭里走了一遭,原想在翠云岭修身养性,淋墨绘绢,重拾雄风的,却依旧提不起精神来,朱响心里亦是着急,心绪烦乱,每日对山而愁,面水而虑。几日后索性摔虐、糟践自己,昼眠夜起,夜深时偏跋山涉水,穿峰渡崖,惊骇时就躲入岩穴蜷缩,遇兽时则以舞棒、狂吼退敌,寒雨间穿莽林乱壑,晴阳日又卧怪石风口。如此又是数日,朱响身体疲极,恍惚攀舟,流水而下,夜航至苇溪湾,登岸招辇,叩槐蜜馆而入杨小槐闺阁。

杨小槐见到朱响模样,长发杂髯,面黑肌瘦,凹眼凸鼻,衣破履烂,不由得惊叫一声,赶紧抱住他上床。朱响倒在床上,杨小槐与山槐忙忙地扒去他的破衣烂履,杨小槐泣哭说:"响哥哥,怎么弄成这样子的?"朱响却无一丝声息,原来已经睡去了。杨小槐与山槐脱了朱响的脏衣,见他睡得香,便轻轻退出,不给他一点声扰。

朱响翻来覆去,于杨小槐香榻上狂睡三日。三日后,朱响醒来,要吃要喝,狂饮滥吞,暴婪无度,杨小槐急忙唤来山槐,两人抢走朱响碟瓯,朱响却紧追山槐索要不放,杨小槐抱住朱响,山槐始得脱身。朱响返身拥搂杨小槐,提她上床,朱响骑豹驱虎,暴烈如狮,杨小槐香榻几为所毁。诸般事毕,朱响心松神驰。当晚,朱响修发沐浴,与杨小槐同卧一榻,再行风暴。第二日早晨醒时,朱响瞳眼放光,精神矍铄,杨小槐这才放下心来,偎在朱响怀里大哭一场,说:"响哥哥,吓死人了。"朱响摇头轻笑,说:"槐妹,实在对不起,人怎么竟会这样的?"

两人依偎床上,朱响把这一段心路历程,一一诉于杨小槐,杨小槐静静细听,朱响最后说:"只是觉得内疚,对不起家人,更对不起小灼。"杨小槐说:"此皆为性情中事,响哥哥亦不必苛求自己,只是小灼姐姐忍气负重,咽气吞声,实在是可崇可敬。"朱响说:"尽为朱响的不是。"杨小槐说:"夫妻之间,亦都是相知互谅的,恐怕没有什么。"朱响说:"陋响现仍有两事困扰,心慌神乱。"杨小槐说:"响哥哥,还有两件什么事?"朱响说:"一件是蔺小茹事,沼平兄前此往访,私下告诉朱响,说茹妹数年前育有朱响一子,茹妹却不愿朱响知道,隐居南地,自抚弱子,并考获中级资质,现在她在哪里,却谁也不知道了,连给她一些微薄的资助,也是办不到的。"杨小槐说:"响哥哥,小茹姐姐,必定是不容易的。"

说完,杨小槐哭出声来,朱响赶紧抚慰她,两人亲热再三,杨小槐说:"响哥哥,尚有第二件事呢?"朱响说:"第二件事,是我滩历3352年,于星月山杜鹃花园,结识一位杜鹃姑娘,当时她仅有八岁,两人竟一见投缘,即刻约好,十六年后,即滩历3368年暮春之最后一日,朱响当往星月山杜鹃花园,迎娶杜鹃。现已近期,朱响心里颇为慌乱,不知如何才好,槐妹,你说我该怎么办?"杨小槐说:"响哥哥须拿个好主意,娶与不娶,都不能爽了约呀。"朱响嗫嚅无语。

当天,牧走沙、管沼平、边慕鱼、方激扬来访,诸友饮酒啜茶,欢聚而散。朱响与杨小槐回至槐蜜馆,朱响依然心事重重,坐卧不宁,杨小槐亦是为他着急,又不忍触扰他。是夜,朱响屡眠屡醒,索性轻轻离榻,赤足入园,于槐蜜馆后院凉石上疾走,春凉露重,朱响走了两个时辰,返身回杨小槐香阁,杨小槐却早已醒了,正倚在床上等朱响回来,朱响连忙上床搂住她,杨小槐亦紧搂住朱响不放,说:"响哥哥,怕惊扰了你,亦不敢唤你回来,身上却凉成这样。"两人搂抱了一会,朱响说:"槐妹,朱响心绪不宁,多有烦扰大家。"杨小槐抬手捂住朱响嘴说:"响哥哥,不许你这么说的。"朱响说:"那我且不说,只是朱响已经思定了,要暂且离别槐妹,去外处走一走,想一想,也好断然处事,尽脱精神重负。"杨小槐说:"响哥哥,这是为你好的,我岂有不放之理？只是槐妹这里,随时期盼响哥回来,响哥也一定不要负了众姐妹一片挚慕苦恋之用心。"朱响点头无语。

当晚,朱响夜未央悄然出城,仍不知要往哪里去,买舟上船,船飘至天明,朱响问船上舵工,才知船是往苍鹭半岛观茶城去的,朱响心想,那里正是杨小槐家乡,不妨去看一看。船到观茶,朱响下船入城,入住一家临海酒楼,朱响各处都走了一走,看了一看。观茶倚山面海,举目尽葱,海阔天蓝,景色极佳。那一日又偏是大风不起、海波不兴的,水面闪烁,如有锦鳞,距海岸不远处,巨礁宝塔,绝无仅有。朱响受风物气象熏陶,不觉手痒起来,遂返酒楼,唤绢造色,于客寓作了一幅《观茶春海和风细浪图》,掷笔赏墨,胸中块垒,似有消融。

朱响于观茶待了两日,不知何故,烦腻又起,思忖再行,仍不知往哪里去,于是径至观茶码头,心数为六,即兴数桅至六而上。船行昼夜,横泊一湾,朱响问船上舵工,方知又回天香苇溪湾码头来了。舍舟临陆,于岸边踱了半夜,拿不定主意要去哪里,杨小槐那里适才离开,再还多有不妥,冻柿园人迹清寥,无可寄托,其他诸地亦觉不可。

朱响踱至黎明,不能决定,此时见一船解缆待发,忙跳将上去,于舱里找了个僻静处,蜷身睡去。一觉睡醒,见天仍微黑,此时船上小工却来喊他下船,朱响说:"船尚未发,为何下船？"小工笑说:"你一觉睡死,船已泊岸,再不下船,又要返天香了。"朱响说:"这是哪里?"小工说:"此地叫苇溪大转弯。"朱响哦了一声,知道自己到苇溪山了,这里亦是与俞荷荷一同来过的。朱响离船登陆,于小镇上买了些吃的吃了,又叫了一只轻巧的小船,引船往苇溪上游苇溪潭去。船走了近一夜,于天明前泊于苇溪潭小码头,朱响弃船上岸,入山过林,沿石阶山路往苇溪源俞家坳方向走去。

山间幽寂,时候不多,转过一道山弯,朱响却并未直接去俞家坳,而是转攀就近一架山梁,由山梁上尽可见俞家坳面目。此时天色已明,晨鸟湿啼,凉露湿衫,朱响俯瞰晨露中的俞家坳,但见新屋高起,湿烟乍现,鸡鸣低梁,牛刍坦坡。朱响望了一时,心中伸坦了许多,返身回了苇溪潭,解缆发帆,顺流而下,直泊天香,至天香苇溪湾码头,即换舟而行,春雨淋漓,如烟如湿,不半日,至鸡子山鸡子镇。于鸡子镇买楼住下,饱餐一顿,仰身睡酣,直睡到翌日午时方起。

鸡子镇乃鸡子山临天香湾一山野小镇,朱响于月白楼寓吃了酒菜,按月白楼老板三叔的指点,去了鸡子镇外的湿雨亭看海。湿雨亭建于海里的一座大礁石上,有数堆巨礁相通。朱响攀至湿雨亭,春雨蒙然,海浪敲石,朱响坐而望石、望海、望海来天去,浸淫于海天一体的氛围中,不觉天色向晚,心间明白,只是肢体难动,任由天色暗淡下去,四外只听得浪涌堆石的声音,景物都是看不见了。

正兀自坐着,来路一块巨礁上,月白楼的村姑桑小莺,在海浪夜色里叫他:"这位响哥哥,响哥哥,天色不早了,三叔请你回去喝酒呢。"朱响这才站起来,离开湿雨亭,随桑小莺返回月白楼。晚上喝了酒,朱响只觉心间拥堵,一夜难眠,第二日又要出门看海,月白楼的村姑桑小莺跟上来说:"这位响哥哥,我与你一块去呗,或可为你指点些路途。"朱响嗫嚅未语,桑小莺说:"这位响哥哥,鸡子山这里,你亦是不熟的,不如我与你一块去,也好为你指点指点。"朱响说:"这样也好。"

此日仍然春烟蒙蒙,两人相跟着,一前一后,沿天香湾海岸往东走,走到湿雨亭里,两人在亭里坐下,各望着水波粼粼、石浪轻拍的大海。看了一时,朱响说:"小莺妹,可否与我接联对吟,以抒胸臆?"桑小莺红了脸说:"这位响哥哥,小莺并未念过几天书,唯恐扫了响哥哥的大兴。"朱响心事重重地说:"那倒没什么,你接什么,也都是行的。"桑小莺看着朱响说:"那我就来同响哥哥接一回。"朱响说:"那就咏春、咏海吧。云霞出海曙,梅柳度江春。"桑小莺小心翼翼跟咏道:"二月湖水清,家家春鸟鸣。"朱响又吟:"燕子不归春事晚,一汀烟雨杏花寒。"桑小莺思索许久,红着脸笑说:"响哥哥,小莺却是念不出来了。"朱响笑笑,说:"不妨事,你来陪我,亦是感激万端了。"话毕,又心事重重地,转脸去看海了。

两人在烟雨中再看很久,桑小莺轻声说:"响哥哥,是三叔叫我来跟着你的呢,都见你心绪不对,怕你有事,因此叫我跟你出来玩的。"朱响苦笑,说:"小莺,谢谢你与三叔,我没有事的,确确没有事的。"桑小莺说:"响哥哥,我倒是有两个法子,能叫你快活起来。"朱响说:"小莺妹,有两个什么法子?"桑小莺说:"一个法子,是我带你往鸡子山里去看寺,鸡子山两山有一寺,五峰即一寮,够你看些日子的。"朱响说:"这倒是好的。"桑小莺说:"那我们明日就去吧。"朱响说:"那倒也好。"桑小莺说:"第二个法子,小莺我要请一位姐姐,来同你接诗,你接不过她的。"朱响说:"这位姐姐住在哪里?叫什么的?"桑小莺说:"小莺把她请来,响哥哥你就知道了。"朱响说:"这也是好的。"

两人于湿雨亭坐至近午,始返月白楼。午后春雨渐密,朱响囿于陋室,春愁压人,心绪烦乱,似有不知所终之感,遂请三叔购了绢、素、笔、色来,于室内桌上研色作画,作了一幅《鸡子镇湿雨亭春海烟雾图》,甚晚始成,投笔而眠。翌晨早起,伸拳踢腿后,来厨间与三叔一块吃早饭,桑小莺做了些鸡蛋葱油饼,甚是好吃,朱响将昨日作的画拿给三叔,说:"三叔,我见月白楼瓦漏椽旧,亦当修葺了,此画你且保留,闲中往天香去时,将此画拿去二十友墨馆,找一位牧老板,叫他换些新瓦坚椽与你,你再成一座新园吧。"三叔亦无大喜大悲,点头言谢,收了绘作。桑小莺说:"这位响哥哥,昨天说的我那位姐姐,她一时返乡不在,我已留了话,她来了,自会去鸡子山石堡寨等我们。"朱响说:"多谢小莺美意,只是不用如此麻烦的。"桑小莺说:"这不麻烦,见到小莺留的话,姐姐必定会来的。"朱响说:"小莺这样肯定?"桑小莺说:"小莺敢打包票的。"

早饭后朱响与桑小莺辞别三叔,寻径踏山,往鸡子山里去了。山幽林密,细雨沾衣,两人第一日宿玲珑寺,朱响夜间仍造色绘景,是夜,作了一幅《蔚小灼对镜冠饰图》,作毕,揣赏再三,心颇疼爱,小心收藏了,才和衣而眠。第二日,朱响与桑小莺去柳下寺,由玲珑寺而东三十里,天色略明,阴雨相间,是夜宿柳下寺,朱响虚景朦胧,再作一画,名《蔚小灼裘衣赏雪图》,作毕亦摩赏万千，又颇喜爱，仍珍藏箧中，和衣而酣。第三日两人去皆山寺，此时春雨又起，路厚石净，皆山寺距柳下寺五十里，午后，两人行至一人峡，雨滴大作，行走不得，两人只得于一人峡急觅了闭风岩洞，暂栖避雨。

春霖绵延，久注不歇，春昼苦短，山阴幢幢，天却是早早就黑了，朱响与桑小莺无法，只得于岩洞里度夜。桑小莺倒是个山野村寨里出身的，趁天未黑透，起身去乱石坠峰避雨处，扒了些上年的干茅草回来，铺成一方软铺，两人各眠一方，却都是睡不着的，桑小莺说："响哥哥，此番你倒不想要我吗？"朱响沉沉说："朱响只会伤人。"桑小莺转至朱响一边，朱响心间烦乱不尽，却也无由抵挡，索性抛却念中一切，拥搂桑小莺，两人嫱和畅泄，又做虎狼式，疲累适眠。

翌晨，雨止岚起，两人步至皆山寺，于皆山寺观赏楹联，"风声水声虫声鸟声鼓鱼声，总合三百六十天击钟之声；月色山色草色树色云霞色，更兼四万八千丈峰峦之色"，一一览毕，再前行至高日寺，当晚即栖于此。

深寺枯幽，朱响先眠后醒，仍秉烛作绘，聊以清心，造了一幅《苇溪山俞家坳新瓦晨烟图》。翌日不徙，朱响全日作绘，更夜以继日，秉烛不眠，延至深夜，造得一幅《眠山滴雨图》，一幅《山村水溪图》，一幅《鸡子镇月白楼陈瓦倚山图》，造毕心里杂扰，遂唤桑小莺起来，对她说："小莺妹，暮春已至，我心里烦乱得很，极愿夜奔，你且安睡吧。"桑小莺说："响哥哥，我就起来与你同行。"两人辞寺离居，夜奔山岭，高一脚，低一步，晨逾高日峰，山稍平旷，可植稻麦，石堡、山寨相望，时见山鹃开放，气息亦觉畅快,桑小莺说:"响哥哥,此地叫石堡寨,石堡寨有一家小旅店,叫石堡堂,我们就在石堡堂造食歇息吧,姐姐若是来了,亦应在这里等我们的。"

朱响点头回应,两人踏青进寨,寻得石堡堂而入。原来这里的房屋,皆为石块垒砌,厚重墩实,古朴苍老。两人入了石堡堂,只见一位系紫染头巾的姑娘,挽着袖口,扎着围裙,正背门而立,拾菜切鱼,忙得不可开交,桑小莺望了她一眼,不禁笑说:"这位姑娘,我们是来住店的,先冲两盅水上来。"那位姑娘答应了一声,桑小莺又笑盈盈对朱响说:"响哥哥,坐吧,坐吧,有事尽管吩咐这位姑娘做来。"朱响亦答应一声,两人在桌边坐了。那位姑娘冲了两盅水,侧对着朱响,把盅儿搁在了桌上,转身要走,桑小莺却又高声喊住她,问道:"这位姑娘,你们这石堡堂,可有宽屋大床,我与响哥哥,跑了一夜的路,可都是困了。"那位姑娘轻声说:"却只有通铺小床。"朱响说:"那也可以。"桑小莺却不依不饶,高声大嗓地叫道:"那可不行,叫你们家的男人,赶紧找人打做了来,我与响哥哥立马要用。"

朱响觉得桑小莺神奇,不禁看她一眼,只见桑小莺颊色桃红,神情昂奋,兴致颇高,那位姑娘则背面掩嘴,更轻了声说:"这位姑奶奶,哪有这样性急的。"桑小莺越发逞威,高声说:"叫你做,你就快些去做,推三阻四的,成何体统。"那位姑娘似乎一时说不出话来,只是低着头,背着面,掩着嘴,朱响说:"小莺妹,无须为难这位姑娘。"桑小莺高声说:"响哥哥,你不用拦我,我还要打呢。"那位姑娘极轻了声,说:"小崽子,你倒敢试试。"桑小莺拍案而起,朗声说:"看反了你不成!"说着,就要上前揪打那位姑娘,那位姑娘忍俊不禁,返身抓住桑小莺,扬手痛打起来,一边打,一边笑骂:"我叫你逗上了天!我叫你逗上了天!"桑小莺也和她揪搂成一团。

朱响定神一看,原来那位系紫染头巾的姑娘,竟是安闲堂的俞荷荷,不禁怪叫一声,三人搂成一团,揪搂了一时,桑小莺脱身而出,扎了围裙,手慌脚快地切鱼洗菜去了。朱响情动泪落,唏叹不已,俞荷荷泣哭一时,两人在桌边坐下,朱响说:"荷妹,怎么会是你的?"俞荷荷说:"这个小莺妹,原先就是这里石堡寨人,这个旅店,就是她家开的,家境亦是不很好。冯姐姐来山里找人,将小莺买了去,调教数月,觉无可成,便给我做了小妹。做了几年,她不开心,便于前年回了鸡子山,在鸡子镇她三叔家的酒店里做些事。前些时候你住月白楼,心绪烦躁,她已知你是哪个,便来天香搬我,我却又正返乡看屋,一时不在,几成憾事。"

当晚,朱响与俞荷荷同床共枕,降龙伏凤,激情极久,事毕两人说话,朱响说到近时烦扰犹疑之事,俞荷荷说:"大响兄,这有何难,星月山杜鹃那里,大响兄必得赶去,有缘缘定,无缘则好见好散,性情中事,岂有爽约之理?若果爽约,大响兄岂不要责怨自己一辈子?"朱响略觉恍然,沉默良久,一时无语。俞荷荷说:"大响兄立断,暮春明日即毕,孟夏后日将始,大响兄还是明晨早早地走吧。"朱响说:"荷妹所言极是,朱响现在只觉时日窄紧,心事紊乱,不如我现在就走,也好途中定一定神。"俞荷荷说:"那就更好。"朱响说:"倒是有些舍不得你了。"俞荷荷说:"若非成大响兄之美事,我亦是舍不得大响兄的。"

言讫,两人云雨尽欢,俞荷荷高声朗叫,惊石动山,事毕,两人起来收拾东西,朱响将近日所有画作,尽托付俞荷荷说:"荷妹,这几帧涂鸦,一幅《眠山滴雨图》,赠予小莺妹,幸而有她悉心穿连、照应,一幅《苇溪山俞家坳新瓦晨烟图》,一幅《鸡子镇月白楼陈瓦倚山图》,一幅《山村水溪图》,赠予荷妹,余作《蔚小灼裘衣赏雪图》等,望荷妹至天香交沼平兄或走沙兄,转往九湾家中小灼收藏,荷妹切切勿望。"俞荷荷说:"大响兄放心。"

16

当下,朱响夜离石堡古寨,俞荷荷泣拥不放,纠缠再三,朱响始得离去。夜行二十里,至天香岬码头,买快棹风帆,拔锚东行。朱响站立船头,喝风唤云,以求其快。天曦微露,晴阳朗照,旱风逆行,朱响竟日立于船头,面焦皮枯,眉突眼凹。第二日夜,船至浅水湾,第三日凌晨,船过瓜叶山沿海,黎明渐至星月山外杜鹃湾,此时,有心叶形快船一艘,如箭镞般与朱响擦舷而过,驶入汪洋,天色淡暗,帆影绰绰,朱响似有所感,却只待船快帆劲,即刻登陆。

天微明时,帆抵杜鹃湾码头,朱响跃身入岸,直趋臧家。杜鹃花园门展庭敞,朱响轻叩门扉,臧家女主人由养生庵出来,见是朱响,略一辨认,对朱响轻轻摇了摇头,即上前捉住朱响手,带他进了抱云斋。抱云斋里,臧有无先生正半卧榻上,掌托古卷,就牖而读,窗外白岚浮动,鹃啼声声。臧家女主人松了朱响手,缓缓移步至窗前,面牖而立,朱响轻至榻前平椅坐下,三人寂寞无语,半晌,臧有无吟出两句诗来:"孤灯不明思欲绝,卷帷望月空长叹。"臧家女主人亦咽声吟道:"夜深忽梦少年事,梦啼妆泪红阑干。"朱响即景大恸道:"流水旧声入旧耳,此回呜咽不堪闻。"三人吟毕,皆泣不成声。臧家女主人说:"昨日春末,今日夏初,小鹃面海对山,痴望至黎明,已扬帆南向去了。"

朱响始知夜过快船,正是杜鹃所乘,遂抹泪起身,谢辞臧家,至园外杜鹃湾码头,周视园后峭岭,海岸亭、岩、楼、阁,而后转身引帆,逼浪踏涌,往八极大海追索而去。

朱响仍笔立船头,晴日朗照,焦风阵阵,朱响眺望海天,追索心叶形快船迹踪,一日、两日、三日、五日,又作《臧鹃印象图》一幅,帆至一地,朱响即毛发杂立,捧绢执素,逼岸询问,后不知何故,竟又作蔺小茹画像一幅,两像终日缝于前胸后背,额系白绢一块,上书"觅人"二字,行于市,宿于寨,荡于海。

不觉间,朱响已于八极海诸地飘荡弥月,夏热已盛,骄阳愈烈,朱响每日伫立帆头,沐雨栉风,愈见心枯目焚,摇摇欲坠,至楼笛时终至病卧。据《朱响全传》所载,朱响迷卧三叶湾楼笛城桔笛酒楼,幸得酒楼曾老板及全家侍应,出生入死,数赴黄泉未果,终至转来,渐臻康健。朱响于桔笛酒楼调养三月,作巨幅《楼笛惊山巨浪图》《楼笛狂雨飓风图》,并作《楼笛死海浩渺图》《楼笛倚山面海喝号图》,以抒胸臆。此时杰作,后两幅朱响谢赠桔笛酒楼曾老板,前两幅托寄家间,并附书与蔚小灼说:"灼妹最爱……与茹妹、鹃妹及天香诸事尽述,谨乞有恕,非奢宽谅。朱响惭愧,无颜返乡,欲浪迹天涯,洗心脱面,以蜕人生,临烦逃逸,实属万罪,家间诸事,灼妹忍辱承重,弱肩举担,朱响心存永远,有世必报。灼妹不必为陋响担忧,鄙响卑贱,实为不值,草芥糠末,随之去吧,卑响泣上。"

朱响谢辞桔笛酒楼曾老板全家而去,陋衣简囊,诸地飘摇。此时已入仲秋,朱响先陆行至浮石,又溯浮石河至静庭,由静庭步入天月岭中,漫游逾旬,再由天月河漂筏至天月,天月临海,朱响每日望海痴想,亦不知所往。数日后,朱响由天月荡舟心如城,又步丈心如半岛,至歌海城,朱响栖歌海城七日,购新版《地理图谱》及《天下事物全编》,借商家贩舟,往赤雨群岛而去。

那时仲冬,歌海虽不至酷寒,但风凉雨硬,海浪推涌,亦不宜人。舟行海上,数十日颠簸后,抵赤雨群岛之赤雨小城。赤雨城位居赤雨湾左岸,古寨两三座,石堡五七间,码头天然,岸树成林。赤雨群岛周围海阔洋宽,浪涌涛激,朱响初与歌海城费姓、蓟姓商贩同住赤雨城面港石屋,费姓、蓟姓商贩常年往来歌海两岸,每日以物易物,歌海城贩来诸品兑尽,即解舟返航,两商对赤雨诸岛风情颇多了解,朱响亦时往码头、海边及赤雨城左近走逛,渐融于赤雨群岛氛围之中。

赤雨城后悬壁陡起,高逾百丈,崖顶即赤雨高原及赤雨岭。赤雨诸岛四围洋阔海深,高地却山岭众多,干旱少雨,赤雨岛人飘海之木舟以斧削而成,仅容两人,大者可容三五人。赤雨人粗布陋绢,以海产、红芋树果实、兔羊、蜂蜜为食。赤雨岛周围渔产极丰,因此岛民无须网捕,只以绳钓、绳钓亦奇,以藤为绳,不设钓饵,仅将绳头挽结,浸兔羊油中半日,再乘斧削舟入海,抛藤入浪,鱼即来抢。渔人扯藤而上,将啃咬藤结之鱼扯带于舟,此时须眼疾手快,按捕渔物,如遇身沉力大海鱼,则以斧击其头,即抛入海,待其翻滚已疲,再系于舟尾,拖曳而归。如身手欠敏,则舟沉鱼亡,舟鱼两空。

红芋树为赤雨诸岛特物,其树生于山岭、港湾避风处,树体高大,冠若巨盖,树果椭圆形,汤锅大小,一年两熟。红芋果半熟后,由人援树而上,割坠而落,藏于居室,一旬后成熟,即可生吃熟食,烤煮煎炸,味若红芋,鲜美可口,多食则甜腻厌人。红芋果亦可投喂兔羊。兔羊又称羊兔,亦为赤雨洋、芭蕉洋诸岛特产,较之绵羊群岛,赤雨兔羊个头倍加娇小,毛色亦愈加细软,兔羊生于赤雨群岛高原山岭之中,肉质爽滑,入口消融,极为可口。赤雨蜂蜜亦为本地特产,由一种个头如鸟的赤雨蜂精酿而成。赤雨蜂凶猛异常,若遇人或动物侵犯,即群起而攻之,即刻置人或动物于死地。此蜂巢于山岭洞穴或巨型红芋树洞中,数千头一巢,蜜室巨大如屋。人若窃蜜,宜择连雨阴湿天气,黎明时分,披兔羊皮衣,抹兔羊浓脂,执大木桶,手脚轻盈,即可得手。盖因连雨阴湿,黎明更甚,赤雨蜂翅扇尽软,飞动维艰,即便遭叮,尚有羊脂、羊衣保护,并无大碍。赤雨蜂蜜营养极丰,口味鲜美,佐以红芋果制品,更增食欲。

费姓、蓟姓商家拔锚返航之后,朱响又于赤雨城羁住数月,披览巨籍,悉心书画,并启作浩著《思想笔记》。后由当地人指点,攀崖觅路,往赤雨高原去了。朱响由北而南,徒越赤雨岛,再由岛南海湾渡海,至中横岛。中横岛横亘东西,中为山脉,山脉两侧为沿海低地,山北盛产红芋树,春秋两季,硕果累累,岛上诸多动物,均以此为生。朱响肩负陋囊,一路逶迤东行,数月后,至中横岛极东端,此地与海棠岛之海棠小城隔海棠湾相望,朱响于中横岛东岬角解舟渡湾,登陆赤雨群岛最东的海棠大岛,并于海棠小城蜗居。

海棠城与赤雨城颇为相像,面海背山,居民稀疏,寥寥数间店铺,大致界为两类:一类为商人所办之季节性商铺,商船到时,即开门营业,并以物物相易为主,兼营零售,此地兑物商人,多由心如半岛心如城而来,朱响识得心如来的一位墨姓商人、一位秦姓商人,三人相交甚好,时作长谈,朱响亦偶托两位商家,转书九湾蔚小灼,言及飘萍生涯,并托转交绘作墨迹;另一类则以出售腌煎海鱼为主,此为海棠岛特色小吃,因加入迎风处生长之经年红芋树叶,其味怪怪,麻涩难耐,却能强身健体、消食疗疾,且具诱人上瘾、欲罢不能之功,当地人并外来人,没有不钟情于它的。

朱响每日除读书作墨外,还去海边礁盘渔钓,由当地人辅助,朱响劈木削槽,制得一款轻舟,刻名赤雨号,风平浪微之日,即划舟往海,饵捕渔猎。数季之后,朱响移往岛中之海棠高原,海棠高原略偏于东南,居高而望,东、南洋面,涌深浪宽,浩瀚无涯,无有止境。岛人指告朱响,东南无尽远深洋中,芭蕉洋与赤雨洋汇交处,有飘风群岛。朱响说:"那要有多远?"岛人说,大且快的船,风息浪静,逾两三月。朱响说:"那有没有去飘风群岛的船只呢?"岛人只是摇头,朱响向往至极,暂且却只能按下心间念头。

朱响即于海棠高原,择地垒屋,种树植稻,饲喂兔羊。朱响所择之地,位于海棠高原东南部,较近于岛东之海棠角,此地倚山面洋,居高临下,视界无垠,所倚之山峦,朱响名之为响泉山;响泉山极高峰,冬夏皆雪,白雪碧空,蔚为大观,朱响名之为响泉峰;峰间一脉清澈响泉,由响泉山、响泉峰流下,曲弯九肠,注入海棠岛东部海湾,朱响名之为响泉;朱响所垒石屋,由响泉山一块块搬石垒筑,其居响泉水滨,朱响名之为响泉石屋;响泉石屋仅面南一间,其大无比,朱响所有生活起居,尽在其中,山民徙人途过,皆居其间,所饲兔羊,冬季亦圈其中,气氛颇为热烈。朱响亦有句咏其屋、其景：孤烟石屋起，归鸥天边去；又有：宽宅千万亩，石筑仅一间；又有：日暮响峰远，天秋石屋贫，柴门闻海叫，挑灯只一人；又有：钓客夜傍青岩宿，晓汲山泉燃枯竹。

朱响每日仍渔钓养饲，攀岭观海，披览鉴阅，造书作画。春秋两季略忙，红芋果遍熟，朱响统领兔羊群落，终日游荡于树木之中，并择巨树硕果，攀斫成堆，红芋果为兔羊喜食，亦可制成果干，以佐冬夏。秋冬又忙，兔羊肥硕，亟须减持，朱响便请邻近岛民，协助宰杀，兔羊皮可与商人兑换物品，兔羊肉可烹食，亦可腌制为肉干，风味颇佳，兔羊尿泡轻薄如纸，可吹气囊，行舟飘钓，均宜携备。

朱响每日忙忙碌碌，记事结画，以省其身，不觉数季又去。濉历3373年初春，朱响携兔羊皮，由响泉石屋而海棠小镇，兑付物品。午后三时，朱响见海棠湾里泊来一艘高舷大船，名天月号，其姿雄伟，其貌簇新。朱响为其吸引，上前观看，并与船员搭话，知其为天月湾天月城一巨商所有，因其初成，此番为处女航，不日将往鸟巢群礁附近，只为测验，并无他途。

朱响即刻为此事吸引，径往码头腌鱼小店，寻觅船长。船长正安坐腌鱼店外树墩上，呷酒赏鱼，悠然无比，朱响遂上前与他搭话，互通名姓。原来这位兰昌龄船长，考过两次中级资质，久闻朱响大名的，当下两人相言甚欢。晚间朱响亦未返响泉石屋，只与兰船长啜酒品鱼，赏茗呷汤。朱响言及赴飘风群岛一事，兰船长颇觉有难，却还是答应了，只是说："响兄，小弟乞谅，弟只宜送响兄至鸟巢群礁，天月号并非弟物，且于下月必得返天月港，乞兄见谅。"朱响说："昌龄兄，这已是感激不尽了，他日返乡,必有所谢。"兰船长说:"响兄言重,小弟惭愧。"

翌晨,朱响匆返响泉石屋,将石屋、兔羊诸物,皆赠友邻,只带了一筐蒸干肉、一筐红芋果、三皮囊浓酒、一大罐陈茶、数根钓藤、数枚皮水袋、几十只轻薄兔羊尿泡、书、簿并贴身必备之物于赤雨号内。此日天色将暮时,天月号由海棠岛北端,绕行至海棠角,泊于深水处,朱响与诸岛民邻友泣别,划赤雨号至天月号,众人将赤雨号搬拔上船,天月号即起锚向东,往鸟巢群礁疾驶而去。

当晚平淡,翌晨已入深洋。此时初春,正是赤雨洋一年里较宜出航的季节,由天月号上极目远眺,只见波宽涌深,天海湛蓝。朱响与兰船长得暇便品茗倾谈。朱响尽吐往事胸臆,兰船长亦与朱响叙谈飘风群岛及鸟巢群礁左近海况。原来飘风群岛与鸟巢群礁附近广袤大洋,因芭蕉洋暖流与碧螺海寒流交汇,一冷一暖,形成极锋,因此海况复杂,鲜有船近。此地又有低温中心,却与风产生的上升流相关,无可捉摸,独行此海,须记得由西而东,先航寒潮,再渡暖流,若始暖终寒,则必悖飘风群岛。再者,飘风海域此季渐盛西南风,航行此海,宜随时注意偏往东北。另据传,飘风岛东南及西南岸,多有拍岸浪出现,浪高如山,崩峰裂地,闻之骇人,亦极为壮观,若于此两地登陆,必遭重创,宜绕行他地,再行上岸。朱响一一聆听,并录入笔记。

船行两旬,他物难见,仅睹水天一色,鸥鸟盘旋,无见陆岸,鲜有海轮,天月船上,诸众话语渐少,沉寂愈多。朱响与兰船长每日暇时,亦仅以手谈度时,言论几无,船外青天碧海,浩涌连天,渺无际圻。忽一日,西南风起,波涛顿时汹涌起来,天月号波峰浪谷,颠晃倾圮,幸风过浪缓,并无损失。天月号又行逾旬,于某日迫暮时分,终见东方极目处显现一撇暗线,朱响与兰船长及天月号所有船员,跳上甲板,拥抱欢呼。

当晚,薄雨淋淋,兰昌龄船长与朱响饮至酩酊。翌日早晨,雨散霞起,天月号已泊于鸟巢群礁外缘海域,由天月号上远望鸟巢群礁,只见海浪翻白,礁丛隐现,集鸥群翔,亦显绿树葱葱。朱响与兰船长及所有船工一一拥泣而别,船员放下赤雨号,朱响与天月号挥手相辞,划舟而进。天月号却一直泊于原地,直至朱响登上近礁,天月号才鸣号启锚,返身而去。

朱响始登一小礁,礁上鸟粪泛白,黑石黏滑。《朱响笔记全编》有载,朱响于礁上稍息片刻,并为其命名黑石礁,因黑石礁礁石枯瘦尖小,故以名之。黑石礁左方不远处,又有一礁丛,状若丽菊,朱响名之为丽菊礁。稍后,朱响弃黑石礁而去,划赤雨号至朽木屿。朽木屿略大于黑石礁,涨潮时大部亦在海面之上。朱响于午时上屿,屿上有低矮灌木数丛,海滩亦斜插枯木数根,因之名为枯木屿。朱响坐于沙滩枯木之上,略略吃了些红苹果,饮了些由海棠岛带来的泉水,而后登舟搦棹,往鸟巢群礁之最大屿鸟巢屿划去。

此时的鸟巢群礁,风平浪息,偶见水旋回流,并无大碍,舟底常见礁盘珊瑚,海草绰绰,彩鱼摆尾。朱响浸染于绚丽多彩之海洋风光,心情无比地激奋起来,起身立于舟上,向着天空、海洋、翔鸥,全力地喝号,一声、两声、三声,直至嗓疲声哑,始倒于舟中,仰面歇息。向晚时分,朱响已至鸟巢屿,巡屿一周,鸟巢屿并无沙滩浅岸,皆为悬岸陡壁。朱响于鸟巢屿西北避风岸下系死小舟,而后略携用物,攀爬上屿,原来鸟巢屿为成丛峭岩构成,峭岩顶端尚平,鸥鸟麇集,聒噪声不绝于耳,只是方圆亦十分有限。朱响登至岩顶,高俯临下,西方云蒸霞蔚,四面海天,尽收于目。

朱响于脚边捡拾几枚硕大鸟蛋,又兀自观赏八方海景,却不防鸥群俯冲而下,扑抓朱响头脸。朱响急忙抱头跪伏于地,鸥群仍急攻不止,朱响连滚带爬,避于巨岩旁,鸥鸟始舍弃朱响,盘旋而去。朱响不敢再返岩顶,天也将黑,朱响于崖壁上,觅得一处较平坦却又略为凹进处,于赤雨号中搬来煮锅干柴,燃火煮蛋,吃了两个大鸟蛋,不觉也饱了,记了笔记,蜷于石壁,酣睡至晨。

天亮后朱响再食一鸟蛋,喝些赤雨泉水,登舟搦桨,往飘风群岛方向划去。此一日风平浪静,晴阳高照,朱响不急不缓,匀力划舟,身后鸟巢群礁渐退渐远,逐渐没于洋面而不见,海水也幽深靛蓝起来,波宽涌阔,却是有节律不紊乱的。赤雨号忽而涌底,忽而浪尖,起始朱响略觉慌乱,须臾也就适应了,只由着波浪起伏就是。昼间尚好,当夜朱响困乏至极,稍眠即刻惊醒,倦怠不过,便努力地将所携之数十枚兔羊尿泡吹胀,系于腰上,而后呼呼睡去,是夜竟安然度过。

第二日朱响已有规律,划舟钓海,饮酒吞蛋,便蹲舟尾,溺立船头,皆痛快淋漓。第三日、第四日,朱响仍努力划棹,晴日酷阳,海茫无涯,朱响有时直身远望,视界因浪涌遮挡,施达有限,所睹只是鸥鸟盘绕,帆影皆无,更渺人迹,朱响不觉要喝唱一番,便一边努力张帆划棹,一边闭眼喝号,号道:"天地玄黄,宇宙洪荒;如月之恒,如日之升;冬日可爱,夏日可畏;天之所生,地之所产;天高而明,地厚而平;人人有面,树树有皮;生得其名,死得其所;名垂竹帛,功留青史;志比精金,心如坚石;众口所移,毋翼而飞;一经品题,便作佳士;伐罪吊民,古之令轨;治国常富,乱国必贫;于安思危,危则虑安;凡有血气,必有争心;自知者英,自胜者雄;谁谓荼苦,其甘如荠;视险如夷,瞻程非邈;欲挽天河,一洗膏血;鸿鹄高飞,一举千里……"

朱响喝号至乏,即倒身迷睡,不忌所往,醒来时周身昏愦乏倦,便强逼自己,垂藤施钓,盐渍鱼鲜,或挂帆捉棹,全力而行,或闭目仰天,自选妙题,联诗造句,大声喝出,以振精神,不得再睡。于浩天瀚海之中,朱响首咏车、桥,自联自对道:"车如流水,马如游龙。"又狂声大咏:"车如流水马如龙,花月正春风。"朱响一人咏毕,不由得面海对天,嘶狂号笑,叫道:"妙佳!妙绝!"稍歇再咏:"杨柳又如丝,驿桥春雨时;野桥经雨断,涧水向田分。"朱响边咏边品其况味,竟觉体味颇深,又咏道:"春城三百六十桥,夹岸朱楼隔柳条;三十六桥千步柳,春风十里上珠帘;三十六桥今犹在,波心荡漾月无声。"且咏且思,愈觉体味幽深,浩瀚广海,心绪似已平息,竟如月华匝地。

于是再咏舟楫:"水边春寺静,柳下小舟藏;一船灯照浪,两岸树凝霜;舟如空里泛,人似镜中行;天清一雁远,海阔孤帆迟;水匆客舟急,山花拂面香;天际识归舟,云中辨江树;竹喧归浣女,莲动下渔舟;惯是湖边住,舟轻不留人;风鸣两岸叶,月照一孤舟;人游月边去,舟在空中行;稍知花改岸,始验鸟随舟;岸花飞送客,樯燕语留人;细草微风岸,危樯独夜舟;舟移城入树,岸边水浮村;野水无人渡,孤舟尽日横……"咏声愈细,朱响已然迷去。

17

海涌连远,鸥翔鸟旋,朱响顿然醒来,捉楫再行,并哑声嘶吟:"尖岭曾闻子规鸟,紫露又见杜鹃花,一叫一回肠一断,三春三月忆山崖。"吟毕,始悟此诗为那一年清凉山中圆照所吟,意境如真,恍然梦间,朱响不由得清泪挂面,昏然再眠。又两日而去,朱响联诗缀句,口干舌裂,已至烦腻无比,稍吟便烦躁暴跳,终则嘶号于天,拳擂薄舟,垂头丧气至极。

忽一日,朱响正迷睡中,觉有寒浪扑泼脸上,急惊起而望,只见东方浪山如堆,波涛汹涌。朱响伸手摸海,涌浪四起,激如冰河,知行于低温中心,或碧螺岛寒潮之间了,忙吹胀所有兔羊尿泡,系于腰间,正襟危坐,扬帆执楫,乘风前行。薄舟穿行于波峰浪谷之中,盛日当顶,寒气逼人,不多时,朱响已觉手脚木麻,头脸泛青,遂弃楫裹衣,蜷系于舟底,任暴海操弄推移。翌日,光影西斜,寒凉渐退,波涛亦稍有平缓,朱响精疲力竭,倒卧舟底,昏昏睡去,不觉斗转星移,天将破晓,朱响伸拳弄腿,又觉伸展,睁眼四望,舟中咸肉、酒、茶,已无踪影,想必因拴系不牢,抛入了海底,半舟咸水,激激荡晃。

东方天红一线,朱响伸手摸海,海水暖热,游鱼跳空,朱响不禁意志高涨,挥拳号叫起来,原来轻舟已过寒暖极锋,正漂行于芭蕉洋暖潮之中。朱响意气奋展,去除舟中积水,吞鱼嚼果,饮泉灌酒，而后目视前方，奋力划桨而行。是夜，暖意袭人，轻风送楫，朱响疲软至极，倒身而眠。翌晨醒来，努力翻身伏于舟墙，四面张望，此时风微浪宽，鸥鸟翔集，朱响忽见南方有高山海岸，双眼顿时瞪如牛卵，哑然一声，纵身跃起，不意跌入大洋，朱响挣扎上舟，拼力往南方海岸划去。

洋底似有暗流涌动，朱响划一丈，却要退两尺，折腾近午，进展甚微，朱响有心无力，伏于舟沿，眼望南方，昏然迷去。及至醒来，却似乎已经躺于幽暗之处，只是周身动弹不得，朱响以为自己死去，默然僵卧许久，此时，听得"吱呀"一声，强光一闪，有人进来，朱响斜光略能感觉他轻步走近，又有气息传至面上，那人说："赤雨，你过来了？"朱响听他如兰昌龄船长及墨姓、秦姓商人，是心如地方口音，却只是无法言说。

那人悄然而退，数日后，朱响已能起身倚靠榻上，饮流食稀了。屋内挂帘微启，光线却依然暗淡，听说话及做事，常来者，有两男一女，两男一长者一中年。长者六七十岁，被中年男呼为岩爷，岩爷目内有光，沉默寡言，惯蹲于榻前，嚼食蒴果。中年者四五十岁，被岩爷呼为来索，来索做事有力，身体健壮。一女与中年男应为夫妻，被中年男呼为听微，听微只管饮食清理，事毕即去，并无言语。

又数日后，黑屋窗箔渐启，朱响已能分清人物轮廓，果然岩爷老者，来索健壮，听微红黑，继而移身下榻，可至屋门了。屋为石屋，与赤雨略同，朱响坐于屋门石级上，岩爷、来索、听微及村里男女，皆来围坐。由石屋门前望出去，山高原陡，绿树葱葱，羊驼只只，亦可闻涛声不远，海风微腥，晚间，朗月悬空。村人斫来油柴,于石屋前空场燃点篝火,击羊驼皮鼓,吹海竹笛,鸣海螺号,饮清酒,食芋果,嚼刺榔树皮,欢歌连舞,一曲接着一曲,从不疲倦,亦从不间断。朱响倚靠石墙,享受歌舞的欢乐,久之而酣酣睡去。

两日后,朱响又推扉而出,始踽踽而陡岸观海,但见海浪翻白,浩洋无际,继而返回,仍靠坐于石墙上看山、树林、高原、羊驼。过午时分,岩爷、来索、听微及众村人,陆续围来,或嚼食蒴果,或转捻羊驼毛,或织缝毛毯,或削刻木桩。朱响说:"岩爷,我是怎样被救上来的?"岩爷说,还没有人能划小舟从鸟巢群礁过来,渔者皆目瞪口呆;来索说,渔者始见一舟由西北而来,继之漂往东北,所幸春季风微浪轻,若于他季,定葬身汪洋;查索说,此季亦有西南小风推送,若行东风,亦不知吹去哪里了;接索说,飘风岛民皆两千年前由心如漂来,若返心如,宜由芭蕉银鹿岛返,不可走鸟巢;面索说,赤雨,来索家正于飘舟岬做嫁女仪式,由来索驾舟救你出海,若你漂于岛之东南、西南两岸,拍岸浪激,人、舟早就粉身碎骨了。查索说,季候、风向、渔者、来索、听微、香微、赤雨、稻米、铁钉、红虾、刺榔,万幸。

众人连绵不绝,岩爷说,赤雨,香微成人,你当娶她回家;困索说,赤雨,你好福气;查索说,此地习俗,嫁女仪式于海岬举行,第一只海舟上漂来的男子,即为该女新郎,不得推辞;接索说,赤雨,你好福气;面索说,赤雨、香微、福气;来索说,赤雨,你可以杀死她,但你不可以不娶她;困索说,赤雨,你可以杀死香微,但你不可以侮辱香微;岩爷说,赤雨,你绝不可以侮辱香微;查索说,赤雨,你绝不可以不娶香微;来索说,赤雨,我们可以帮助你盖起一间大石房子;坚索说,赤雨,五年以后,你将是自由的;平索说,赤雨,五年以后,你仍然是自由的;听微说,赤雨,你不可以不娶香微;沙微说,赤雨,你们将有一大群呱呱乱跑的孩子;岩爷说,赤雨,五年以后,你必然是自由的;接索说,赤雨,你可以杀死香微,但你绝不可以不娶香微;面索说,赤雨,我们将帮助你削一只更大的木舟;困索说,赤雨,听微、芭微、来微、沙微、蕉微、路微,村里所有的女人,都将帮助你们带大你们的孩子;面索说,赤雨,你可以杀死香微;来索说,赤雨,你绝不可以侮辱她;听微说,赤雨,你不可以侮辱她;岩爷说,赤雨,你可以杀死香微,但你绝不可以不娶她。

若干个日子之后,朱响身体已渐复原,嫁娶的仪式,也如期于村里的平地上举行。是夜,月明星稀,山影幢幢,树风婆娑,岸浪时闻,篝火通明,渔品、兽脏、果蔬甚丰,清酒溢香,刺榔发麻。村人围坐于篝火周边,朱响、岩爷席于坦地中央,香微张腿跪于岩爷身旁,香微皮肤黝黑,身体健硕,胸脯鼓满。羊驼皮鼓击过,海竹笛吹毕,海螺号鸣响,岩爷念出词语,伸手于香微草裙之中,以指捅破香微机关,香微身抖,做痛楚状,岩爷以食指鲜血示众,众人吆喝喊好,击鼓吹笛,响歌起舞,彻夜尽欢。天明时,朱响与香微攀上崖顶高原,于巨石间择窟而眠,夜深始返村中,至来索家吃饱喝足,再回石窟栖眠。

如此这般,五日后,来索与众人聚至朱响与香微栖身之处,这里长着三棵巨大的红芋树,预示着朱响和香微将有三个健康的孩子,这亦是朱响与香微相互妥协的结果,香微想找一个有着更多红芋树的地方居住,而朱响则觉两株已够。众人由远山杀树取干,搬石垒屋,为朱响和香微造了一间大石屋,朱响名之为"香微的石屋"。石屋既成,众人又斫木削舟,为朱响和香微造了一只木舟,朱响名之为"香微号"。香微石屋及香微号,均由山石研末,粉为红色。在飘风人的心目中,白色为美丽和邪恶,红色为美好,黑色为夜的颜色,代表了恐怖,紫色为死亡,淡蓝色则为想象、怪诞。

石屋、木舟既成,听微牵来两只牛驼,蕉微捉来两只羊驼,路微提来两只兔羊,朱响与香微伐木插栏,饲养诸牲。朱响身体已经康复,香微饲牲,摘取红芋果,收取水生稻米和刺榔树皮,朱响便与村人驾舟出海,钓捕渔腥。飘风人捕鱼亦以藤钓为主,朱响对此已颇熟练。捕鱼季节,朱响晨起与村人扛舟出海,暮晚归来,总能有满舱丰盈的收获。香微会将大些的鱼类剖开洗净,再层层叠入洞窟中大的石槽内,压石腌渍,两月后取而煎食,是不可多得的美味。在盛秋或大冬季节,朱响则会与村里的男人一起,去飘风岛中央的飘风山里,捕猎野生的牛驼,或者羊驼,猎手们在身上涂满了牛驼、羊驼粪便,然后手持利矛,匍匐缓行,小心翼翼地接近猎物,在一定的距离之内,猎手掷出利矛,刺中猎物的柔软部位,给予猎物以致命一击。有时,猎手们以鸟雀翎装饰成驼鸟面具,他们身上涂着牛驼或羊驼的粪便,手执利器,接近羊驼和牛驼,亦可得逞。除此之外,猎手们还在牛驼的必经之地,设置捕兽机,捕兽机由一根重木和一根短木构成,短木将重木一端撑起,短木下压置浸透盐水的刺榔叶,牛驼、羊驼扯动刺榔叶,重木即自动砸下,捕猎兽类。

朱响很快就学会了所有的捕狩技能,他每天都会空手出门,满载而归。除此之外,朱响还发现了一种旱稻的品种,并且发明了一种在飘风高原旱地上种植水稻的方法,这种水稻不需要专门的水地,亦不需要耕地、耙地,只须把收获后的稻秆覆盖在土地上,以保持土壤的湿度,并且遏制杂草的生长,这样就无须锄草了。因为有稻秆的覆盖,土里的有些虫子,亦可以保证土壤的通风透气,到播种以前,把覆盖的稻秆烧掉,当作肥料,再给地里施用一些牛驼或者羊驼的腐肥,就可以保证稻子对肥料的需求了。朱响采用这样的办法,稻籽种下去以后,无须多管,每年可以节省很多时间,每年亦可以收获两季稻米,产量也比原飘风岛民的产量高出许多,飘风岛民对稻米的需求很大,他们把大米做成各种可口的食品,还用它来酿制清酒,因此在两年之内,朱响的稻米种植法,就在整个飘风群岛推广开来了。

在这期间,朱响随面索学会了冶铁。面索是整个飘风群岛最好的铁匠,他在一个有细洞直通山顶的小石窟里熔炼铁矿石,他的炼锅是用一种软石挖制成的,他有一根牛驼骨制成的吹管,他就用它来向熔锅下的炉火吹气,炉火就会暴旺十倍,他用一块硬石作砧,用另一块硬石作锤,两根红芋树枝削成的木棒,就是他的火钳。虽然工具很简单,但面索的产品却是十分丰富的,他制作了飘风岛民使用的犁铧、铁钉、腰刀、鸭嘴锄、砍刀、投掷刀、鱼刀、铁链条、铁矛头、铁手饰、铁头饰,等等。面索制造的首领刀享誉一时,这种刀锋利无比,切、砍、锯、劈均宜,在尊贵的人那里,总是受到非同寻常的欢迎。朱响还从香微那里,学会了一种烹炸飘风大红虾的技术,飘风大红虾生长在飘风群岛所有的淡水溪湖里,喜打洞钻窟,大红虾春天于浅水处活动,盛夏移向深水,冬天则掘穴而居,它们是鸥鸟、食虾兽和飘风岛民的美食,但它们繁殖、成长得也非常快,一只带籽的雌虾,一次即可繁殖两三百只幼虾,而幼虾两月即可长成,香微用牛驼或羊驼油来炸它们,然后加入麻辣料来煮它们,味道鲜美至极,朱响总是吃不够的。

滩历3374年冬,香微生下了朱响的儿子,据朱响《朱响笔记全编》载,孩子是在香微挤牛驼奶的时候生下来的,香微自己扯断了脐带,把孩子抱回石屋,再返回牛驼栏里,把奶桶取回,然后才放出家犬,去村里报信。岩爷为朱响与香微的这个孩子,取名为"赤索",意思是"赤雨的男孩子"。滩历3376年夏,香微生下了朱响的女儿,岩爷为她取名为"雨微",意思是"赤雨的女孩子"。朱响和香微在"香微的石屋"边,新建了两间石屋,这些石屋,朱响仍叫它们为"香微的石屋",其中的一间石屋,置放工具和食物,另一间石屋,是他们一家活动和来客的地方,第三间石屋,则是他们全家休息的地方。

那时,朱响已经跑遍了飘风群岛所有的岛屿,飘风岛的东南岸及西南岸,拍岸浪时常会高达十丈至二十丈,巨响轰天,涛惊浪骇,人是不可以在那里多待半刻的。极偶然的,有一艘银鹿渔船,或滩地大陆探险船,到飘风岛来避风,或者从飘风群岛擦过,去极深极远大洋里传说中的碧螺群岛,朱响会与船长、船工尽可能地谈论,了解飘风岛以外的事情,亦会想随他们离去,但他却一直没有离去。朱响发现了一种新的酒液,一桶红芋果沤酸了以后,朱响顺手把它倒在山腰的一个石窟里,过了两天,朱响由那个石窟路过,发现两只野羊驼醉倒在石窟里,朱响得到了野羊驼,也得到了酒基,但这种酒基是在自然条件下变异而成,不可以复制,因此只能掺兑泉水、红芋果料,永远保持。村里的男人都对这种新酒上了瘾,一天不喝,就会坐卧不安,岩爷为这种酒取了一个名字,叫"赤雨索",即"赤雨的男孩子"。饷客的场合,或者篝火舞会,赤雨索都绝对是少不了的,它可以使人激动,也可以很快使人心思飘扬。

潍历3378年春,香微生下了朱响的又一个儿子,岩爷为他起名为"雨索",意思亦是"赤雨的男孩子"。就像三棵巨大的红芋树的预示一样,香微只生了这三个孩子,从此以后,她就不再生育了。香微健壮能干,她每天从早忙到黑,从不疲倦,忙碌之余,朱响注意到了她的一些小小的习惯,香微会在早晨起床后、干活前,用颜料把自己的脸涂上图案,午后她会再补描一遍,直至夜晚睡觉以前,才会洗去。她会在自己的脸上涂绘伤疤,这是希望不受伤害的意思,也会涂上海中的小飞鱼,以此祈望朱响能丰盈而归,她还会在脸上涂绘海螺,或者树叶、花朵,这就是一种心情和艺术了,她还会在大腿上或者别的部位,比如乳房或臀部,进行刺绣,她请姐妹们或者她自己,在身上刺上牛驼、羊驼、兔羊、海鱼、小鸟,然后在刺伤处涂抹硝盐、海带草灰和红芋树叶的叶汁,几天以后,刺纹便发炎肿大,消炎后刺伤处留下疤痕,这是飘风妇女特有的标记。

另外,像所有的飘风妇女一样,香微有几把别致的梳子。一把是她出嫁时,她的母亲听微送给她的,这是一把用海豚那带牙齿的下颚骨做成的骨梳,做工精细,泛着膏腴般的玉红色,非常难得;另一把是她的闺中女友坎微送给她的竹梳,竹梳由细心挑选和加工的竹片制成,前部为齿,后部扁平,兼作握手,竹梳制成后,浸入羊驼油脂里,半年后取出,每日梳头催生人气,半年后再浸油脂中,两月后即可取出备用了。香微还用红芋树木,制作了一些木碗、木勺和木铲,这些厨房里的木制品,匠心独运,朴拙结实,朱响亦颇喜欢。

时间一晃,又若干年过去,赤索、雨微、雨索已经可以到处跑玩了。朱响家又垒了两间大石屋,现在,朱响和香微,已经有五大间石屋了。他们的牛驼、羊驼和兔羊也很多,腌鱼、渍龟、稻米、红芋果和赤雨索都是吃不完、喝不完的。他们门前的空地上,经常有篝火的聚会,偶尔有芭蕉群岛的渔舟到来,全村的人,也会聚到香微的石屋门前,唱歌、跳舞。

仲春的一日,两只躲避风暴的芭蕉渔舟,停泊于飘风湾码头,朱响请他们到家里吃饭、喝酒,岩爷和全村的人也都来了。击鼓狂舞的时候,芭蕉渔人说出了滩地正在战乱的消息,朱响详细询问了,从那以后,朱响就坐卧不安、饮食不思了。他干活没有精神,还时常到海岬上去,呆呆地看着西北的方向,失魂落魄的样子。香微很着急,她把岩爷、来索、听微和全村的人都喊来,众人坐在香微的石屋门前空地上,吃着牛驼肉,喝着赤雨索,他们通宵地击鼓、吹螺、唱歌、狂舞、饮酒、吃肉,天亮以后,他们都睡倒在朱响和香微家的石屋里和石屋外。

睡到晚上,他们又起来狂欢、唱歌、跳舞,到了半夜,大家歇息下来,岩爷说,每年的季风,走了又来,来了再走,回环不止的;面索说,飘风的四面,都是敞开的;坚索说,五年之后,赤雨他将是自由的;来索说,赤雨他现在是自由的;岩爷说,赤雨他确确是自由的;听微、坎微、若微、蕉微、日微、淡微、沙微、平微、芭微、路微、鸟微、开微,她们都嘤嘤地哭了起来,然后,她们长时间地、忧郁地闭着眼睛、摇晃着身体,哼起了两千年前传下来的小曲。

香微哭倒在朱响的怀里,岩爷说,飘风的大海,是四面敞开的;查索说,赤雨他,也是自由的;来索说,我们要为赤雨削一只很大很大的木舟,把他送到芭蕉洋的暖流上去;接索说,赤雨永远是我们的亲兄弟;岩爷说,飘风的大海,永远永远,都是向着四面敞开的;接索垂头丧气地说,赤雨他是自由的;听微说,赤雨,我们可以为你准备羊驼肉、牛驼肉、兔羊肉和大干鱼;芭微说,我们还可以为你准备清泉水、赤雨索、红芋果和刺椰皮;来索说,赤雨,你将要飘流到芭蕉大岛;查索说,你也许会在银鹿岛上岸;岩爷说,赤雨,你可以离开香微,但你不可以忘记香微;平索说,赤雨可以在芭蕉洋的暖流上,顺流而下;如索说,赤雨,你可以离开香微,但你不可以忘记香微;面索说,赤雨,你是自由的;来索说,但你绝不可以忘记香微;岩爷说,赤雨,飘风的大海,永远是四敞大开的,但你绝不可以忘记香微;听微呜呜地哭着,低声说,赤雨他确是自由的。

香微再一次哭倒在朱响的怀里,哭得还喘不过气来,听微、蕉微、日微、淡微、沙微、平微、路微、鸟微、开微、坎微、若微、芭微,她们都嘤嘤地哭了起来,然后,她们长时间地、闭着眼睛、摇晃着身体,忧郁地哼起了两千年前传下来的小曲,

18

第二天,岩爷、来索及全村的男人,砍倒一株巨无霸红芋树,把树干运到海岸边,烘烤曝晒,然后开始为朱响削一只极大的木舟,他们像听微她们那样,忧郁地唱着歌,尽力地干着活。海面上的海鸟,叽叽地叫唤着,几个月以后,大木舟削好了,他们反复为新舟抹上了厚厚的油脂,朱响把它命名为"飘风香微号"。香微、听微和别的女人,为飘风香微号准备了充足的食物、饮水和赤雨索,香微还准备了朱响最喜欢吃的,一些鲜活的大红虾在舟上,朱响如果想吃,他就可以蘸上佐料,生吃一些。

朱响就要离去的那个秋天,全村的人都聚集在海岸上,他们燃起了旺盛的篝火,吃肉、喝酒、击鼓、吹笛、鸣螺、唱歌、跳舞,狂欢至天亮。天亮以后,全村的人都醉倒在海岸上了,朱响也醉倒在海岸上了,他们睡到过午才醒来,他们坐在海岸上,闭着眼,摇晃着身体,开始哼起了酸楚的离别歌曲。

香微又一次哭倒在朱响的怀里,整个村庄的女人都在嘤嘤地哭泣。后来,所有的人都哭累了,他们坐在海岸上,闭着眼睛,长时间地哼着酸楚的离曲。香微哭倒在砂岩上,朱响在来索、面索、查索和如索的帮助下,把飘风香微号推入大海,朱响哭泣着爬上木舟,海流把木舟推送出去,海岸上的人仍在哼唱,他们坐在岩石上,闭着眼,长时间忧郁地哼唱着,直到深深的夜来临。

朱响躺倒在飘风香微号里,并没有操桨,更没有划水,他只是痛苦地落着泪。第二天天亮时,朱响从眼泪中醒来,四面都是海洋,鸥鸟在海浪上翻飞盘旋,朱响振作起来,张帆搦桨,向着西北的方向划去。秋平浪缓,芭蕉洋暖流带着飘风香微号,顺流直下。此为滩历3382年仲秋,朱响于芭蕉洋中,努力飘划,以求速进。十余天后,飘风香微号于银鹿岛南部海域,逢返航之芭蕉岛渔船常蕉号,常蕉号船体较为宽大,速度也颇快,朱响登常蕉号,飘风香微号则系于常蕉号船侧,常蕉号乘风破浪,全速返航,近两旬后,驶抵芭蕉岛紫琴港。

朱响谢辞常蕉号,在紫琴城小住两夜,并于滩历3382年晚秋,搭乘心如城商船心如半岛号,前往心如。此时芭蕉洋风浪渐涌,颠簸甚剧,船行较缓,两旬之后,心如半岛号抵心如城,朱响登岸牵舟,驶往心如河中,河畔街人皆围观。朱响于河畔拴舟系缆,尔后跑步至心如城知识智慧院,申报入役。当晚,朱响于心如城住了一宿,第二日早餐后去心如港,寻得兰昌龄船长,两友相见,激情难耐,各叙别事,嗟叹不已。兰船长当年曾专程去九湾听涛园一回,向蔚小灼及家人通报朱响时况,朱响自是感激不尽。

是午,兰船长请酒,并代朱响请了心如城墨姓及秦姓商家,朱响与两友拥搂许久,席间得知,两友当年已将朱响书信及墨物,均托交九湾听涛园蔚小灼处收讫,蔚小灼亦曾托书致谢,并详询朱响情况,两人均一一告知。朱响谢声不绝,宴毕,朱响不忍将飘风香微号丢弃,带三友至心如河畔,席地泣坐良久,并无他法,只得将舟中剩物,并飘风大红虾,皆弃于河中,眼望大红虾钻入水底泥里,朱响说:"滩地大陆未曾见过飘风大红虾踪迹,且由这数只繁衍去吧。"又将飘风香微号托于兰船长,朱响说:"只望不劈它作柴,就是万幸了。"兰船长只说:"响兄放心,放心!"

当日,朱响辞别兰船长及两位商友,再往心如城知识智慧院去,得知申请获允,并任最高知识智慧院驻浮石第十六军知识智慧小组副组长,须尽速往浮石城报到。朱响不敢耽搁,即由心如港买舟北上,数日后至浮石城,登岸赴浮石第十六军报到。当晚浮石第十六军启营北进,初至楼笛河,再至天琴河,又至红花河南岸一线布防,当时战况为:北线外敌已进至叶苔、枫林及蟹河一线,西线外敌则于擎天山、瓦迟山、天鹅山以西活动。朱响遍询始知,因九湾诸地,曾为外敌攻占,家人、朋友均外出避难,暂不知所踪。

时为仲冬,浮石第十六军于红花河南岸驻防数日,即渡河北进,十日后抢占景溪南岸一线,并于景城以西两百里之景溪中上游一线,与敌展开激战,双方均投入大量兵力,之后形成拉锯战,敌我双方皆伤亡惨重,只能隔河相峙。此时,朱响奉调为天韵第三军知识智慧小组组长,天韵第三军驻防天香河上游蜜蜂镇一带,蜜蜂镇一带山多湖众,我军一般驻防城镇村庄,而外敌则机动灵活,时聚时散,来去无踪。朱响至天韵第三军后,即积极主动,说服一把手,成立特种分队,这些特种分队队员,均为经过特种训练的金刚队员,体能强、装备精、意志坚,各队穿插于敌后,昼伏夜出,有聚有散,时而设伏制敌,时而奇袭敌巢,打得外敌草木皆兵,无以存身。

次年初春,天韵第三军在天韵第二军及天香第八军两个团的配合下,发动"捕兽机"战役,设伏聚歼蜜蜂镇一带顽敌精锐一部,计七万余人,并肃清天香河上游及蟹河上中游以南所有外敌,蟹河上中游一带平原微丘,较易行军,于我有利,此役稳住了北线中部防线,史称"蜜蜂战役",为滩地历史上最后一次外乱的转折点。此役以后,敌我进入相持阶段,双方互有退进,滩地部队获得喘息机会,朱响并获滩地最高荣誉勋章:"永远的滩地"勋章,成为滩地历史上最负盛名的民族英雄和战地领袖。

滩历3383年初夏,朱响奉调为滩地最高知识智慧院驻"滩地北部战线部队"小组副组长,一月后,又调任滩地最高知识智慧院驻"滩地西部战线部队"小组副组长,因北线筹战关键,朱响仍留蜜蜂,暂未赴任。此后,西部外敌袭占瓦迟城、干树城、花海城、红木城诸地,西线战事颇感紧急。同年秋,朱响再调为滩地最高知识智慧院驻"滩地西部战线部队"小组组长,并兼"滩地西部战线部队北线军群"一把手,将率西部主力之红花第二军、第三军、第四军、第十五军、第二十一军及羊圈第六军、第七军、第十军、天韵第九军、三叶第十七军、楼笛第一军、楼笛第二军、心如第八军、歌海第五军、歌海第九军、天月第十三军、天月第十九军及静庭第十四军组成的西部战线北线军群,进驻瓦迟河及羊圈城一线,并廓清天鹅海、天鹅河以北,天鹅山、瓦迟山、擎天山、擎天河以西,大凉洋以南地区外敌。

朱响由天香河蜜蜂镇西行,穿翠云岭,渡天香河,过岚湖,望自闲山,急赶红花河南岸之红花城赴命。其时,红花城秋高意爽,百花怒放,风景佳绝。朱响上任伊始,秋济景及牧走沙即来走访,三友相聚,涕泪交加,各言离情,牧走沙说:"大响兄十余年后由飘风归来,可见过灼妹及家人?"朱响说:"尚未得见,四方打听,只知外出避难,却不知所往。"秋济景说:"灼妹及全家均在天琴苑司兄处,正拟东去三叶,茹妹小子至恒亦随灼妹流学,并研习事物起源之论。"朱响默然点头。

三友聚诉片刻,朱响身边,人来人去,诸事杂陈,无法留饭,牧走沙与秋济景只得匆匆离去。七日后,朱响已下令部队西进,朱响正待启程,牧走沙与秋济景却急急引蔚小灼、朱茵、香雨及贾苑司来见,亲友突见,抱哭成一团,香雨早成大人,个子比蔚小灼尚高半头,朱响与蔚小灼、朱茵、香雨及贾苑司拥搂不放,蔚小灼擦了泪说:"一转眼,大响兄已是两鬓染霜了。"说完暴哭不已,几至哽去,朱响只簌簌落泪,与蔚小灼搂拥不放,蔚小灼说:"大响兄,家人一切均安,家间你且放心,大弟、小茹与荀卿兄亦在役中,想将有见,大响兄亦须多加留意身体,全家均候你平安归来。"诸亲友皆泣声不绝。

蔚小灼、牧走沙等终辞去,朱响率西部北线军群逾百万众,由红花、福海、天香、景城诸地出兵西进,两旬后抵瓦迟河及羊圈城一线。羊圈城位于瓦迟高原中北部瓦迟河中下游河弯内,高原城市无从谈大,只是有十几条纵横的街巷而已。城中土垒房颇多,高原干黄土,掺以黏米液诸物,夯砸而成,坚硬无比,百年无损,城内牛羊及麻辣味极重,城中羊圈寺,亦为高原干黄土夯砸而成,主堂数层楼高,宽大十分,颇有特色,朱响率部驻羊圈城。春前,朱响并未急进,只命部队买牛宰羊,添置冬衣,侦研地形,熟识高原,扎根固防、训练部队,务求部队养得膘肥体壮,心态强健。

其间,朱响亦精心设计,命红花第四军、羊圈第六军,分别发起低强度之"大红虾战役",对红木、花海之敌形成主动钳状攻势,并发布十条特别律令:第一,不得在大街上及草原上死盯住人看;第二,不得对他人指手画脚;第三,不许与当地妇女握手,除非那名妇女首先伸出手来;第四,不准与当地人(妇女、男人)拥抱,除非对方主动与你拥抱;第五,当地人正在交谈时,不得打断他们,第六,男女不准在当地人面前有亲近行为;第七,到当在人家中做客时不得谈论主人的妻、女;第八,未经允许,绝对不能进入他人家中;第九,永远不要伸出左手给别人,包括递东西的时候;第十,在他人家中谈话,永远要让个子高的人坐在离门较近的地方,以上诫条,违者都将受到严惩。

这一年冬季大雪,瓦迟高原雪厚数尺,风狂寒酷,人马难行。朱响除实地走动外,每日只于羊圈城知识智慧院土厅内生火取暖,聚众议事,议者来自军队、学人、商家、牧民、猎手、寺师及渔者。晚间则捧读研摩《地理图谱》等巨籍,原来杓柄、瓦迟、擎天、紫嫒诸山地、高原、河流及沿海,有要害城郭三十余座,其中,杓柄山及杓柄草原三座,即杓柄河源之天下城,杓柄河中游之鸭脚城,杓柄河口之杓柄城;瓦迟山三座,即山西峡口之瓦迟城,山东峡口之红木城,山北峡口之干树城;擎天山及擎天草原十座,即山西南峡口之山峡城,山东南峡口之花海城,瓦迟高原之羊圈城,山东之牛拦城,山东北之羊骨城,山北之擎天城,擎天河中游之石岸城,擎天河口之软皮城,北流河上游之香花城,山西北之北流源城;紫嫒山脉及香草甸草原、紫嫒草原诸地十六座,即山脉西部之老寺城,山峡之天云城,香草甸草原中部之香草甸城,北流河中游之中江城,北流河河口之北流城,湍溪河河源之湍溪城,湍溪河中游之湍曲城,湍溪河河口之湍溪口城,无人河中游之有人城,无人河河口之无人城,芳草河河源之中间城,芳草河河口之芳草城,紫媛河河口之紫媛城,紫媛河中游之瓜岩城,黏土河河口之黏土城,紫媛河上游之上紫媛城等等。当地人众千叮万嘱,西地城池虽小,人口多者三万,稀者仅三千两千,却各踞要冲,皆呈一夫当关之势,万万不可轻敌,朱响心生成竹,一一感谢,就此调教部队,有板有眼,皆依计行事,条理无乱。

潍历3384年仲春,朱响祭出"金刚行动",以两团金刚战士,由红木及花海之间,攀登荒无人迹之瓦迟大山,骤行数百里,奇袭红木及花海后援城市瓦迟及干树,并闪电般袭占该两城。与此同时,钳困红木及花海之敌的我红花第四军、羊圈第六军,在静庭第十四军、歌海第九军支援下,以绝对优势兵力,重锤突击,一举攻占此两城。我红花第二军、第三军、第十五军、第二十一军及羊圈第七军、天韵第九军、三叶第十七军、楼笛第一军、楼笛第二军、心如第八军、歌海第五军、天月第十三军,天月第十九军,亦以近百万之众,重击牛拦、羊骨守敌,瞬时将敌辗为齑粉。此时,各地战况为:西南线友军。已至天鹅山南缘,正缓慢推进;北线友军。暮春攻占枫林城,与敌于天香河上游、枫林城、瓦迟湖、叶苔河一线相峙;芭蕉洋舰队。与敌舰队于豆荚半岛之豆荚角外海激战,并控制了豆荚角以南海域。

同年初夏,朱响率军攻占擎天城、软皮城,占据擎天河东一线。六月,红花第四军攻占天鹅河上游重镇江树,控制了瓦迟山山结西南,外敌东进瓦迟高原之要冲,并筑垒固守;羊圈第六军、歌海第九军攻占擎天山、杓柄山山峡重镇山峡城;静庭第十四军攻占杓柄山、紫媛山间重镇老寺。

是年盛夏,我高原金刚部队羊圈第二军、羊圈第三军,攀越死亡山脉擎天山主峰,突袭并攻占擎天山东侧、北流河上游重镇北流源,至此,我羊圈第二军、羊圈第三军、静庭第十四军、羊圈第六军、歌海第九军,相连成片,于北流源至老寺一线垒堡固守。七月底,我红花第二军、第三军、第十五军、天韵第九军、楼笛第一军,突破擎天河天堑,攻占擎天河西岸重镇石岸城。八月下旬,朱响发起"3384·秋季除草战役",与敌于擎天草原以香花城为中心的广大地区,展开大决战。是役,我集结十五个军约一百一十万众,敌聚合十三个军约九十万人,激战两月,我军困敌约五十万之众于香花一带,余敌尽歼。

此时,朱响并未急于进攻,只铁桶般囚困外敌,并分出楼笛第二军,专事给养,牧走沙与管沼平诸商,往来西东,甚至能将天月及三叶渔产、柿果运至营中。寒冬渐至,我军衣被、牛羊充足,膘肥体壮,困敌则饥寒交迫,死伤无数。翌年三月,朱响启动"3385·春季拍岸浪"行动,集中十一个军,约八十万精兵,分割围歼香花地区被困之敌,此次行动历时近一个月,歼敌约二十万,俘敌近三十万。"3385·春季拍岸浪"行动结束后,天云、香草甸、中江及北流一线以东外敌,已全部肃清,香花地区敌我大决战,史称"香花战役",此役为滩地人民搏抗滩地历史上最后一次外乱,奠定了根本胜局。

19

滩历3385年夏至3387年冬,朱响率西部北线军群,横扫天鹅海、天鹅河以北,大凉洋以南地区外敌,计歼敌一百二十余万,俘敌七十余万;滩历3387年春,朱响于紫媛城外指挥攻城战,胸部负伤,救治后,于夏季痊愈;滩历3388年冬,天月第十九军与歌海第五军,协助南线友军攻占天鹅半岛,至此,滩地大陆外敌全部肃清,滩地经济腾跃发展,人民安居乐业,生活步入正轨。

滩历3389年夏,朱响启动"飓风行动",亲率红潮洋舰队,分别由天鹅港、黏土港、紫媛港出海西进,攻击天鹅群岛、清霜群岛及红潮群岛外敌。红潮洋舰队集合了当时最大、最快、攻击力最强的舰船,亦为当时最大之舰队,舰队共分紫媛、黏土、天鹅三个分舰队。是年夏,天鹅、黏土两分舰队围攻天鹅群岛,心如第八军登陆作战,天鹅守敌投降。秋,紫媛分舰队及黏土分舰队部分舰船,攻击清霜群岛守敌,楼笛第一军、楼笛第二军及天月第十九军登陆作战。同时,天鹅分舰队及黏土分舰队主力战舰,与敌在清霜群岛之南瓜岛西南海域,展开激烈大海战,是役鏖战三日四夜,异常激烈、残酷,我舰队共击沉、击伤敌舰百余艘,余敌挂旗而降,另有数艘逸往红潮洋深处,我红潮洋舰队控制红潮群岛以东海域。清霜群岛攻岛战:天月第十九军攻占南瓜岛,十日后,楼笛第一军及楼笛第二军,攻占清霜全岛。

濉历3390年春,朱响率红潮洋舰队全部及赤雨洋舰队一部,围攻红潮群岛,我舰队与敌舰于红潮群岛以西海域海战,击沉敌舰五十余艘,击伤二十余艘,俘获十余艘,敌余舰逸往红潮洋深处,我舰队控制了红潮群岛以西五百余里海域。红潮群岛登陆战:我歌海第五军、歌海第九军、天月第十三军、天韵第九军、三叶第十七军登陆作战,三月,我歌海第五军、歌海第九军攻占螃蟹岛;四月,我天月第十三军、天韵第九军、三叶第十七军攻占红潮岛,渡海攻岛战,至此结束。

濉历3390年夏,朱响由红潮岛返回紫媛城大本营,并指挥军队,行移民开发诸事。瓦迟高原以西诸地,山系绵亘,高原、草原广大,人口却较稀少,朱响所率众军,退役后如有自愿,皆可留住,并赠土地、厚资及住屋,濉地东部移民,亦可享有住屋、厚资及土地。由此,濉地东部民众,多有移居西部,西部因而繁旺。

同时,朱响亦指挥军队,修筑坦途大路,坦途沿线,尽可开发昌茂。主要坦途,其一为紫媛城经瓜岩、湍溪、香草甸、中江、香花、石岸、擎天、断流、枫林、景城,终至天香;其二为紫媛经瓜岩、上紫媛、天下、干树、花海、羊圈、红花,终至天韵;其三为紫媛经芳草、无人、湍溪口、北流、软皮,终至玫瑰;其四为紫媛经黏土、杓柄、鸭脚、江树、瓦迟、红木、福海、(楼笛、烟柳城、沉月,终至八极)、静庭、天月,终至心如;其五为紫媛经杓柄、天鹅,终至大木济;海路亦开通了芳草、紫媛、粘土、杓柄、天鹅至清霜、南瓜、天鹅(岛)、螃蟹诸岛班轮。

由此,濉地西部亦颇繁盛稳定,朱响暇时渐多,牧走沙及管沼平,于西地及西地军中,颇多生意,虽路途遥远,但一年总要来回走上一两趟的,朱响亦为两友生意大开绿灯,三友相聚,饮酒品茗,朱响详叙二十余载漂泊生涯,并询问诸亲友时情,管沼平说:"灼妹及全家皆好,灼妹时常念叨要来的,然山高路远,又恐你重任在肩,多有不便,因此总未能如愿。"朱响默然,说:"我是对不住灼妹的,于人间挚情,亦负债累累,内心颇多沉重。"牧走沙说:"大响兄严重了。"

朱响再问:"爷爷、母亲、二姨、大姨诸亲皆安吧?"管沼平说:"他们时下已返九湾听涛园,爷爷已逾百年,身体康健;母亲、二姨、大姨亦均开朗,皆平安尽好;绮练、上国、天物、君恒、香雨,均学有所成,成家育子了;光弟现役断流第五军一把手,明弟著述、出书,亦大有所成。"牧走沙说:"只是听涛园曾有火痕,东园、西园、思古斋皆有毁损。"管沼平说:"揽涛楼、梦菊园亦已倾圮,灼妹与家人正拟修葺。"朱响说:"诸友亦安吧?"牧走沙说:"那倒各有不同。"朱响说:"怎样的不同?"牧走沙说:"苑司兄、济景兄、空旗兄及激扬兄,儿孙满堂,都是好的,并无灾难;若轻兄与雯妹相依相爱,亦无大恙,所憾菊园尽毁,无以寄托,扩修尚待金钱、时日;折柳兄红钱柳庄园柳林略毁,恢复不难,他人依然飘逸散淡,山痴不改,只是说要来寻你,由你安排赴红潮洋诸岛游荡。"朱响说:"烦请折柳兄西行吧,朱响尽有安排。"

管沼平与牧走沙点头,牧走沙接说:"荀卿兄战时入役,后为北线部队知识智慧小组成员,现退役还乡,与茵妹欢享时光,令人称羡;茹妹战时亦入役征战,曾任枫林第三军知识智慧小组副组长,为巾帼豪杰,退役后灼妹约她同住,两人情同手足姐妹,现亦居听涛园,其子至恒相随左右,灼妹对他亦是呵护有加;慕鱼兄曾于景城遭劫,外敌暴戾,毁其书楼,焚其宠籍;慕鱼兄奋起抗争,竟遭毒打,左臂折断,卧床盈年尚起;夏原兄亦遭劫难,外敌毁其瓯罐,辗毙鸣蛉,并强逼夏原兄活吞爱虫,夏原兄不屈,亦遭惨打,肋断骨折,昨年尚愈。"

朱响听毕,早已泪流满面,三友为情所感,抱头而泣,泣后,管沼平说:"天香诸姐妹亦多变化,槐蜜馆杨小槐,终生未嫁,现避居岚湖自闲山散雨寮收云亭,又筑一偌大散雨庵,收留女,每日种菜植竹,汲泉煎茗,品书敲棋,似有寄托;清平苑乐小洲随慕鱼兄至景城,为慕鱼兄育有一子,应有所终;碧芦庄黄平平,嫁予夏原兄后,早年患病,已赴仙界,令人扼腕;醉花楼鲁爱山,嫁予天韵一富足人家,虽感情淡薄,但生儿育女,生活平乏,亦是一种活法;杏花庄蒋春草,与折柳兄喜结百年之好,两人四方遗履,飘然若仙,说月楼滕紫梅,后经营青楼,待人活泛,心性亦好,尚能安居;安闲堂俞荷荷,亦曾嫁人生子育女,后离异独处,拉扯子女,近购一小宅,与鸡子山一位桑小莺,蜗居天香,与走沙兄我们,时有往来,尚可言好;梅花苑姚芙蓉,数年前为外敌所掳,至今无解下落,不知所终;摘星轩袁寒水,后赴沉月发展,听说亦有相好,详情了了,走沙轩顾小沙及醉花楼狄暮雨,亦均安好。"朱响闻言,默然无语,再掬涕泪,不能自已,牧走沙与管沼平,亦是唏嘘不已。

数日后,管沼平与牧走沙来朱响处辞行,朱响管饭,三友酒香淋漓,朱响说:"沼平兄、走沙兄,弟有数事相托,望勿推辞。"牧走沙与管沼平说:"大响兄,你我还有区分吗?"朱响说:"多谢二友允诺,弟有数事须早了却,第一件事,请二友返乡后,代向灼妹及全家问安,并有重金还乡,以买地置土,扩建听涛园,祈阖家安居乐业,永享祺福,另有重金一份,望转茹妹。"牧走沙说:"大响兄此话严重,弟与沼平兄难办。"管沼平说:"诸亲友皆盼大响兄退役还乡,欢度晚生呢。"朱响苦笑说:"贱响罪孽深重。"管沼平说:"且暂不提这个吧。"牧走沙说:"且先不提,且先不提,大响兄,第二件事呢?"

朱响说:"第二件事,烦二友携厚资予夏原兄、若轻兄及雯妹,以建鸣虫馆并菊园,慕鱼兄那里,亦请二友携厚资前往,以助慕鱼兄重建独醉园书苑。"牧走沙笑说:"这是好的。"管沼平亦笑说:"我与走沙兄皆有此愿,大响兄,再往下说吧。"朱响说:"第三件事,烦二友代转三份厚金,一份予散雨庵槐妹那里,或有助益,再一份予天香荷妹、莺妹那里,聊补亏空,另一份予星月山杜鹃花园藏有无先生,只是一份心情,并无他意,乞能收纳。"管沼平说:"大响兄放心。"牧走沙说:"杜鹃花园藏先生那里,我去就是。"管沼平说:"大响兄,再往下说。"朱响说:"第四件事,亦是一份厚金,烦二友带往心如城兰昌龄船长处,托兰船长代为订制一艘极大船,并代往飘风岛接香微全家来心如定居,我是觉他们于飘风生活,终是太苦了。"

朱响说完,又是泪流满面,管沼平与牧走沙,亦掩面落泪。宴后,两友告辞,朱响又将二十余载心血而成之《思想笔记》书稿,交牧走沙带去出版。

两季后,蒲折柳与蒋春草,突来紫媛,朱响又惊又喜,喜极而泣,即盛宴而待,三友促膝倾谈,夜以继日。蒲折柳说:"大响兄,灼妹与全家均安,所托之事,沼平兄与走沙兄均已办结,望兄勿念。"朱响说:"多有烦劳,多有烦劳。"蒲折柳说:"大响兄,有一件大响兄想不到的趣事,颇成谈资,滩地各处盛传。"朱响说:"折柳兄,是什么样的一件事?"蒲折柳说:"大响兄可否记得,当年由飘风群岛返心如时,放生飘风大红虾事?"朱响说:"确有其事。"蒲折柳说:"滩地大陆本无此物,自朱响兄放生后,此物生长力极强,由心如河而歌海河,由歌海河而天月河、浮石河、楼笛河、天香河、蟹河、滩河,已无处不有,并成滩地美食,城镇晚间摊档,均为此物,你说有趣不有趣。"朱响摇头说:"真乃无心植菊之事。"

此后,由朱响安排,蒲折柳与蒋春草于紫嫒、芳草、黏土、杓柄各住一旬,尔后由杓柄乘船去天鹅群岛、红潮群岛、清霜群岛,蒲折柳与蒋春草各岛游历,逾年始返。

滩历3392年,朱响巨著《思想笔记》出版,滩地思想文化界轰动,《思想笔记》遂成滩地千年思想文化经典。是年秋天,管沼平与牧走沙,携柿果、百货诸物西进,再访紫嫒,三友欢聚,开怀畅饮、畅叙,牧走沙说:"大响兄,所嘱之事,皆有始终,大响兄宽心。"朱响说:"多谢二友。"管沼平说:"具体说来,便是如此:听涛园已买地扩建,茹妹及至恒皆有所栖,灼妹言及,将于明春与茹妹来探大响兄,灼妹十数年来,亦始终辛勤编辑《朱响图文大集》,三十余册,将有所成,大响兄可以欣慰;槐妹及荷妹那里亦已走到,二妹感时伤怀,泣涕不止。"

朱响此时垂泪欲滴,牧走沙说:"心如兰昌龄船长及杜鹃花园,走沙皆去过,兰船长弃职造船,成一巨轮'滩地大响号',兰船长自任滩地大响号船长,率轮赴飘风,接香微诸亲归滩地大陆,无奈香微习惯彼地开敞生活,兰船长率滩地大响号于飘风逗留数月,终至无功而返;星月山杜鹃花团藏家,臧有无先生竟已升天,令人伤感,家间他人,并无大恙,只是杜鹃小妹至今杳无音信,不知所栖、所终。"听到这里,朱响已是涕泪满面,不能自已。

  滩历3393年初春,朱响突然辞役还民,由紫嫒港登舟后,失去踪迹。据《朱响传》记载,同年仲春,九湾蔚小灼与蔺小茹,由君恒、香雨、至恒护持西行,千辛万苦,至紫嫒,不见朱响,两女交颈痛号,伤心而返,滩地震惊,以为痛失巨匠,并颇多传言、猜测。

  滩历3394年夏,由蔚小灼编葺之《朱响图文大集》面世,《朱响图文大集》全收朱响已出图、文文本,约有《滩地资源管编》《十二月记》《十八山读录》《浅墨集》《听涛园绘谱》《千亩河南北考察实录》《滩历3357年至3358年藻海、犁头海及以西地区冲突实录》《朱响游槎画集》《蔚小灼竹窗簪花图集》《听涛园小的们各姿各态画集》《思想笔记》等等,三十余种,九湾、浅水、天琴、天韵、三叶、天香、紫嫒、红潮、楼船、赤雨、心如、灯台……诸地,均有朱响纪念物筑起。

  两年后,即滩历3396年,滩地惊悉,九湾蔚小灼亦失踪无迹,诸地多有查询,并无影踪。再数年,《朱响笔记全编》,流传于世。《朱响笔记全编》,由二十友墨馆印制,厚约十卷,精品印刷,据众多专家深研,其应为朱响真墨,唯结尾部分,尚存犹疑,似不可尽信。

尾　声

据《朱响笔记全编》记载,滩历 3393 年初春,朱响由紫媛港登舟,舟出紫媛湾,转而北航,至大凉洋,沿途停靠芳草、无人、湍溪口、北流、软皮、玫瑰、季风、千亩、犁头、豆荚、灯台、嘉林、养泉,所泊港湾,朱响皆蒙面登陆,以心游走留念。夏日,至清凉山紫露峰,宿于紫露寺外露林里,本明与翼本大师,晨起听鸟,见林中巨根处,一老年男子,蜷卧而眠,遂上前轻询,该男子嗫嗫喃喃,掩面而去。

当日朱响徒步山路,由紫露寺西行,清凉山紫露寺数峰,山险石峻,朱响从峰上下来,山间流水渐多,林木渐多,兽啼鸟鸣渐多,过了一座石头岭,过了一道溪,来到一片陡崖下,陡崖的左近都是千年古木,一个樵者,绑腿扎额的,正在半崖上斫那些枯木,樵声阵阵,那些崖缝里生长着一些正在开花的山鹃,花如滴血,鲜丽非凡,朱响站在崖下,看那些花,看那个樵者,不禁脱口吟道:"朱霞焰焰山枝动,风翻火焰欲烧人,春红始谢又秋红,鲜红滴滴映霞明。"

那个樵者听了,看了看朱响,并无言语,朱响再往前走,至花香盈峪的大石房,看见石房房顶上一群摊米晒谷的少女,正有心无意地吟道:"借叶为花色更妖,红紫相间难画描,秋光更比春光好,院草经霜未肯凋。"朱响听了,心里有感,也吟了一首道:

"疏疏密密缀新红,庭下看来锦一丛,不分芳花易消歇,剩将余色借秋风。"那些少女对朱响笑笑,朱响走了过去,再至桂谷山庄,当晚即于桂树下蜷眠一夜。翌日,再至杜鹃花园,于园后山岭里坐泣一夜,天明后引舟西渐,至鸡子山鸡子镇,又徒步至石堡寨,再搭舟至天香,快辇穿市,至翡翠湖边香堤看水。

其后数月,朱响走了苇溪源、自闲山、红花、福海、楼船山、天韵、天琴、三叶、楼笛、烟柳城、送槎山、绵羊、半春、八极诸地。当年冬月,朱响由八极城买舟南下,由芭蕉洋而赤雨洋,至浮石、天月、心如、歌海、赤雨城诸地,再由赤雨城而松果角,西进至木济岛,又至大木济,缘天鹅半岛至于鹅城,由天鹅城置辇而东,过江树、瓦迟、红木、羊圈、至天香,又由天香解舟飘海,某仲冬时分,止履于清凉山紫露峰。

因连年漂泊,衣食无定,朱响至清凉山时,已花发蓬须,病疴缠绕,眉凸眼凹,身衰体弱,疲惫不堪。朱响徘徊于清凉山中数日,踏冰卧雪,并于一雪霁日出之冬晨,过青石台,爬攀至紫露峰绝顶,其时雪岭松峦,哑瀑清溪,鸟远人渺,只见东天明丽,霞光万里,朱响始觉人生如隙,视去如归,虽有所憾,并无所累,遂跃身欲下,正当此时,身后突然有话传来,说:"这位高士,我还有一些话,要对你说呢。"朱响回过身来,见身后有一位须发皆雪的百年老者,似为慧觉大师,不禁颓然倒地,垂于崖畔,待他醒来时,已身在紫露寺里,调养了数日,慧觉大师又来看他。

慧觉大师年已百五十龄,慈眉善目,言必带笑,笑说:"明昙,今日感觉可好一些?"朱响说:"感谢大师施爱。"慧觉大师说:"寺中诸师,早已留意明昙行踪,果然不出我之所料,为我撞得。"朱响说:"大师要教导我些什么呢?"慧觉大师说:"我且问你问题。"朱响说:"大师要问我什么问题?"慧觉大师说:"明昙,你父如何?"朱响说:"早已仙去。"慧觉大师叹说:"如你这般,目翳窍塞,未得其途矣。你妹如何?"朱响说:"我有两妹,皆父母幼年收养,并非同胞,我最疼爱。"慧觉大师说:"风祥可好?"朱响说:"风祥为二姨捡拾而来,现早娶妻生子,儿孙满堂了。"慧觉大师说:"灼妹如何?"朱响说:"灼妹尚好。"慧觉大师说:"茹妹如何?"朱响说:"茹妹尚可。"慧觉大师说:"全家如何?"朱响说:"全家尚安。"慧觉大师说:"杜鹃如何?"朱响泣说:"不知所终。"慧觉大师说:"槐妹如何?"朱响说:"槐妹恬淡。"慧觉大师说:"荷妹、莺妹如何?"朱响说:"荷妹、莺妹犹安。"慧觉大师说:"香微如何?"朱响说:"香微遥远。"慧觉大师说:"飘风、赤雨如何?"朱响说:"飘风、赤雨万古。"慧觉大师说:"诸友如何?"朱响说:"诸友各得其所。"慧觉大师说:"社稷如何?"朱响说:"社稷已定。"慧觉大师说:"藻海如何?"朱响说:"藻海稳固。"慧觉大师说:"西部如何?"朱响说:"西部繁盛。"慧觉大师说:"明昙可崇宗教?"朱响说:"并不专奉教义。"慧觉大师说:"红芋教指明,人皆有九九八十一罪,并非确数,只是泛指,伤害他人、他物,皆为罪责,珍爱生命,心系身外,又是自赎,如此循环往复,明昙何罪之有?"朱响默然,慧觉大师笑说:"明昙,我带个人给你看看,你且认一认吧。"

慧觉大师起身离去,片刻,慧通大师与普远大师笑而入,朱响谢说:"有劳慧通大师、普远大师。"慧通大师与普远大师笑无答而去,再片刻,法匿大师与本明大师笑而入,朱响谢说:"有劳法匪大师、本明大师。"法匪大师、本明大师不答而去,又片刻,翼本大师与净明大师笑而入,朱响谢说:"有劳翼本大师、净明大师。"翼本大师与净明大师不答而去。

再片刻,净明大师于屋外高叫一声:"圆照到。"说完,领着一位全身红衣、个子高高的女子出来了,女子除全身红衣外,连头上都蒙着一大块鲜艳的红绸巾,因此连脸也叫人看不见,朱响疑为梦中,失声叫道:"灼妹。"两人拥搂一起,泣泪如雨,蔚小灼亦哭亦笑,说:"明昙,我把你的因缘带来了呢。"说着,把硬红纸的折卡交予朱响,朱响大哭当歌,边泣边说:"圆照,我俩的因缘,当签名交换呢。"两人签名交换了因缘,再号啕大哭了一场,当场诸师,尽皆失色。

当晚,朱响与蔚小灼留宿紫露寺,悲啼哭笑,直至翌晨,此时天已放亮,蔚小灼说:"大响兄,家中、友间诸事,已尽安顿妥帖,你我走呗。"两人谢辞了紫露寺诸师,手牵着手,走入清凉山中,走了一程,来到清凉山码头,两人买舟上船,扬帆往八极海飘去,船由清凉山而东,出八极大海,过八极角,至心如,朱响与蔚小灼牵手弃船,登岸寻友,觅得兰昌龄船长,朱响说:"昌龄兄,我与灼妹欲乘滩地大响号出洋,始至飘风岛见香微诸亲,再去传言中之碧螺岛,索觅归宿……"兰昌龄说:"正遂我之大愿,望为舵手。"朱响说:"盛谢匡助。"

据《朱响笔记全编》载,滩历3396年,滩地大响号解缆出海,漂洋南行,自此遁迹无踪;然芭蕉、飘风、鸟巢、坚果诸岛屿、海域,均有遇见滩地大响号或与朱响、蔚小灼交谈的报告;滩历3433年,滩地探险船滩地号远航至飘风群岛以南不知其里数之大群岛,并名之为"碧螺群岛",所憾该号返程遭遇飓风骇浪,船翻人亡,仅余船工一名生还,惜已哑言,由其所绘陋图揣测,朱响、蔚小灼、兰船长及臧鹃诸众,皆安居汪洋小岛,碧螺岛亦美不胜收,言而不尽,无可想象;隔日,船工即撒手而去,所绘惜无确证。

潍历4444年,《朱响图文大集》若干次又版,洋洋数十巨册,再度风行八方。

2002.2.18—2002.4.20 于合肥淮北佬斋